日本霊異記の罪業と救済の形象

大塚千紗子
Otsuka Chisako

笠間書院

日本霊異記の罪業と救済の形象◆目次

凡例……1

序章　『日本霊異記』における罪業観と救済の構造……3
一　本書の目的と方法……4
二　『霊異記』における罪業観と救済の構造……7
三　本書各論の概要……20

第一部　罪業の形象

第一章　狐妻説話における主題——愛欲の表現と異類婚姻譚——……33
はじめに……33
一　『霊異記』に見る狐妻説話とその主題……33
二　狐の変化と「姝しき女」への眼差し……37
三　異類婚における愛欲……41
おわりに……46

第二章　狐妻説話における恋歌——「窈窕裳襴引逝也」との関係を通して——……49
はじめに……49
一　狐妻説話の変容と歌の意義……49

二　当該歌の先行研究……51　　三　「窈窕」の表現性……53

四　散文部「裳襴引逝也」の表現性……58　　五　『万葉集』における類歌……60

六　「ほのか」と「はろか」……62　　おわりに……66

第三章　「愛心深入」における女の因業……………………………………………70

はじめに……70　　一　「愛心深入」における文脈の問題点……72

二　『霊異記』の夢見……74　　三　神識にみる人間の心的作用……77

四　女の「愛心深入」……82　　おわりに……86

第四章　婬泆なる慈母——子の孝養における救済——……………………………92

はじめに……92　　一　問題の所在……93　　二　「天骨婬泆」の意味……95

三　婬泆の母・悪逆の子……98　　四　孝の思想と『父母恩重経』……101

五　仏の導きと子の孝……104　　おわりに……107

第五章　盲目説話の感応と形象——古代東アジア圏における信仰と奇瑞——……111
はじめに……111
一　盲目の母……111
二　盲目治癒説話における願……115
三　「郷歌」にみる母子の盲目譚……117
四　『雑宝蔵経』に見える盲目説話……120
五　『霊異記』の宿業の病と感応……122
おわりに……125

第六章　宿業の病と無縁の大悲……129
はじめに……129
一　『霊異記』の病と宿業……131
二　無縁の大悲と無相の妙智……136
三　『霊異記』説話と無縁の大悲……139
おわりに……141

第二部　〈聖人伝〉の形象

第一章　聖徳太子の片岡説話——「出遊」に見える〈聖人伝〉の系譜——……147
はじめに……147
一　聖徳太子片岡説話伝承の位相……149
二　釈迦の出家における遊観・出遊……155
三　聖徳太子伝承と『梁高僧伝』……159

おわりに……161

第二章　『霊異記』が語る行基伝――聖人の眼をめぐって――……166
はじめに……166　一　『霊異記』の行基説話と分類……167
二　聖人が備える天眼とその機能……171　三　天眼の菩薩・通眼の聖人……176
おわりに……180

第三章　行基詠歌伝承と鳥の形象……184
はじめに……184　一　行基の詠歌……185　二　鳥の形象と歌の伝承……187
三　婆羅門僧正と行基との贈答歌……194　四　行基の嘆きと歌の意義……196
おわりに……200

第四章　「外道」なる尼――女人菩薩説話の形成――……205
はじめに……205　一　肉団からの異常出生……207　二　尼と神人……210
三　外道なる尼……215　おわりに……219

終章　編者景戒の夢見と『日本霊異記』説話との関係性……225
一　『霊異記』下巻第三十八縁――二つの夢見と夢解――……226
二　延暦六年の夢……229
三　延暦七年の夢……235
四　本書各論の結論……239
初出論文一覧……254
あとがき……257
索引（書名・事項）……左開

凡例

一、本書で使用した主要テキストは以下の通りである。

『日本霊異記』…中田祝夫校注『日本霊異記』(新編日本古典文学全集10、小学館、一九九五年九月)

『万葉集』………中西進『万葉集　全訳注原文付』一〜四(講談社文庫、一九七八年八月〜一九八三年十月)

『古事記』………神野志隆光・山口佳紀校注『古事記』(新編日本古典文学全集1、小学館、一九九七年六月)

『日本書紀』……小島憲之・直木孝次郎・西宮一民・藏中進・毛利正守校注『日本書紀』一〜三(新編日本古典文学全集2〜3、小学館、一九九四年四月〜一九九六年十月)

『続日本紀』……青木和夫・稲岡耕二・笹山晴生・白藤禮幸校注『続日本紀』一〜五(新日本古典文学大系12〜16、岩波書店、一九八九年三月〜一九九八年二月)

養老令文　………井上光貞・関晃・土田直鎮・青木和夫校注『律令』(日本思想大系3、岩波書店、一九七八年十二月)

『今昔物語集』…馬淵和夫・国東文麿・稲垣泰一校注『今昔物語集』一(新編日本古典文学全集35、小学館、一九九九年四月)

一、本書で使用した『日本霊異記』の注釈書の略号は以下の通りである。

攷證………狩谷棭斎『日本靈異記攷證』(正宗敦夫ほか編『狩谷棭斎全集二』日本古典全集刊行会、一九二六年一月)

校訳………板橋倫行校訳『日本靈異記』(春陽堂、一九二九年五月)

松浦読本…松浦貞俊校注『日本靈異記』(續日本古典讀本2、日本評論社、一九四四年八月)

松浦註釋…松浦貞俊『日本國現報善悪靈異記註釋』(大東文化大学東洋研究所叢書9、一九七三年六月)

朝日全書…武田祐吉校註『日本靈異記』（日本古典全書、朝日新聞社、一九五〇年九月）
角文………板橋倫行校注『日本霊異記』（角川文庫、一九五七年一月）
旧大系……遠藤嘉基・春日和男校注『日本靈異記』（日本古典文学大系70、岩波書店、一九六七年三月）
旧全集……中田祝夫校注『日本霊異記』（日本古典文学全集6、小学館、一九七五年十一月）
講談社……中田祝夫校注『日本霊異記』上中下（講談社学術文庫、一九七八年十二月～一九八〇年四月）
対訳………池上洵一訳『日本霊異記』（対訳日本古典新書、創英社、一九七八年十二月）
古典集成…小泉道校注『日本霊異記』（新潮日本古典集成67、新潮社、一九八四年十二月）
完訳………中田祝夫校注『日本霊異記』（完訳日本の古典8、小学館、一九八六年十一月）
新編全集…中田祝夫校注『日本霊異記』（新編日本古典文学全集10、小学館、一九九五年九月）
新大系……出雲路修校注『日本霊異記』（新日本古典文学大系30、岩波書店、一九九六年十二月）
ちくま学芸文庫…多田一臣校注『日本霊異記』上中下（ちくま学芸文庫、一九九七年十一月～一九九八年一月）
平凡社……原田敏明・高橋貢訳『日本霊異記』（平凡社ライブラリー、二〇〇〇年一月）

一、漢訳仏典を引用する際は、大蔵出版刊行『大正新脩大蔵経』を使用し、該当箇所を注にて示した。また、訓読文の引用については主として大東出版社刊行『国訳一切経』、大蔵出版刊行『国訳大蔵経』を使用する。

一、テキストの引用にあたり、旧字は新字に統一した。書名、論文名、一部人名については改めていない。

序章　『日本霊異記』における罪業観と救済の構造

一　本書の目的と方法

本書は、『日本国現報《げんほう》善悪霊異記』（本書では『日本霊異記』、『霊異記』と略記）の罪業《ざいごう》と救済の構造、そしてその説話的形象について考察し、『霊異記』の文学的意義を論じるものである。

『霊異記』は薬師寺の僧、景戒《きょうかい》が記した日本最古の仏教説話集である。上中下巻の三巻から成り、各巻には景戒が記したと思しき序文が付されている。序文と本文に記された年代により、奈良時代末期の延暦年間から編纂され、平安朝前期の弘仁十三年頃に成立したといわれている。

書名の『日本国現報善悪霊異記』が示すように、現世の報いとして善行には「善報」が、悪行には「悪報」があらわれることを記している。言うまでも無く、悪行は人間の悪意や欲望から生まれる。例えば、僧への誹謗、仏像毀損、殺生、所有物の強奪、利益の虚偽、または不孝の罪などの悪行には、悪死《あくし》による罰を以て報いを受ける。一方で、人間の存在において根源的な欲望も存在する。それを『霊異記』に記される言葉で表すならば、「愛網《あいもう》の業《ごう》」である。これは『霊異記』下巻第三十八縁において、景戒の自身への内省に伴った述懐に際して記される語である。

下巻第三十八縁において景戒は慚愧《ざんき》の心、つまり恥の意識を覚え、憂え嘆いて次のように記す。

鳴呼、恥《はづか》しきかな、忝《ヤサ》シきかな。世に生れて命を活き、身を存《なが》ふることに便無し。等流果《とうるくわ》に引かるるが故に、愛網《あいまう》の業を結び、煩悩に纏《まつ》はれて、生死を継ぎ、八方に馳せて、以て生ける身を炬《こが》す。俗家に居て、妻子を蓄へ、養ふに物無く、菜食も無く塩も無し。

（『霊異記』下巻第三十八縁）

景戒は「等流果」という前世の所業において導かれる因果応報によって「愛網の業」を結んだと認識する。そして、現世のこの姿こそ、煩悩を滅せられないままに輪廻転生を繰り返す因果の顕れであるという。右に語られるように、景戒は妻帯者であった。ここにおける「愛網」とは、愛欲といった男女間の性愛のほか、愛において派生する執着をも範囲に含んでいるだろう。[★1] この愛網から生まれる執着は、世俗に溢れるものであった。景戒は輪廻を繰り返す自己を見つめた時、世俗の愛欲という網に搦め捕られてしまった結果が現在の自己の姿であると内省した。

このような、個人の述懐に起因する内省として『霊異記』以前、山上憶良が、沈痾自哀文《ちんあじあいぶん》に「嗟乎《ああ》媿《はづか》しきかも、我何の罪を犯してか、この重き疾《やまひ》に遭へる。〔いまだ、過去に造る所の罪か、若しは現前に犯す所の過なるかを知らず。罪過を犯すこと無くは何そこの病を獲むを謂ふ〕」（『万葉集』巻五）と、記したことはよく知られている。憶良は修善の志を持って生活を送ってきた自分に、どのような罪の原因があって重い病に罹《かか》るのかと嘆く。憶良は、病苦に際して仏教的な因果律を想起し、現世の身には感得し得ない「過去に造る所の罪」へと考えを及ぼす。これは、肉体の苦痛を起因として自身のこれまでの行いを省みる思考といえる。同様に『霊異記』の編者景戒もまた、自己を見つめたその先に、自身の業によって生まれた因果を見据えたのである。このような罪業に起因した、自己への言及や認識は無論、憶良や『霊異記』独自のものではない。中国の知識人の述作における内省意識であり、[★2] 仏教的因果によって自己と世界とを結びつける認識の方法であったという。[★3] 本書はこのような知見の元、『霊異記』とは、罪業に起因する仏教的因果について、人間の自己認識を根幹に据えた書物であると考える。罪人が罰せられることによって説話の語りが閉じるのではなく、罪を犯さざるを得ない人間の業を、編者は自らの内省と照らし合せて描こうとしたのではないか。人間の欲望からなる罪業を語るのみではなく、欲望を超克し、罪業の救いを目指す『霊異記』の志向を、個々の説話の検討を通して掬《すく》い上げることが本書の目的である。

本書は第一部を「罪業の形象」と題して、『霊異記』に見える罪や業について個々の説話を通じて考察し、罪と業の関係性並びに、そこに見られる救済のあり方を論じる。異類である狐と結ばれた男の恋心や、愛による執着の意義を検討する。また、前世の業や宿業《しゆくごう》の病による説話を取り上げ、病苦に際した信仰や信心の力を語る表現と、それらを救済する方法について考察する。続いて、第二部を「〈聖人伝〉の形象」と題して、『霊異記』に見える聖人の姿がいかなる〈聖人伝〉として語られ、表現されたのかを考察する。『霊異記』が収める聖徳太子伝承や行基伝承は、他文献と異なる様相を示している。また、同時代においては希有《けう》な女身の菩薩の伝記を記すことに特徴がある。これらの特異性こそ『霊異記』が語り、希求した〈聖人伝〉であると考える。[★4] これらの聖人の説話を検討することとは、日本に誕生した聖人を『霊異記』が同時代の隣接する資料を参照しつつもどのように独自の位置づけをなそうとしていたのかを把握することでもある。このような視点の元、本書は罪業と聖人という救済の関係で結ばれる両者を中心に考察する。

その際、本書で使用する「形象」とは、『霊異記』が説話叙述において罪業や救済の形を具象化したものに対して呼ぶ。個々の説話に沿って言えば、育児放棄を行った母の胸を大きく腫らせて膿《うみ》を出す様子や（第一部第四章）、愛欲の姿を蛇との婚姻として説話において形づくる表現の営為のこと（第一部第三章）を指す。また、信仰の心や救済の姿を〈聖人伝〉として記す文学的営為のことでもある。『霊異記』は「表相」によって、これから起こる事件の前兆を何らかの形で示そうとする。[★5] この「表相」のほか、例えば説話の表題にも「聖徳皇太子示異表縁」（聖徳皇太子の異《くす》しき表《しるし》を示したまひし縁・上巻第四縁）などのように、霊異を「表」として示す。このことから、『霊異記』には不可視なる事象を形として顕現させようという文学的志向に基づいた態度があると考える。そのため本書では不可視の欲望や、信仰の姿を表すことを「形象」と捉えるのである。

『霊異記』は夙《つと》に大陸の漢籍、仏教経典との影響関係が指摘されており、本書もこれらの影響下にあることを基本とする。従って各論の考証の方法として、説話中の特徴的な語彙の意味や、主題について、漢籍や仏教経典と照らしあわせて比較分析を行う。その上で、『霊異記』が罪業と救済の構造を通して、人間の存在の在り方を探るための仏教説話集であることを明らかとするのが本書の目的である。

二　『霊異記』における罪業観と救済の構造

本書は『霊異記』において語られる罪業と救済を考察し、人間の欲望に対する葛藤と超克が如何に描かれているのか明らかとする。その端緒として、本節では研究史を踏まえつつ、『霊異記』に記される「罪」の例を概観する。『霊異記』は序文において悪行に対して必ず悪報が訪れること、すなわち悪因には悪果が起こる因果を説く。そして、『霊異記』説話表題は、現報・悪報とその原因が、当事者へどのように起こったのかを簡潔に説明する。表題に「悪死」[★6]、「悪報」[★7]と付く例は殺生、不孝、仏僧・仏像などへの誹謗、毀損行為による報いを示しており、これらの罪人は悉《ことごと》く悲惨な仕打ちを被る。時にそれは、悪死などの厳しい処罰であり、こうした厳しさの意図は、民衆への訓戒とも指摘される。[★8]『霊異記』は悪行に対して起こる悲惨な悪報を説く上で、因果の報いを回避するための方法を行動規範の理想を以て記すのである。

是に諾楽《なら》の薬師寺の沙門景戒、熟《つらつら》世の人を瞰《み》るに、才好くして鄙《トヒト》ナル行《わざ》あり。利養を翹《くはた》て、財物を貪ること、磁石の鉄山を挙《コ》して鉄を嘘《ス》フヨリモ過ぎたり。他の分を欲《ねが》ひ己が物を惜むこと、流頭の粟の粒《ツビ》ヲ粉《クダ》キて、以て糠《ヌカ》を啖《ハ》ムヨリモ甚だし。或いは寺の物を貪り、犢《うしのこ》に生れて債《モノノカヒ》ヲ償《ツクノ》ふ。或いは法僧を誹《そし》りて現身に災を被る。或いは道を殉《もと》め行を積みて、現に験《しるし》を得たり。或いは深く信じて善を修め、以て生きながら祜《さいはひ》に霑《うる》ふ。善悪の報は、影の形に随《したが》ふが如し。苦楽の響ハ、谷の音《こゑ》に応ふるが如し。見聞きする者は、甫《すなは》ち驚き怪しび、一卓の内を忘る。慚愧《ざんき》する者は、倐《たちまち》に悸《ココロツゴ》キシ惕《いた》み、起《た》ち避《さ》る頃を忩《いそ》ぐ。善悪の状《さま》を呈すにあらずは、何を以てか、曲執《ごくしふ》を直して是非を定めむ。因果の報を示すにあらずは、何に由りてか、悪心を改めて善道を修めむ。

（『霊異記』上巻序文）

『霊異記』編者景戒は世間の人々と、その行いの中で様々な悪行を見つけてゆく。その悪行とは、才能がありながら下品な行いをする、利益を貪る、他人の所有物を欲することなどである。また寺の物品を貪る者は来世、仔牛に生まれて前世の債務を償うという。僧職の者や仏教信徒を誹謗することで現身、つまり現世において災いを被るという。その一方で仏教への信仰が篤く、信心深くして修善する者は、現世で福を得るのである。この因果の往還は「善悪の報は、影の形に随ふ」如く、人間の行いに反映するために、悪心を改めて善道を修することを勧める。

右の上巻序文以降、説話群には度々、欲望に起因した悪報譚が示されてゆくのであり、この訓戒の対象は民衆の他、堕落した私度僧《しどそう》も含まれていたという。★9 このように、悪行によって引き起こる凄惨な姿を示すことは、恐怖によって人間の行動を規制する抑止力としての機能があるだろう。従って、これまでの研究では罪の意識の有無や重要性についてはあまり問題視されてこなかったと言える。では、『霊異記』は人間の犯す罪と意識との関係をいかに捉えていたのだろうか。

『霊異記』の罪業観について広川勝美は、「『日本霊異記』における寿福延命の現世利益への道は、災禍悪死の悪果の原因としての自らの悪業を痛感することとひきかえに開示されるものである。いわば、罪業の発見とよぶべきものである。[★10]」と述べ、因果応報の出来事に際して、自身に内在する罪業を導き出していることを指摘する。しかし、「『日本霊異記』はようやく個々人の内部に罪悪としての悪業を発見したにとどまる」（前掲書）と述べるように、罪業に対する洞察には限界があるとした。

仲井克己は、罪を犯し、罰を受けた者の説話を罪の内実ごとに分類して、「僧を誹謗・迫害」、「寺物盗用・破壊」、「殺生」、「不孝」、「邪淫」の罪を為す者には表題に「悪死」と記されることを指摘する。[★11]さらに別稿においては、『霊異記』の姿勢として悪人が罪を受けることのみを徹底して記すとし、

因果の理を説くことに力が注がれ、罪そのものの哲学的省察はなされず、多くの説話は理の存在を証明する典籍の引用によって所収話の語りが閉じてゆく。その意味で、『霊異記』は内省の書であるとは言えず、最新の大陸系の知識を披瀝した書であると言うほかない。世界を貫く因果という理を説きしめす事が、編者に課せられた主たる任であった。[★12]

と述べる。仲井は、前世で罪を為した者が牛に転生する説話の類型（下巻第二十六縁など）について、「犯した罪を自ら列挙してみせるが、夢の状として述べられるだけで、反省の情は言外に読み取るしかない」と指摘し、『霊異記』説話において内省の意識は無いものとする。『霊異記』は書名が示すように、善報・悪報の原因の因果を解き明かして記すことに主眼があるが、その前提には罪業が不可欠ともいえる。つまるところ、『霊異記』にとって罪業とは仏教的因果律を保証するための要因でしかないということになるのである。果たしてそうであろうか。その点を考察するに当たっては、罪業が説話の文脈上、どのように記され機能しているのかを検討する必要があるだろう。

そこで、『霊異記』が罪や悪行を為した者をいかに捉え、説話において語るのか、「罪」の描かれ方を検討する。本書では説話に表れる罪の用語について、A「罪の有無・規定や罪状を説明する例」、B「自身の罪を述べる例」、C「罪人の罪を他者が贖《あがな》う例」、D「罪を説明する際に経典を引用する例」の四種に分類した。[★13]

以下、別表（本書17頁～19頁）を用いて論を進める。

表Aのうち、悪行に対して罪が報いとなって降り懸かることを教訓的に述べる例は1、3、8、9、11、12、14、21、28である。罪の報いは必ずあり、罰を蒙ることを反語的に表現する例（3）、罪を作ることの恐ろしさを説く例（11、14、15）などがある。8と9は、母親殺しを画策した不孝の息子が悪死を得る話であり、その罪を「不孝の罪報」また「悪逆の罪」などと、罪の内容に具体的な名称を記す例である。罪の深浅や比重について表現するのは7、22の例である。7は僧への迫害が極めて深い罪となることをいい、22は経典を写したとしても解消されない程の罪の重さをいう。冥界で罪を告知される例としては4、10、22、23、24、25、29、30、31、32、33がある。現世で悪事を働いた者が死後、乃至《ないし》は病によって地獄に向かい、そこで閻羅王《えんらおう》から罪を告知されるというものである。10の行基を誹謗した智光法師《ちこうほうし》や、虚偽の取引で利益を得た広虫女《ひろむしめ》（23～25）は、ここで初めて自身の罪を示されるのであり、冥界は罪人の罪を晒し、裁きを行う場として機能している。このようにAは、悪行を犯せば罪の報いは不可避である、といった教訓的文章や、いかなる行動によって罪を得たか等（12、25、28）によって、悪行による罪の処罰を記しているのである（ただし、2と16は僧の所行を罪に問わないという特殊な例となっている）。

次に表B「自身の罪を述べる例」を見てゆく。Bは、自身の罪の内実や、如何なる行為によって罪を得たのかを、罪人である本人が語る例である。罪状の吐露であるゆえに、殆どは会話文中にみられるものであるという特徴を持つ。Aと比較してBは説話にばらつきはあまり無く、同じ説話内に「罪」の語が頻出する傾向にある。上巻第三十縁、中巻第七縁、中巻第二十四縁、下巻第六縁、下巻第十六縁、下巻第二十三縁、下巻第二十四縁、下巻第三十四縁、下巻第三十五縁、下巻第三十六縁、下巻第三十八縁において、罪人による罪の自白が記される。

　例えば、2、3、4の例は全て上巻第三十縁「非理に他の物を奪ひ、悪行を為し、報を受けて奇《あや》しき事を示しし縁」に該当する。この説話は現世での悪行によって死後、冥界で数多の苦しみを受ける父を供養によって救う息子の話である。息子の広国は、父から罪の原因を聞く。父は自身の罪の断絶を希求し、広国に自身の罪を贖うことを求める。このように死後、現世での罪によって冥界で業を受ける肉親の例には、13、14の下巻第十六縁「女人、濫《ミダリガハ》シク嫁ぎて、子を乳に飢ゑしめしが故に、現報を得し縁」も当て嵌《は》まる。13では、生前に育児放棄をして死んだ母親が、冥界において乳の腫れる病を得る。この苦しみから逃れるために、僧の夢に現れて自身の苦しみを語る。次の14はその母による罪の述懐である。母は、息子成人《なりひと》に死後の苦しみを知ってもらいたいと願い、母の苦痛を知った成人は、供養を行う（第一部第四章にて詳述）。

　またBには死人である罪人が自身の罪状を吐露し、その語りを受けた者や親族が法事や経典の書写によって供養を行うといった展開が見られる。19と20の下巻第三十五縁、21の下巻第三十六縁がそれに当たる。5から8は中巻第七縁で、行基を誹謗した智光法師の冥界訪問譚である。智光法師は、嫉妬心から行基を誹る「口業《くごう》の罪」を為し、冥界に連れてゆかれることによって自身の罪を認識する。その後智光は罪の報いを恐れて、自身の罪を行基に懺悔するのである。この例は、罪人自身による罪の自覚が契機となって、応報から逃れることができた例と捉えられる。また自らが犯した罪を認識するという点では、『霊異記』は「宿業」の病を背負う者に対して罪の自覚を語らせる。18がそれに当たるが、宿業は前世の罪であるから、罪の実状を病者は知り得ない。しかし、宿業の病を得た者は、罪の自覚を契機として仏道修行を行うことによって、修善し前世の罪を滅する。そして結果的に宿業を解消して病を治癒するのである（第一部第六章にて詳述）。罪人は、冥界や現世における苦しみから脱しようと希求するが、その際、罪の解消は罪人による罪の自覚と語りとを必須とするのである。

22、23は他の例と少し異なり、下巻第三十八縁後半部、延暦六年の景戒の夢見に対する夢解《ゆめとき》の文脈である。両方ともに、編者景戒が慚愧の意識から仏道修行を行い、自身の「罪を滅」することで善や福を得ると解釈している。

以上の表Bで注目すべきは、罪の自覚や自白を伴うことにより、何らかの形でその罪を解消し得たことが説話から読み取れる点である。例えば中巻第七縁（5から8）、中巻第二十四縁（9から11）、下巻第十六縁（13から15）、下巻第三十四縁（18）がそれに当たる。この例は説話の展開において、罪人による罪の自覚があることで、贖罪が発生する。つまり、罪業を語るにおいては自覚の有無が問題となるのであり、自覚のある者は救済へと展開することが理解される。それは、表C「罪人の罪を他者が贖う例」とも関わる問題である。

表Cの1は、魚を捕って食べていた男に下る罰を、その親が贖う例である。また表C3は、先の表A8、A9で既出の中巻第三縁である。Aは罪の内実を説明する「不孝の罪報は甚だ近し。悪逆の罪は彼の報無きには非《あら》ずといふことを」という文脈であり、Cは息子の犯した不孝の罪に対し、母親がそれを贖うという展開に続く文脈である。5の例も同様で、A24からA26の例に既出の説話である。母親の広虫女は死後、頭が牛に、身体は人間となって蘇る。広虫女の親族は彼女の罪を贖うために寺へ物資を寄進する。注目すべきはCのうち、2（上巻第三十縁）、4（下巻第十六縁）は、先の表B2、3、4（上巻第三十縁）、13、14、15（下巻第十六縁）と説話単位で重複していることである。この上巻第三十縁と下巻第十六縁は、死んだ親の罪状を息子が知り、親の罪を贖うという展開となる。つまり、罪人の罪の自覚（表B）と、罪人の罪を贖うこと（表C）とは、互いに連関しているといえるだろう。この点から、『霊異記』においては罪人による罪の語りや、罪に対する内省の認識が無ければ、その罪業を滅することは出来ないものと考えられる。先行論が指摘するように、ここには罪を犯した者の自己内省とも言うべき詳細な懺悔の叙述表現はない。しかし、罪人自身の自己認識によって、物語は救済へと展開するという方法があるのではないだろうか。

続いて、経典を引用する例である表Dを検討する。『霊異記』は経典の文言を引用してはいるものの、その引用先が未詳である場合が多い。引用態度については、悪行に対する例証として使用されている。例えば2は、長屋親王が「賤形《せんぎやう》の沙弥《しやみ》」を迫害する内容である。この後、親王は謀反の罪によって悪死を得るのだが、『霊異記』は親王の失墜の原因を、僧への迫害に求めている。説話はこの親王の行為を、「憍慢経《きようまんきよう》」★14に見える釈迦の頭を履《くつ》で踏みつける行為について説く部分を引用して批難する。3、7、8、9も、経典を引用して仏法や僧職、僧侶らに対する迫害行為を咎《とが》めるのである。こうした引用によって、経典に見える類似例を挙げることで罪による因果を例証しつつ、権威付けとしての機能も持たせていたと考えられる。ここにおいて注意すべきは、4から6の例（中巻第二十二縁）である。

この中巻第二十二縁の内容は、男が寺から仏像を盗み毀損して、仏像から取れる貴金属を販売しようと画策していたが、仏像自らが声を出して助けを求めたので盗人の罪が発覚した、という霊験譚である。悪事の露見後、寺の者は盗人を赦免するが、盗人は仔細を知る他の者に捕らえられて牢獄に入れられる。以下、説話の当該部分を挙げる。

涅槃経《ねはんぎやう》十二巻の文に、仏の説きたまへるが如し。「我が心大乗を重みす。婆羅門《ばらもん》の方等《はうどう》を誹謗すと聞くときには、其の命根を断たむ。是の因縁を以て、是れより以来《ゆくさき》は、地獄に堕ちずあらむ」とのたまへり。又彼の経の三十三巻に云はく、「一闡提《いちせんだい》の輩《ともがら》は、永く断滅せむ。故に、是の義を以ての故に、蟻子《ありのこ》を殺害《せちがい》するだに、猶《なほ》し殺罪《せちざい》を得れども、一闡提を殺すは、殺罪有ること無し」と者《のたま》へるは、其れ斯《こ》れを謂ふなり。此の人は仏法僧を誹謗し、衆生の為に法を説かず。恩義無きが故に、殺すとも罪无《な》き者なり。

（『霊異記』中巻第二十二縁）

右では悪行を説明するにあたって、『涅槃経』巻十二の取意文を記して、仏教者の手による殺人行為の可否を問題としている。婆羅門が「方等」（大乗の別名）を誹謗する者の「命根」を絶つというが、罪を犯した婆羅門が地獄に堕ちることは無く、僧職が仏法を庇護する目的ならば殺人は許可される。さらに、同経典巻三十三（『大正蔵』十二、五六二b）には、「一闡提」の存在が記載されている。この一闡提とは「善根を断じていて救われる見こみのない者。成仏しえない者。どんなに修行しても絶対にさとることのできない者★15」という存在である。一闡提の人間は根絶させるべきとの旨と、殺生は蟻ほどの小さき者でも殺罪に値するが、一闡提ならば問題にならないと説くのである。

中巻第二十二縁は、一闡提の人間に対する諦観とも窺える姿勢を記す経典部分を引用して、仏法毀損の罪人に対しては仏性の可能性を否定するのである。この一闡提の存在を認めるのが法相宗の立場であり、一闡提には仏となるための素質である種性、つまり悟りの種が無いと主張する。その反対に、一切皆成仏《いっさいかいじょうぶつ》の立場を取るのが天台宗である。『霊異記』編者景戒は薬師寺所属の僧であるから、法相宗唯識教学を基盤として仏教の教学を学んだことが理解される。では、一闡提の存在を『霊異記』は認めるのであろうか。寺川眞知夫はこの問題について、出雲路修の提唱した『霊異記』原撰部・追補部説★16を踏まえて、原撰部にあたる下巻第二十二縁と追補とされる下巻第三十八縁とでは、仏性に対する景戒の認識に差異が見られることを指摘する。後述するが（終章第二節参照）、寺川眞知夫の挙げた「延暦六年にみた第一の夢の啓示」とは、夢において景戒の知人である沙弥鏡日が現れて、乞食行の実践を告げる夢である。景戒は夢解をした結果、鏡日を「観音の変化」と判断する。そして、鏡日の乞食行を「観音の無縁の大悲、法界に馳せて有情を救ひたまふなり」とあるように、観音の慈悲が広く伝わり、衆生を救うのだと解し、以下のように述べている。

景戒は延暦六年にみた第一の夢の啓示の意味を大乗の立場に立って探り、己の仏性の存在と乞食行の宗教的意義を確認し、悉有仏性・悉皆成仏の思想へと傾斜しつつ己と人々の仏性を顕して成仏への歩みを共にしようと志す。かくて一闡提の仏性をも顕わすべく人天の種子を植え続けている観音に習って、乞食行の実践へと向かおうとした。[★17]

右によれば、景戒は『霊異記』編纂過程で、法相宗の教学の上に天台宗の大乗的志向を獲得し、下巻第三十八縁には「法相教学をふまえながらもすでに天台的な大乗教への宗教的転身にきわめて意欲的」（前掲書）な姿勢があるという。確かに、「羊僧景戒、学ぶる所は天台智者の問術を得ず。悟る所は神人弁者の答術を得ず。」（下巻序文）や、「然るに景戒、未だ軒轅《けにヲニ》黄帝の陰陽の術を推《たづ》ねず。未だ天台智者の甚深の解《げ》を得ず。」（下巻第三十八縁）の記述からは、景戒の天台宗に対する興味関心が窺える。このように、延暦六年段階以後の説話において、天台教学への興味が示される点は重要である。本書は、景戒の学んだ仏教の教理や思想性の偏重を個々の作品に問うものではないが、景戒の自伝的性格の説話に救済の方向性が示されていることは重視すべきであると考える。それは、下巻第三十八縁で「観音の変化」として現れた鏡日が、『霊異記』説話に頻出する「隠身の聖」と類似する要素を持つためである。中井真孝はこの鏡日を、「成仏の因なき無性衆生を救済するために神通力によって化身を応現する『隠身の聖』なのである」[★18]と指摘する。こうした景戒の救済の体験は、『霊異記』説話と関連させて検討すべきものと考える。[★19]「隠身の聖」の姿は聖徳太子が出逢った乞食であり、行基菩薩その人でもあり、また奇異なる身体の尼君でもあるように、『霊異記』は一貫して聖人を希求する態度が認められるためである。

以上、『霊異記』における「罪」の描かれ方を、個々の説話の内容から分類し、罪業の在り方と救済の関係を考察した。人間の欲望と業とは有機的に結びつく。これは必然的であるからこそ、人間は己の欲望に対して自覚的でなければならなかった。『霊異記』が様々な因果による悪縁を示す理由もこの点にあるだろう。景戒は下巻第三十八縁にて妻帯を「愛網の業」の結果であると記していた。景戒と妻との関係は必ずしも悪因ではないにせよ、自己と厭世とを繋縛《けいばく》する業の形が婚姻としてあらわれたと認識していたのである。蛇と婚姻をした娘の愛欲は「業の因縁」によるものと説かれることや宿業の病など、罪と業の物語として形作られてゆく。[★20]『霊異記』は罪業における自己認識を起因として、救済の方法と、救済の象徴たる聖人の姿とを説話内に形象するのである。そこには罪業と対峙する個人、乃至は他者の介在が生じていた。その介在は、作品によっては罪人の肉親であったり、機縁として現れた仏教者であった（第一部第六章にて詳述）。業は様々であるが、[★21]それらに介在する象徴的な存在が、『霊異記』における「隠身の聖」であるものと思われる。

『霊異記』各説話から看取される、罪を救うという視点の基盤は、下巻第三十八縁に記載された編者景戒の体験にあると考えられる。この点については、各説話の検討を終えた後の終章で、景戒の意識と『霊異記』説話の関係性から論じることとする。

別表：『霊異記』における「罪」の用語例と分類

表A　罪の有無・規定や罪状を説明する例

No.	罪の内容	用例を所収する縁
1	罪福（悪因悪果・善因善果）を説く	上序
2	五辛の禁止	上4
3	僧への迫害	上27
4	罪を問う	上30
5	無罪となる	上30
6	長屋親王の僧への迫害	中1
7	同右	中1
8	不孝	中3
9	同右	中3
10	行基への誹謗	中7
11	寺物の盗用	中9
12	布施をしない	中16
13	罪過を問う	中17
14	因果を信じず罪を作る	下序
15	無意識、偶然に為した罪	下序
16	魚肉を食すること	下6
17	殺人の罪	下7
18	謀反の罪	下7
19	育児放棄	下16
20	同右	下16
21	同右	下16
22	虚偽による利益	下22
23	寺物を盗用	下26
24	虚偽による利益	下26
25	寺物の盗用・虚偽	下26
26	寺物の破壊	下36
27	藤原永手、塔の階を減らす等の罪	下36
28	佐伯宿禰伊太知の罪	下37
29	同右	下37
30	同右	下37
31	同右	下37
32	同右	下37
33	同右	下37

表B　自身の罪を述べる例

No.	罪の内容	用例を所収する縁
1	前世の罪	上10
2	強奪・姦淫・不孝	上30
3	同右	上30
4	同右	上30
5	口業の罪	中7
6	同右	中7
7	同右	中7
8	同右	中7
9	閻羅王の使者による職務放棄	中24
10	同右	中24
11	同右	中24
12	僧への迫害	下6
13	育児放棄	下16
14	同右	下16
15	同右	下16
16	寺物の借用	下23
17	僧への迫害	下24
18	宿業	下34
19	強奪	下35
20	同右	下35
21	寺物の破壊	下36
22	前世の罪	下38
23	前世・または現世の罪か	下38

表C　罪人の罪を他者が贖う例

No.	罪人とその罪を贖う他者との関係性	用例を所収する縁
1	親→息子（殺生）	上11
2	息子→父（強奪・姦淫・不孝）	上30
3	母→息子（不孝）	中3
4	子→母（育児放棄）	下16
5	息子・親族→母（虚偽の利益）	下26

※（　）内は罪人が犯した罪の内実を示す。

表D　罪を説明する際に経典を引用する例

No.	引用経典名	用例を所収する縁
1	未詳（生前の無法な行為と死後の苦しみとを譬喩する）	上30
2	未詳（尺迦牟尼仏の頭を踏む）	中1
3	大方等大集経※1	中9
4	大般涅槃経	中22
5	大般涅槃経	中22
6	大般涅槃経	中22
7	方広経※2	下14
8	大智度論第十七、経律異相第七	下24
9	像法決疑経	下33

※1　太賢『梵網経古迹記』からの引用という攷證（八四頁）の指摘がある。

※2　「未詳。現存本の大通方広懺悔滅罪荘厳成仏経にはみえない。」（新大系、一四九頁）。

三　本書各論の概要

本書は二部構成、全十章から成る。罪業に起因する説話と、罪人を救う者の姿を考察して個々の説話を位置付ける。そのため、第一部は「罪業の形象」（全六章）と題し、編者の感得した「愛網の業」の問題を通して、人間がいかに罪業と対峙し、救済を得るのかを検討する。そこでは罪と業との関係性、及び罪業と救済の形象化について論じる。第二部は聖人の姿を希求する心的要因と、伝承を語る説話を中心として「〈聖人伝〉の形象」（全四章）と題し、『霊異記』がいかなる〈聖人伝〉を形成したのか考察する。

第一部　罪業の形象

第一章　「狐妻《きつねづま》説話における主題――愛欲の表現と異類婚姻譚――」

『霊異記』上巻第二縁は人間と狐が婚姻をする、所謂狐妻説話の日本における初出とされる。『霊異記』の異類婚姻譚は他に人間の娘を求める蛇の話（中巻第八縁、第十二縁、第四十一縁）があるが、これらとは異なり、上巻第二縁は婚姻の描写と歌を載せ、狐との間に生まれた子を始祖とする始祖伝承を語る点に特徴がある。しかし、仏教において異類との婚姻は邪淫という恥ずべき行為であるため、仏教説話集である『霊異記』がこの説話を載せた理由を問う必要がある。本章は漢籍における狐の変化によって起こる怪異譚と、異類婚姻譚における主題の変容について考察する。『太平広記《たいへいこうき》』や『捜神記《そうじんき》』等の中国説話において狐は人間を誑《たぶら》かし、美女へ変じて「淫婦」と呼ばれる。また菩薩に変じて仏教を侮辱する悪しき獣であるため、仏教と狐は相対するものと理解される。このように、狐との恋愛は禁忌として語るべきものであった。『古事記』に見える異類婚姻譚との比較から、第二縁は狐との恋愛における愛欲と業の問題を提示することに主眼があったと考えられる。本章では、男の求める美女像、つまり美女として描かれる狐の表現性から、男の愛着による婚姻とそこに生じる業について考察を試みた。

第二章　「狐妻説話における恋歌――「窈窕裳襴引逝也《さびてもすそをひきつつゆくなり》」との関係を通して――」

第一章で取り上げた異類婚姻譚に記される歌に着目する。上巻第二縁は夫婦別離の際、狐妻が赤裳を引いて去る姿を散文の文脈では「窈窕裳襴引逝也」と表現するのであるが、その姿を見たことによって夫は「恋は皆我が上に落ちぬたまかぎるはろかに見えて去にし子ゆゑに」という歌を詠む。従来、この歌の類歌として『万葉集』巻十一・二三九四番歌と巻十二、三〇八五番歌「朝影にわが身はなりぬ玉かぎるほのかに見えて去にし子ゆゑに」が取り上げられてきた。本章では、歌における「はろか」（『霊異記』）と「ほのか」（『万葉集』）の語が持つ意味の差異を中心に考察する。『万葉集』で「赤裳」が詠まれる歌の表現を踏まえることによって、散文脈の「窈窕裳襴引逝也」とは狐の妻と男との別離のみではなく、男による妻への深い想いと幻想性とが表現されていると指摘し得る。「窈窕裳襴引逝也」という叙述によって恋の心が惹起され、歌へと転じてゆく。夫の歌は、「はろか」の語によって異界へと赴く妻の姿を見ているのである。一方で仏教説話においては、恋心によって生じた婚姻は愛欲の結果の業として位置づけられる。ここには異類婚姻譚によって発生した狐に向ける愛欲という邪淫性と、恋の物語としての主題のずれが存するのであるが、夫婦の別離における恋心を歌によって表現することは『万葉集』の類型表現を享受した結果であると論じる。

第三章　「「愛心深入《あいしんふかくいりて》」における女の因業」

中巻第四十一縁は蛇と女の異類婚姻譚である。この説話は従来、三輪山説話との比較から論じられ、蛇神の畜生への零落、神話の形骸化と指摘されてきた。蛇との婚姻に際した女の心情を説話内では「愛心深入」と表現する。これは、本縁に挿入される経典説話が母から息子への心情を「深結愛心」と表現することと共通している。本章では、蛇との婚姻は業の因縁に影響を受けた娘の「神識」が原因であると捉える説話叙述に注目して、「愛心」と「神識」の意味を仏典や仏教の教理を通じて考察した。蛇との婚姻後、娘が発した「夢の如し」という言葉は、娘が自身の「神識」を改善することが出来なかったことを意味する。唯識説からみれば、娘が「愛心深入」という心（識）の状態としてあり、強い「愛心」によって自らの「神識」を改善し得なかったといえる。夢見において、仏からの教えに気付かない娘は、己の「愛心」によって生じる因縁を断ち切ることが出来なかったのであり、本縁は己の心に起こる愛を巡る罪業を問題として提言している。そして、本縁に通底する愛による欲望は、蛇と娘との婚姻という行為、肉親である息子との性愛という極端な行為によって描かれる。説話が、これらの欲望に囚われた人間の姿を次々に叙述する意義を考える。

第四章　「婬泆《いんいつ》なる慈母――子の孝養における救済――」

本章で取り上げる下巻第十六縁の横江臣成《よこえのおみなり》刀自女《とじめ》は、自らの子の育児放棄をする。寂林《じゃくりん》という僧は成刀自女が、その罪で死後、乳が腫れ苦しむのを夢の中で知るという話である。従来、この説話は母性の欠落した母親像という視点から捉えられる傾向にあるが、子が母を許すことが重要なテーマと目される。『霊異記』説話の夢見には、神仏の霊験が現れるため、本縁の寂林の夢見は仏の意思により顕現したと考えられる。愛欲の母に対して子ども達が、「慈母君」と呼ぶことで母の救済が示される。よって本縁が邪淫の母という特異なモチーフを有することは、母の罪を許す孝養の心が説話の主題にあると考えられる。これは、子の不孝は罪を受けるが、親の罪は子の孝養によって救済されるという『霊異記』に載る他の説話とも一致する。愛欲の母を救済するという問題は、東アジア仏教圏において要請された主題であり、儒教思想で重視された孝養のモチーフを取り込んだ説話が本縁であった。その上で『霊異記』には、婬泆の罪を犯した母における罪の自己認識を契機としながら、その罪有る者をいかに他者が許し、救うかといった問題が示されている。

第五章　「盲目説話の感応と形象――古代東アジア圏における信仰と奇瑞――」

『霊異記』には、病者が諸仏への信仰を契機として病を治癒する説話が載る。そのうち本章では、盲目の母親が薬師如来の木像への帰依によって治癒を得る説話と、東アジア圏に見られる盲目説話とを取り上げ、共通する感応の様相と語りの手法について検討する。そこで、「郷歌《ひゃんが》」と日本の説話文学に影響を与えたという『雑宝蔵《ぞうほうぞう》経《きょう》』を中心に取り上げた。「郷歌」の場合は、千手観音の絵像に眼を賜わるための歌を歌うことによって、千手観音から感応を得て、目が見えるようになる。また、『雑宝蔵経』は称名や経典読誦によって仏からの施しを得ると語る。一方、『霊異記』の盲目説話は、仏道への信心の結果とされる感応（＝治癒）が直接的に病者の盲を癒やすのではなく、そこに周囲の人間の介在を要する。『霊異記』の病治癒説話は、漢訳仏典の世界における信仰の様相を基盤として種々の経典の効能を記す。その上で、病者による諸仏への至心と、それに心動かされた人々の援助を媒介させる展開を形成していた。『霊異記』の盲目説話は、東アジア仏教圏の感応譚を享受しつつ、そこに人間の善行を奨励させるための意図をもつ説話であると位置づける。

第六章　「宿業《しゅくごう》の病と無縁の大悲《だいひ》」

本章では、前章に引き続いて宿業の病者の説話を取り上げる。下巻第三十四縁の巨勢呰女《こせのあさめ》は、天平宝字五年に突然、首に大瓜ほどの腫れ物が出来る。呰女は自身の宿業を自覚して、戒を受けて仏道修行を始める。のち、延暦六年に腫れ物から膿汁が出て快癒する。『霊異記』は、身体的な病の原因を個人の「宿業」として捉える。病者は現報のみの罪ではなく、過去世から引き継がれる自身の罪を自覚する。病者が現世において功徳を積もうとするのは、こうした思想によるものである。しかし下巻第三十四縁は、身体的な病と宿業を語る他の説話と比べ、圧倒的に病の期間が長い点、読誦した経典数の膨大な点などが特徴的である。また、出典不明の経典が引用され、信心する者には仏の「無縁の大悲」がもたらされるとの評語がある。「無縁の大悲」は「無相の妙智」と対応して記載されており、これは宿業を背負う者と、それを救う者との関係を「無縁の大悲」と「無相の妙智」という語を用いて説明したものである。本章では「無縁の大悲」の語が、本縁と下巻第三十八縁の景戒自伝にのみ見える語であることに注目したい。景戒自伝において記される「観音の無縁の大悲」とは、観音による分け隔てない慈悲の心である。自身の業を感得し、修善する病者において施される「無縁の大悲」と下巻第三十八縁との関係性から、罪業と救済の関係性がいかに成立するものか考察する。本章において罪業と救済に関与するのは行者忠仙《ちゆうせん》であったように、『霊異記』は罪を救済へと導く聖人の姿を伝えるための説話を記そうとする志向があるものと考える。第二部では、この志向によって叙述された聖人による救済について論じる。

第二部　〈聖人伝〉の形象

第一章　「聖徳太子の片岡説話——「出遊《しゆつゆう》」に見える〈聖人伝〉の系譜——」

上巻第四縁は、聖徳太子が宮から出て片岡に「遊観」した際に病者の乞食と交流をするという、片岡説話と呼ばれるものである。また、聖徳太子伝承の一つである『万葉集』巻三・四一五番歌の題詞には、聖徳太子が竹原井に「出遊」した際に龍田山で死人を見て悲傷して挽歌を詠じたとある。両作品に共通する聖徳太子の巡遊は、『霊異記』では「遊観」、『万葉集』では「出遊」と表現される。ここで問題とすべきは、聖徳太子が片岡へ「遊観」、「出遊」したと示すことの必要性である。この遊観の行為によって乞匃《かたい》との邂逅が導かれるのであり、その特別な状況を説話叙述が記すことの意義が求められよう。中国撰述の経典において、これらの語は釈迦が城を出て遊観（出遊）して世の悲しみを知り、出家を志す契機となる語である。また、『高僧伝』には志のある高徳の僧が巡遊し、仏道を求める説話がある。説話において聖徳太子の行為を遊観と表現することは、仏教者としての資質を太子に付与する意図があると考える。本章は、他文献の聖徳太子片岡説話と比較して、遊観・出遊の語を手がかりとし、本縁が『霊異記』のための聖徳太子〈聖人伝〉であることを論じる。

第二章　「『霊異記』が語る行基伝——聖人の眼をめぐって——」

『霊異記』は、行基を「隠身の聖」と呼ぶように行基の霊験を称賛する。周知のように行基は、朝廷から怪しき宗教者との弾圧を受けながらも、地方豪族の援助、民衆からの支持を受けて寺院建立など社会事業の指揮を為す。そして東大寺盧舎那仏《るしゃなぶつ》造営の勧進に起用されて、僧の最高位である大僧正の位を初めて受位される。こうした行基の事績から付随した霊験伝承の一形態が、『霊異記』に見える行基説話と考えられる。しかしながら、『霊異記』の行基説話には東大寺建立に関する記述はなく、むしろ行基の能力である前世の事象を見通す「天眼」（または「明眼」）なる力によって解き明かされる因果や罪を語る。この点から『霊異記』が語ろうとする行基像は史料における行基とは異なり、行基の顕現せしめる霊験に眼目があるものと思われる。そこで、印度撰述経典における仏の眼の力、『霊異記』上巻第四縁に見える聖徳太子の通眼との比較を通じて、聖人の持つ眼の役割について考察した。その結果、行基の聖人としての役割は、天眼によって衆生の罪を自覚させて修善へと導くことであり、これは『霊異記』独自の行基伝として形象されていることを論じる。

第三章　「行基詠歌伝承と鳥の形象」

中巻第二縁は、烏の邪淫を契機として妻子を捨て、行基に師事した信厳《しんごん》禅師の出家と死によって構成される。信厳は、死ぬ時は行基大徳と共に死のうという約束（要語）をしたにも拘《かかわ》らず、行基よりも先に死んでしまう。信厳の死を悲しむ行基の歌を載せる点、行基の歌以降が説話全体の評価と「賛曰《さんにいはく》」へと展開する点から、第二縁は他の行基説話とは異なり、行基の徳を示すことや行基の菩薩としての性質を示すものとは捉えにくい。本章では行基の歌と『万葉集』東歌との詞章の比較を行う。その上で、行基の歌は恋歌の表現によりながら現実とは異なる結果の言葉、果たされない信厳の言葉を批難する歌であると捉える。さらに、後代の歌論書の類歌と伝承や、婆羅門僧正との贈答歌と説話を通じて、行基伝承と歌との関係を考察した。その結果、『霊異記』は歌と散文の関係性や仏教者における読経の機能を説く『高僧伝』を参照し、行基の詠歌自体に僧の徳を示す役割があることを論じる。

第四章　「「外道」なる尼——女人菩薩説話の形成——」

下巻第十九縁は、「肉団」（肉塊）から出生した女子が、舎利菩薩と称されるまでに至る説話である。この話は印度撰述経典の『撰集百縁経』や『賢愚経』で肉団から男子の阿羅漢《あらかん》が生まれるとする伝説や、卵生によって新羅王・高句麗王が誕生したとする朝鮮半島の始祖伝承などに見られる神話的思考を享受しつつ、日本において肉塊から仏教者が誕生したことを語る。その上で着目すべきは三点ある。一に肉塊から生まれたものが男子ではなく女子であること、二に尼が僧たちから「外道」と誹られること、三に「神人」に救済されることである。「菩薩」でありながら「外道」と罵られる「尼」の特質を『梁高僧伝』、『比丘尼伝』から検討しつつ、律令制度下における官僧を取り巻く状況と合せて考察した。下巻第十九縁は、経典の説話に連なりながらも、異常誕生と特殊能力という説話類型の上に、『霊異記』が女の菩薩という存在の起源を説くことを意図したものと考えられる。異形の尼が「外道」から「舎利菩薩」へと転換したこと、そして女身の「菩薩」の〈聖人伝〉を形成したことが、『霊異記』の語る新進的な〈聖人伝〉であったと論じる。

以上のように本書は、第一部では恋や愛という他者への欲望から生まれる罪業、宿業を受けた者を救済する問題を取り上げる。続く第二部では、『霊異記』に記される〈聖人伝〉を通して、罪を救う者の姿がいかに形象されているのかを論じる。『霊異記』は多くの悪行説話を語るがその一方で、人間の心にある信仰の発露の様相を示す。本書は『霊異記』に見える罪業の姿や、信仰を形象化した〈聖人伝〉の文脈における表現の典拠を仏典の世界に求めながら、人間の心から生まれる罪業と、それに対する葛藤とが、文学として如何に描かれたのか考察する。

注

1　「愛網の業」とは、松浦貞俊が「愛著の念多端に亙り交るを網目に譬へて、『執着の心を動かして業因を作る』の意を表して居る」と解釈するように、性愛のみではなく大きな枠組みにおいて執着を起因とする因縁や業といえるだろう。松浦貞俊『日本國現報善悪靈異記註釋』（大東文化大学東洋研究所叢書9、一九七三年六月）四九四頁註解。

2　辰巳正明「憶良を読む―六朝士大夫と憶良―」（『上代文学』第六十号、一九八八年四月）。後、「六朝士大夫と憶良」と改題し、辰巳正明『万葉集と中国文学　第二』（笠間叢書256、笠間書院、一九九三年五月）に所収。

3　山口敦史「日本霊異記と中国六朝思想―悔過・懺悔・慚愧―」（『日本文学論集』第十四号、一九九〇年三月）。後、山口敦史『日本霊異記と東アジアの仏教』（笠間叢書378、笠間書院、二〇一三年二月）に所収。

4　藏中しのぶにより、『霊異記』が『梁高僧伝』の影響を受けていることは既に指摘されている。本書においても、『霊異記』が僧伝を踏まえたものとして聖人の姿を語ると想定し、日本国において語り伝えるべき聖人の姿を記した説話を〈聖人伝〉と呼ぶことにする。藏中しのぶ「和光同塵・上代高僧伝の思想―『日本霊異記』行基物語化の背景―」（『上代文学』第六十六号、一九九一年四月）。後、藏中しのぶ『奈良朝漢詩文の比較文学的研究』（翰林書房、二〇〇三年七月）に所収。

5　多田一臣「『日本霊異記』と〈表相〉」（『古代文学』第十九号、一九八〇年三月）後、多田一臣『古代国家の文学　日本霊異記とその周辺』（三弥井選書17、三弥井書店、一九八八年一月）に所収。

6　「悪死」不孝（上巻第二十三縁、第二十四縁、中巻第三縁）、僧への迫害・仏法への不敬（中巻第一縁、第十一縁、第十八縁、第三十五縁、第四十縁、下巻第十四縁、第十五縁、第十八縁、第二十六縁、第二十九縁、第三十三縁）。虚偽（下巻第二十六縁）。

7　「悪報」動物殺生（上巻第十一縁、第十六縁、第二十一縁）、僧への迫害・仏法への不敬（上巻第十五縁、第十九縁、第二十七縁、第二十九縁、下巻第三十五縁、第三十六縁）。

8　緒方惟精「古代日本人の罪意識と霊異記の応報思想」（『文化科学紀要』第四輯、一九六二年三月）。

9　緒方惟精「日本霊異記の制作態度」（『文化科学紀要』第五輯、一九六三年三月）。

10　広川勝美「罪悪の発見―『日本霊異記』をめぐって―」（広川勝美編『物語と説話』汐文社、一九七四年七月）。

11　仲井克己「日本霊異記の世界観―仏国土に於ける救済の論理―」（『国文学研究』第九十号、一九八六年十月）。仲井克己が行った分類は以下の通り。「」内の分類名は仲井の規定に従った。

「僧を誹謗・迫害」（上巻第五縁、第十九縁、第二十九縁、中巻第一縁、第十一縁、第十八縁、第三十五縁、第四十縁、下巻第十四縁、第十五縁、第二十縁、第三十三縁）。「寺物盗用・破壊」（上巻第二十縁、第二十七縁、中巻第九縁、下巻第二十九縁）。「殺生」（上巻第十六縁、第二十一縁、中巻第十縁）。「不孝」（上巻第二十三縁、第二十四縁、中巻第三縁）。「邪淫」（下巻第十八縁）。

12　仲井克己「罪人の心象風景―始原としての日本霊異記―」（『国文学研究』第九十二号、一九八七年六月）。また、仲井克己「彼岸にみる罪と罪人―『日本霊異記』に於ける救済の構造―」（『説話文学研究』第二十五号、一九九〇年二月）。

13　中巻第二十四縁には「閻羅王の使に召さるる難を脱れき〔脱閻羅王使所召之難〕」（新編全集一九二頁）とある。この中の「羅」を、中巻の底本である真福寺本では「罪」と作るが、それでは文意が取れないため「羅」を採る。また、下巻第二十六縁の「閻羅王の闕に召されて、三種の罪を示さる〔閻羅王闕所召、而示三種之罪〕」（新編全集三二六頁）は、真福寺本が「三種之夢」と作るのに従い、用例として加えなかった。これについては第一部第三章にて詳述。

14　引用文は経典に見えないことを狩谷棭斎が指摘する。狩谷棭斎『日本靈異記攷證』（正宗敦夫ほか編『狩谷棭斎全集二』日本古典全集刊行会、一九二六年一月）七三頁。

15　中村元『広説 佛教語大辞典』縮刷版（東京書籍、二〇一〇年七月）。

16　出雲路修「《日本国現報善悪霊異記》の編纂意識（上）」（『國語國文』第四十二巻一号、一九七三年一月）、「《日本国現報善悪霊異記》の編纂意識（下）」（『國語國文』第四十二巻二号、一九七三年二月）。

17　寺川眞知夫「景戒の夢解と仏性の認識―原撰時から増補時への認識の深まり―」（坂本信幸ほか編『論集 古代の歌と説話』和泉書院、一九九〇年十一月）。後、寺川眞知夫『日本国現報善悪霊異記の研究』（研究叢書180、和泉書院、一九九六年三月）に所収。

18　中井真孝「古代における救済とその論理―とくに『日本霊異記』の場合―」（『日本宗教史研究』第四号、一九七四年四月）。

19　中井真孝は前掲注（18）で、『霊異記』の救済観念を「平安仏教の一乗思想、悉皆成仏の理論にくらべてまだまだ不十分な救済論」であると評する。前掲注（11・12）の仲井克己も同様の視点で『霊異記』を評価した。しかし、『霊異記』は中国の仏教説話集に習いつつ、仏教の思想世界と日本国における人間（自己）とを結びつけた点に独自性があると考える。

20　また、悪行としての「業」には「現在の業を見よ」（上巻第十八縁）、「能く口業を護れ」（上巻第十九縁）、「物を取るを業としき」（中巻第四縁）、「殺生の業」（中巻第五縁）、「鳥の卵を求りて、煮て食ふを業とせり」（中巻第十縁）、「殺盗を業とし」（中巻第二十二縁）、「悪業の引く所」（下巻第二十二縁）、「殺生の業」（下巻第二十五縁）、「愛網の業」（下巻第三十八縁）がある。

21　この「業」とは、職業や生業、善行にも使用される語である。職業としての意味は、「網を以て業とせり」（上巻第十一縁）、「羹《アツモノ》を売るを以て業とす」（上巻第十一縁）、「業成りて後に」（上巻第二十二縁）、「産業《ナリハヒ》」（中巻第十六縁）、「寺の産業」（中巻第三十二縁）、「産業」（下巻第十縁）、「農業」（下巻第二十四縁）、「魚を捕るを業としき」（下巻第三十二縁）。善行としての意味は、「以て常の業とせり」（上巻第四縁・願覚《がんかく》）、「身心の業とせり」（上巻第十三縁・風流なる女）、「仰ぎて三宝を信じ、之を以て業と為り」（上巻第二十八縁・役《え》の優婆塞《うばそく》）、「善業縁」（中巻序文）、「放生《ほうじやう》の業」（中巻第五縁）、「業行と為しき」（中巻第十九縁）、「千手の咒《じゆ》を誦持《ずぢ》するを業とせり」・「修業者」（下巻第十四縁）、「有智の得業」（下巻第三十縁）、「法を弘め人を導きて、以て行業とせり」（下巻第三十九縁・善珠《ぜんじゆ》）がある。朝日全書以降、下巻第十四縁「修業者」（真福寺本）を「修行者」に改める注釈書が多く、新編全集も同様である。しかし、底本のまま「修業者」と訓む立場（旧大系・古典集成）もある。本章では千手千眼陀羅尼の「修業」を行う者と解して、用例に加えた。

第一部

罪業の形象

第一章　狐妻説話における主題——愛欲の表現と異類婚姻譚——

はじめに

『霊異記』上巻第二縁は欽明朝における狐と男との異類婚姻譚と、その間に生まれた子の始祖伝承を語る。上巻冒頭部（第一縁から第三縁まで）は従来、非仏教的な説話と指摘されている。その一方で、中国説話との比較によって本縁に仏教的性質を認める視点もある（後述）。本縁は異類婚姻における始祖伝承を語りつつ、漢籍の潤沢な表現によって物語を叙している。しかし、仏教において異類との婚姻は邪淫の罪として禁止されているように、本縁は主題が交錯して複雑化されているといってよい。本章では漢籍との比較を通じて、邪淫とされる狐との婚姻を語る意義を検討する。

一　『霊異記』に見る狐妻説話とその主題

以下に考察対象とする上巻第二縁を説話の構成上、Ａ～Ｃに分けて挙げる。

狐を妻として子を生ましめし縁　第二

A．昔、欽明天皇 是は磯城嶋《しきしま》の金刺《かなさし》の宮に国食《クニヲ》シシ、天国押開広庭《あめくにおしはるきひろには》の命ぞ。の御世に、三乃国大乃郡《みののくにおほののこほり》の人、妻とすべき好き嬢《ヲミナ》を覓《もと》めて路を乗りて行きき。時に曠野の中にして姝《うるわ》しき女遇へり。其の女、壮《をとこ》に媚《コ》ビ馴《ナツ》キ、壮睇《メカリウ》ツ。言はく、「何に行く稚嬢ぞ」といふ。嬢答ふらく、「能き縁を覓めむとして行く女なり」といふ。壮も亦語りて言はく、「我が妻と成らむや」といふ。女、「聴かむ」と答へ言ひて、即ち家に将て交通《とつ》ぎて相住みき。此頃、懐妊《はら》みて一の男子を生みき。

B．時に其の家の犬、十二月の十五日に子を生みき。彼の犬の子、家室《イヘノトジ》に向ふ毎に、期尅《イノゴ》ひ睚《ニラ》み皆《ハニカ》ミ嘷吠《ホ》ユ。家室脅《オビ》エ惶《おそ》りて、家長に、「此の犬を打ち殺せ」と告ぐ。然あれども、患へ告げて猶し殺さず。二月三月の頃に、設けし年米を舂《つ》きし時に、其の家室、稲舂女《いなつきめ》等に間食を充てむとして碓屋《からうすや》に入りき。即ち彼の犬、家室を咋《く》はむとして追ひて吠ゆ。即ち驚き澡《オ》ヂ恐り、野干《きつね》と成りて籠の上に登りて居り。家長見て言はく、「汝と我との中に子を相生めるが故に、吾は忘れじ。毎に来りて相寐よ」といふ。故に夫の語《こと》を誦《おぼ》えて来り寐《ネ》キ。故に名は支都禰《きつね》と為《い》ふ。

C．時に、彼の妻、紅《くれなゐ》の襴染《スソぞめ》の裳《も》 今の桃花の裳を云ふ。を著て窈窕《サ》ビて裳襴《もすそ》を引きつつ逝《ゆ》く。夫、去《い》にし容を視て、恋ひて歌ひて曰はく、

　恋は皆我が上に落ちぬたまかぎるはろかに見えて去にし子ゆゑに

といふ。故に其の相生ましめし子の名を岐都禰《きつね》と号く。亦、其の子の姓《かばね》を狐の直《あたへ》と負《おほ》す。是の人強くして力多有りき。走ることの疾きこと鳥の飛ぶが如し。三乃国の狐の直等が根本《もと》是れなり。

Aは「昔」の語によって、仏教が伝来したとされる欽明朝に狐と男との婚姻があったことを語りおこす。男は

妻とすべき良い女を探し歩き、曠野に出ると「姝しき女」と遭遇する。女は男に対し「壮に媚ビ馴キ、壮睇ッ」と、媚びた態度で目配せをする。この女は「能き縁」を求めて曠野を歩いているのだと語り、二人は意気投合して婚姻をする。[★1] Bでは、男の家で飼われていた犬の出産について語り、後に起こる婚姻破綻の前兆が示されている。この犬の子が家室となった狐妻に対して吠えるため、これを恐れた狐妻は夫に子犬を殺すように命じるが、夫は殺さなかった。この後、犬に吠えられた狐妻は、驚いた拍子に狐の身を晒してしまう。夫は、妻に対して「毎に来りて相寐よ」と告げる。その言葉に従って妻は毎夜、夫と子の元へと通うようになり、この妻の行動を表した「来つ寝」という語から狐の語源を引き出す。そして説話は夫の詠歌と、生まれた子が「狐の直」という氏族の祖となった由来を語ることで終結する。本縁はその内容からして、仏教的な要素は看取し難い。『霊異記』に掲載された事情について武田祐吉は、編者が「奇事そのものに興味を感じてゐると見られる」[★2]説話の一つであるとし、松浦貞俊も本縁を「奇異譚」[★3]として扱っている。このように、本縁は編者の興味から採択され、善悪に関わる仏教的因果を諭すことからは外れた説話と解されてきた。この解釈は、説話の表現性と関わるものである。例えば夫婦の別離に際しては「紅の襴染の裳を著て窈窕ビて裳襴を引きつつ」と、ロマンティックな文飾表現によって記されるものの、本来ならば、仏教において異類婚姻は避けるべき邪淫のひとつである。つまり、本縁は男と狐との悲恋、始祖伝承、邪淫という複数の主題が混在した状態として看取されるのである。

　こうした問題に対して近年では、所謂「道場法師系説話群」（上巻第二縁、第三縁、中巻第四縁、第二十七縁）というまとまりの中で、説話の主題を解釈するという方向性に傾いている。異類婚姻による狐直氏族と、上巻第三縁の雷の力を得た異常出生によって生まれた道場法師、この二つの血統を受け継ぐ両者が、中巻第四縁において力比べ対決をするという構造を持つ。以下に中巻第四縁冒頭部を挙げる。

聖武天皇の御世に、三野国片県郡《みののくにかたかたのこほり》少川《をがは》の市に、一の力ある女有りき。人と為り大きなり。名をば三野狐と為ふ。是は、昔、三野国の狐を母として生れし人の四継《よつぎ》の孫ぞ。力強くして百人《ももたり》の力に当りき。少川の市の内に住み、己が力を恃《たの》み、往還《ゆきき》の商人を凌《しの》ぎ弊《シヘタ》ゲて、其の物を取るを業《なりはひ》としき。時に、尾張国愛智郡片輪《をはりのくにあいちのこほりかたわ》の里にも、一の力ある女有りき。人と為り少さし。是は昔元興寺に有りし道場法師の孫ぞ。

（『霊異記』中巻第四縁）

三野狐と道場法師の孫の出自が、上巻二・三縁と対応する形で記されている。そして中巻第二十七縁は、道場法師の孫娘を中心に語る内容となっている。孫娘は結婚をしたが、夫が取られた衣を返してもらうために奮った強力が仇となって離縁されてしまう。その後、孫娘は自身をからかう船頭達を強力によって屈服させる。

経に説きたまへるが如し。「餅を作りて三宝に供養すれば、金剛那羅延《こんがうならえん》の力を得む云々《しかしか》」とのたまへり。是を以て当に知れ、先の世に大枚《だいまい》の餅を作りて、三宝衆僧に供養し、此の強力を得たりしといふことを。

（『霊異記』中巻第二十七縁）

孫娘に備わった強力は、前世において三宝に帰依したことによると説明されており、強力は前世における功徳の善因であったことが理解される。ここにおいて、中巻第四縁で三野狐が敗北する所以も、金剛那羅延の加護が孫娘にあったためと解釈できる仕組みとなる。今井昌子、河野貴美子は「道場法師系説話群」には、狐という邪淫の存在が、中巻で仏教者の孫に敗北するという構造があると指摘する。[★4] この見解は、『霊異記』を通観した場合において得られる解釈であるだろう。説話群一連の流れから本縁を抜粋したとき、説話の主題は希薄化しているといえる。このような、本縁の主題が不明確な原因について、寺川眞知夫は説話群の構造を踏まえた上で以下のように述べている。

このように、人間と狐の婚姻により、愛網の業を示し、愛欲、執着する心を制しようとするところに、本縁の主題があるとすれば、本縁は僧侶等の手に成る因縁譚といえ、仏教説話の中に入れるべきものとなろう。

本縁の婚姻破綻のモチーフの曖昧化はこのような本縁の主題にかかわっていると考えられる。★5

寺川は本縁に仏教者の改編の手が加えられ、仏教的意義付けがなされて再生産されたと目しており、狐との婚姻、及び男の愛網の業による因縁譚として捉えるべきとする。仏教説話集である『霊異記』の志向性に沿えば、男の恋情を悪因と説くことは首肯される。ただ、本縁は狐を悪しき獣として見る一方で、狐との婚姻を華美な表現を用いて描く点にこそ説話としての特徴があるだろう。つまり、因縁譚としてありながらも叙情的な文飾表現と恋歌が挿入されるのは、二つの主題がこの説話に内在しているゆえと考えられるのである。そこで、次節では狐の変化が語られる説話を通して、本縁が狐との恋愛譚として形成された意義について検討する。

二　狐の変化と「姝しき女」への眼差し

狐は古来より、知恵と霊威とを持った獣と考えられてきた。狐達はその霊力で人間を騙したり、人間に変じたりする。この霊獣としての姿は中国、朝鮮、日本といった東アジア圏のみならず、世界の民話などにも見られるものである。今井昌子は漢籍の『広異記』「劉衆愛」や『白氏文集』「古塚狐」を例として、狐が美女に変じて赤色の裳を纏う姿は、男性に対する挑発の類型的な表現であったことを指摘し、この発想を『霊異記』が受容したと論じた。★6 本縁でも、美しい女へと変じた狐の姿に対し、男は「姝しき女」と認識して婚姻に展開する。先行論を踏まえる形ではあるが、今一度、漢籍における狐の変化について確認しておく。

1．千歳の雉は海に入りて蜃となる。百年の雀は海に入りて蛤となる。千歳の鼈黿は能く人と語る。千歳の狐

は起て美女となる。★7

（『捜神記』巻十二）

2. 後漢の建安中、沛国郡の陳羨は西河都尉為り。其の部曲の王霊孝、故無くして逃げ去る。羨は之を殺さんと欲するも、居ること何ばくも無くして、孝復た逃げ走る。羨久しく見ざれば、其の婦を囚へ、婦は実を以て対ふ。羨曰はく、是れ必ず魅の将れ去るならん。当に之を求むべし、と。因りて歩騎数十を将ゐ、猟犬を領し、城外を周旋して求索し、果たして孝を空冢の中に見る。人犬の声を聞きて、怪遂に避け去る。羨は人をして孝を扶けて以て帰らしむ。其の形は頗《すこぶ》る狐に象《に》たり。略《ほ》ぼ復た人と相応ぜず、但だ阿紫と啼呼するのみ。阿紫とは狐の字なり。（中略）狐始め来る時、屋の曲角の鶏の栖の間に於いて、好き婦の形を作し、自ら阿紫と称し、我を招く。此くの如きこと一に非ず。忽然として便ち随ひ去る。即ち妻と為し、暮には輒《すなわ》ち与《と》共《も》に其の家に還る。狗に遇ふも覚えず。云ふ。楽しきこと比ぶるもの無し、と。道士云ふ。此れ山の魅なり、と。名山記に曰はく、狐は、先古の淫婦なり。其の名を阿紫と曰ひ、化して狐と為る。故に其の怪多く自ら阿紫と称す、と。★8

（『捜神記』巻十八）

3. 狐五十歳、能く変化し婦人となる。百歳は美女となる。神巫となる。或は丈夫に為りて女人と交接す。能く千里の外事を知る。善く蠱魅し、人をして迷惑失智せり。千歳即ち天通に與じ、天狐となる。★9

（『太平広記』説狐、巻四四七）

4. 九尾狐は、神獣なり。其の状赤色、四足九尾なり。青丘の国に出づ。音は嬰児の如きなり。

（『太平広記』瑞應、巻四四七）

1と2の『捜神記』は、六朝時代に成立した志怪小説で、干宝の筆とされる。1は、千歳になった雉は海に入って蜃となり、百歳を経た雀は海に入って蛤となる。そして千歳の亀は人間と語るようになり、千歳の狐は二本足で立って美女となるという。このように千歳まで生きた動物は霊威を獲得して霊獣になると認識されていたようである。2は、狐の幻覚に惑わされた男の話である。陳羨の部下である霊孝という男が姿を消し、皆で霊孝を探すと墓穴から見つかる。霊孝は「阿紫、阿紫」と啼き叫んでおり、聞けば阿紫とは狐の名であったという。狐は霊孝の前に婦人の姿で現れて、彼を誑かしたのである。霊孝は狐の幻術によって婦人と暮らしていると思い込まされ、心身薄弱の状態となっていた。この話は詳細不明の書物という『名山記』を引用しており、★10 狐は大昔に淫婦であり、名を阿紫といったのが、姿を狐に変えたのだと記す。3、4は『太平広記』の例である。『太平広記』は北宋時代に成立した類書である。全五百巻のうち、四四七巻から四五五巻まで、狐の怪異を記した話が纏められている。3の「説狐」には、狐は五十歳になると変化して婦人となり、百歳で美女に変化するという。また、「丈夫」すなわち、年頃の男性となって女人と交わるのだという。狐は美女となって男を惑わせるほか、男にもなるようである。このように狐は、性的魅力を持った者に変化して人間を誑かし、犯すのである。また、千里の外事に通じて人の智を失わせるという。2で霊孝を誑かした狐がその例に当て嵌まる。そして、千歳になると天に通じて天狐になるという。「天狐」とは神通力を得て天上界に往来するといわれる狐のことで、狐は年を取れば取るほど霊威が強くなると考えられていたようである。4は、九尾の狐が神獣であると説明する例であり、邪淫性は伺えないものの、狐は霊獣という異質なものとして見られていた。『延喜式』に狐を瑞祥とする記事があるように、狐の霊獣としての姿は大陸由来の思想によって形成されたことが理解される。★11

その他、今井の挙げた「劉衆愛」は狐が「緋裙」を着た美人に変化する。本来の姿を現した狐を捕えると、口の中には「媚珠」という珠があった。劉衆愛がこれを母に渡すと、母は夫（劉衆愛の父）に深く愛されたという（『太平広記』劉衆愛、巻四五二）。この「媚珠」は、手に入れると男に愛されるという珠である。狐の口中にある「媚珠」によって妻が夫から寵愛された例の如く、他者に恋情を持たせる威力のある珠であったことがわかる。珠の他にも、狐に「媚」が冠される例として「遇狐媚」（『太平広記』長孫無忌、巻四四七）や「狐媚」（同・北斉後主）がある。この「狐媚」とは狐が人を騙すことを指すという。★12このように狐が淫婦に変化することや、妖麗な魅力が「媚」という字によって表されている。この「媚」は、本縁においても美女に変じた狐が「其の女、壮に媚ビ馴キ」と、男に対し媚びたように馴れ馴れしい態度を向けたという行動を表現するために用いられている。★13本縁Aにおいて「姝しき女」が男に対して「媚」びた姿を向けたとされるのは、このような漢籍の影響を受けた表現であると理解される。★14

以上のような美女への変化のほかに、『太平広記』「代州民」には「唐代州民に一の女有り。其の兄遠戍の不在なり。母と女独り居る。忽ち菩薩見え、雲に乗りて至る。謂ひて母に曰はく、汝の家甚だ善し。吾之れに居することを欲す。速かに修理すべし。」と、狐が菩薩に変じた例がある。代州に母と娘が暮らしており、兄は遠くにおり家には居なかった。その時、菩薩が雲に乗って来て、この家に住む。近隣の村人はこの菩薩を見て供養するが、菩薩と娘は私通して娘は懐妊する。この菩薩は老狐の変化した姿であった。同じく『太平広記』巻四四七の「大安和尚」には、自らを「聖菩薩」と名乗る女がいた。彼女は読心術に優れていたが、大安和尚との問答で狐の正体を現した後に逃げ去ってしまう。これら仏教者に変じる狐は、在俗の人間を誑かすが、道士や僧侶らの力によって正体を露見してしまう。ここには、人間と同等の知恵を持ち、時に人間を凌駕する程の幻術によって脅威を与える狐の姿が見られる。狐が知恵を持ち、菩薩に化けて仏教を愚弄するといった説話は『霊異記』にはないものの、こうした狐の怪異性は享受していたと思われる。漢籍における狐の変化譚は、一回性の怪異として語られ、幻術に遭遇した人々の災難や滑稽な姿を語る。しかし『霊異記』説話における狐の場合、一回性の変化とは異なり、怨念の連鎖を語る場合に登場する。例えば、下巻第二縁は、狐と犬とにおける、前世から引き継がれた因縁を語る。

5．病者託《くる》ひて曰はく、「我は是れ狐なり。無用《いたづら》に伏《ふく》せじ。禅師、強ふること莫《なか》れ」といふ。問ふ、「何の故にか」といふ。答ふらく、「斯れは先に我を殺せり。我は彼の怨《あた》を報いむ。是の人纔《ヒタダ》死なば、犬に生れて我を殺さむ」といふ。（中略）晣《あきら》かに委《し》る、甃《し》にし人還りて彼の怨を報ゆることを。嗚呼惟《おも》ふに、怨報《をんぽう》朽ちず。何を以ての故にとならば、毗瑠璃王《ひるりわう》、過去の怨を報いて、釈衆九千九百九十万人を殺しき。怨を以て怨に報ゆれば、怨猶し滅びず。車輪の転ずるが如くなり。（『霊異記』下巻第二縁）

病者の看病に来た永興禅師は、陀羅尼を呪して治病を行う。すると病者には狐が憑依していた。この話で、狐は病者に取り憑いた所以を語る。狐は自分が病者を殺せば、病者は転生して犬となり、また自分を殺すと予見している。怨による応報の連鎖が輪廻によって繰り返されるのである。更に毗瑠璃王が釈迦族を虐殺した伝説を説話の例証として挙げ、怨の報復は車輪が廻る如く、怨は巡り続けると説くのである。5の例は狐の陰惨で残忍な性質を語りながら、怨念の連鎖による因果の報を説いてゆくことへ向かう。このように、『霊異記』における狐とは、前世からの怨恨を引き継ぐ、怪異の形を表す獣として語られている。

三　異類婚における愛欲

前節で確認したように、本縁は漢籍に見える狐の邪淫性を踏襲しており、表現叙述においても影響を受けていたことが理解される。本節では、始祖伝承と邪淫説話という二つの主題が本縁には含まれているのではないかという点について考察する。

上代文献における異類婚の多くは、神と人との婚姻である。『古事記』上巻海宮訪問条では、天神の御子である火遠理命と、海神の娘である豊玉毘売の婚姻があり、その後、禁室型出産による鵜葺草葺不合命の誕生が語られる。

6．是に、海の神の女豊玉毘売命、自ら参ゐ出でて白ししく、「妾は、已に妊身みぬ。今、産む時に臨みて、此を念ふに、天つ神の御子は、海原に生むべくあらず。故、参ゐ出で到れり」とまをしき。爾くして、即ち其の海辺の波限にして、鵜の羽を以て葺草と為て、産殿を造りき。是に、其の産殿を未だ葺き合へぬに、御腹の急かなるに忍へず。故、産殿に入り坐しき。

爾くして、方に産まむとする時に、其の日子に白して言ひしく、「凡そ他し国の人は、産む時に臨みて、本つ国の形を以て産生むぞ。故、妾、今本の身を以て産まむと為。願ふ、妾を見ること勿れ」といひき。是に、其の言を奇しと思ひて、窃かに其の方に産まむとするを伺へば、八尋わにと化りて匍匐ひ委蛇《もこよ》ひき。即ち見驚き畏みて、遁げ退きき。爾くして、豊玉毘売命、其の伺ひ見る事を知りて、心恥しと以為ひて、乃ち其の御子を生み置きて、白さく、「妾は、恒に海つ道を通りて往来はむと欲ひき。然れども、吾が形を伺ひ見つること、是甚怍し」とまをして、即ち海坂を塞ぎて、返り入りき。是を以て、其の産める御子を名けて、天津日高日子波限建鵜葺草葺不合命と謂ふ。（『古事記』上巻、鵜葺草葺不合命の誕生）

火遠理命は、失くした兄の鉤を求めて海宮を訪れ、海神の娘である豊玉毘売を見初めて婚姻をする。海神の助けによって鉤を得た火遠理命は地上へと戻り、臨月となった豊玉毘売は産殿で出産をする。この時「今本の身を以て産まむと為。願ふ、妾を見ること勿れ」と火遠理命に告げるが、火遠理命はこの言葉に背いて出産を覗き見てしまう。正体を見られたことによって豊玉毘売命が海宮に帰ってしまい、婚姻は解消される。

このように、異類の女の正体の露見という異類婚姻譚の類型によって、火遠理命と海神の娘豊玉毘売との婚姻は破綻する。しかし、その子鵜葺草葺不合命は、天神と海神との血統を受け継ぐ者となり、その血統が初代天皇神武に受け継がれるというように、王権始祖神話として機能している。

また、『古事記』中巻崇神記において、大物主神の子孫として位置づけられる意冨多々泥古が神の子である由縁を語る話も異類婚である。活玉依毘売という女性の元へ訪れる男の正体が、美和山の神であったということを苧環型神婚説話によって語る。その末尾には、意冨多々泥古が神君・鴨君の祖先であることを記しており、やはり氏族の始祖伝説となっている。『日本書紀』崇神天皇十年条の「箸墓説話」や、同じく『日本書紀』雄略天皇七年七月条を参照すれば、大物主神の正体が「蛇」であることがわかる。従って三輪山の神にまつわる神婚譚が蛇神婚姻であり、異類婚の性質を有するということは、他の苧環型の説話が蛇との婚姻を記すものであるところからもわかる。これらには、異類婚による氏族の始祖伝説が描かれているのである。★15 本縁も狐直という氏族伝承を語る上では共通するが、『古事記』の異類婚姻譚と比べて、中巻第四縁に登場する狐直の四世孫の描かれ方などを見ると、狐直の始祖伝承が氏族の優位性を主張する内容になっているとは言い難い。『古事記』の場合は天神から天皇へと至る系統の中に海神の力を取り入れる目的があり、また意冨多々泥古出自の神話については、大物主神と、その神を祀る意冨多々泥古、および大物主神を奉祀する神君・鴨君とを直系として繋げることで、祭司者としての資格が保証されるという機能があった。一方で狐直の場合、邪淫の狐との婚姻を伝えることで氏族の優位性や正統性を保証するものにはなっていない。つまり氏族の始祖伝承として語ることが主目的であったわけではなく、それと同等もしくはそれ以上に、狐妻と男との愛欲の業を描く点に主題があったと見られるのである。

津田博幸は、戒律経典において僧侶と獣との交わりを禁止する項目があることに注目し、『霊異記』における蛇との婚姻（中巻第四十一縁）と本縁とを比較して「男と女狐の愛欲に対する否定的な言辞はいっさい書かれていない。テキストは、そのような結婚がありうることを『霊異』ととらえ、その『霊異』をいわばひたすらにむさぼっているように見える。しかし、その同じテキストが蛇との結婚については成立しえないものとして徹底して否定的に描いている。★16」と述べ、蛇との婚姻を否定されるべき愛欲として描きつつ、同時にその婚姻を欲する『霊異記』の在り方について言及した。津田は本縁の異類婚が否定されるものではなかったと解する。しかし、明確に肯定・否定という立場を主張するものではなく、人間の持つ止むに止まれぬ愛欲の業を提示するところにその意図があるのではないか。美女となった狐を「姝しき女遇へり。其の女、壮に媚ビ馴キ、壮睇ツ。」と記しているのは、男が美しい女に心惹かれたことを強調するためであり、異類への愛欲が見て取れるのである。

異類では無いが、中巻第十三縁「愛欲を生じて吉祥天女の像に恋ひ、感応して奇しき表を示しし縁」は、優婆塞が天女像に対して愛欲の念を起こす話である。

7．和泉国《いづみのくに》泉郡《いづみのこほり》血渟《ちぬ》の山寺に、吉祥天女の攝像《せふざう》有り。聖武天皇の御世に、信濃国《しなののくに》の優婆塞《うばそく》、其の山寺に来り住みき。之の天女の像に睇《メカリウ》ちて愛欲を生じ、心に繋《か》けて恋ひ、六時毎に願ひて云ひしく、「天女の如き容好き女を我に賜へ」といひき。（中略）優婆塞事を隠すこと得ずして、具に陳べ語りき。諒《マコト》ニ委る、深く信ずれば、感の応へぬといふこと无きことを。是れ奇異しき事なり。涅槃経《ねはんぎやう》に云ふが如し。「多婬の人は、画ける女にも欲を生ず」と者《のたま》へるは、其れ斯れを謂ふなり。

（『霊異記』中巻第十三縁）

優婆塞は、吉祥天女像に「睇ちて愛欲を生じ」と性的な眼差しを向け愛欲の心を生じる。優婆塞は「心に繋けて恋ひ」と、熱心な恋心によって天女像のような見目麗しい女人を得ることを望む。後、優婆塞は夢で天女と姦淫を行うが、天女像の裳を見ると夢が現実であった証拠が残っていた。この出来事は、優婆塞の弟子を通じて人々へと知られることとなる。説話は、優婆塞の淫欲を咎めること無く、むしろ「諒ニ委る、深く信ずれば、感の応へぬといふこと无きことを。」と、吉祥天女への信仰の強さから、それが奇瑞となって得られたと称賛している。また愛欲を問題としたものには下巻第十八縁「法花経を写し奉る経師の、邪婬を為して、以て現に悪死の報を得し縁」がある。写経師が、雨を凌ぐために堂に居た女に対して「婬れの心」を発して、堂内で女と姦淫をする。男女は共に死に、説話は愛欲について「愛欲の火は身心を焦くと雖も、婬れの心に由りて、穢き行を為さざれ。愚人の貪る所は、蛾《ヒヒル》の火に投るが如し。」というように訓誡の言葉を付す。下巻第十八縁は堂内で姦淫を行ったことによる罪として悪死を得る。しかし、7の優婆塞の愛欲は、信仰に基づくものゆえに奇縁として纏められてしまうのである。本縁の男の場合は、狐の美女へ向けた眼差しが「睇」で表現され、愛情や愛欲ゆえの婚姻であることが叙述されているのである。

　本縁は、狐との愛欲を諫めることが表だって主張されてはいない。それは本縁が始祖伝承としての意を持つことに一因があるものと言えようか。しかし、説話の叙述における男の眼差しには愛欲の表現性が見て取れるのである。本縁は漢籍の変化譚や日本古代の異類婚姻譚の話型を基盤としつつ、華美な文章で飾られている。こうした狐妻への描写を見るならば、男と狐妻との愛情・愛欲の様相を語る説話であると理解されるのである。

おわりに

本章では、上巻第二縁の狐妻説話における主題とその問題点について考察した。本縁は主題の不明確な点に非仏教説話としての評価を与えられていた。しかし、本縁は漢籍における狐の怪異譚と邪淫性を用いて、狐に変じた美女に向ける男の愛欲を語るのである。狐との恋愛は、本来は禁忌として語るべきものであった。しかし本縁には、男の求める理想の美女として描かれる狐の姿があり、男の愛着と愛欲によって起こる奇異なる婚姻としての異類婚姻譚が描かれていた。ただ、結果として夫婦が離別するのは、異類婚ゆえの定められた結末として捉えられるが、止むに止まれぬ愛欲の業を描きつつも邪淫の恋を成就させるわけにはいかないという、仏教説話としての主張があったとみることが出来るのではなかろうか。『霊異記』には、欲望に囚われて悪報を得る人々が描かれる。しかし、本縁の男の欲望が、他者への愛欲、恋情であった点には、人間の欲望を否定するのみではない、欲望を捨て去れない人間の性をそのままに示そうとする態度が窺えるのである。そこには『霊異記』編者景戒の認識が込められているように思われるのである。仏教説話における愛欲を語る問題については、説話中に収められた歌を中心に、続く第二章にて引き続き検討をする。

注

1　曠野については小泉道が「人間の日常生活の場ではない。異類と交渉をもつ適地か。」と指摘する。小泉道校注『日本霊異記』

（新潮日本古典集成67、一九八四年十二月）二九頁頭注。

2　武田祐吉校註『日本靈異記』（日本古典全書、朝日新聞社、一九五〇年九月）二〇頁解説。

3　松浦貞俊『日本國現報善悪靈異記註釋』（大東文化大学東洋研究所叢書9、一九七三年六月）二六頁附言。

4　今井昌子「『日本霊異記』の狐伝承」（日本霊異記研究会編『日本霊異記の世界』三弥井選書10、三弥井書店、一九八二年六月）、河野貴美子「狐対蛇―『霊異記』中巻第四縁―」（『日本霊異記と中国の伝承』勉誠社、一九九六年十月）。

5　寺川眞知夫「氏族伝承の変容」（『日本国現報善悪霊異記の研究』（研究叢書180、和泉書院、一九九六年三月）。

6　前掲注（4）今井。また、守屋俊彦「上巻第二縁考」（『続日本霊異記の研究』三弥井書店、一九七八年十一月）、三谷栄一「説話と和歌―狐女房譚と『霊異記』上巻第二話の文学性をめぐって―」（三谷栄一ほか編『西尾光一教授定年記念論集　論纂　説話と説話文学』笠間叢書125、笠間書院、一九七九年六月）、多田一臣「口頭伝承から文字伝承へ―『日本霊異記』上巻第二縁の表現を中心に」（『國文學　解釈と教材の研究』第四十巻十二号、一九九五年十月）がある。

7　『捜神記』は『和刻本漢籍随筆集　第十三集』（汲古書院、一九七四年八月）に拠り、和刻本の返り点を参考として私に訓読を行った。

8　用例2の訓読文は、竹田晃ほか編『捜神記・幽明録・異苑他〈六朝Ⅰ〉』（中国古典小説選2、明治書院、二〇〇六年十一月）に拠る。一部、私に表記を改めた箇所がある。

9　『太平広記』は李昉等編『太平広記』（中華書局、一九六一年九月）に拠り、私に訓読を行った。

10　前掲注（8）、二二二頁語注。

11　『延喜式』第二十一、治部省の瑞祥の項目、上瑞に「九尾狐〈神獣なり。その形は赤色、或いは白色。音は嬰児の如し〉白狐〈岱宗の精なり〉玄狐〈神獣なり〉」。引用は、虎尾俊哉校注『延喜式 中』（集英社、二〇〇七年六月）に拠る。

12　山岸徳平ほか校注『古代政治社会思想』（日本思想大系8、岩波書店、一九七九年三月）一六六頁頭注。

13　『霊異記』における「媚」の用例は本縁の他、「我実に知る。吾を儐《ヤラ》ヒて家より出し遣る。故に、悕《ウラメシ》ミ慖《ネタ》ミ厭ひ媚《ネモノ》ル」（上巻第三十縁）の一例のみである。諸注釈は「わたしを家から追ひ出したので恨み妬むのです。媢の字は妬の誤だらうといふ。」（朝日全書）、「ネモノル（訓釈）は、しゃくだから、相手の心を苦しめてやるといった意か。この語は、ほかに用例がない。」（新編全集）、「ネモノルの訓みも訓釈によるが、不審。ここは、『吾を擯ひて家より出し遣る』とあるように、魂鎮めが不充分なまま、死んだ妻を冥土に送り出したために、この世への未練がつよく残っていることを表している。」（ちくま学芸文庫）と解している。

14　狐が赤い裳裾をつける例は、沈既済『任氏伝』にも見えるが『任氏伝』が日本国内で確認されるのは『狐媚記』以後である。その点を指摘しつつ、丸山顕徳は「『霊異記』の話は六朝志怪小説にみられるような狐の伝承の上に、唐代伝奇小説にみられるような恋愛の対象としての狐化けの女の伝承が加えられて成立したものではあるまいか。」という。丸山顕徳「狐の直説話」（『日本霊異記説話の研究』桜楓社、一九九二年十二月）。一方で、積極的に本縁に『任氏伝』からの影響を指摘する論に、井黒佳穂子「『日本霊異記』上巻第二縁と『任氏伝』」（『テキストとイメージの交響―物語性の構築をみる―』新典社研究叢書267、新典社、二〇一五年三月）が挙げられる。

15　その点、『肥前国風土記』松浦郡褶振峰、『常陸国風土記』那賀郡茨城里は蛇神と女との婚姻と、その土地の伝承を語ることを主題としており、テキストによって異類婚姻譚の主題に差異が生じている。一方で『古事記』が、豊玉毘売の火遠理命に向けられた「忍恋心」によって弟玉依毘売に恋の歌を託したことを記述する点は、皇統譜を保証する上で必須とはいえない。本縁の夫の歌も「夫、去にし容を視て、恋ひて歌ひて曰はく」と、恋情によって歌が呼び起こされている点は重要である（夫の恋情と歌との関係については次章にて詳述）。

16　津田博幸「仏教と神話的思考―仏足石歌と日本霊異記をめぐって―」（『文学』岩波書店、二〇〇八年一・二月号）後、津田博幸『生成する古代文学』（森話社、二〇一四年三月）に所収。

第二章　狐妻説話における恋歌――「窈窕裳襴引逝也」との関係を通して――

はじめに

『霊異記』上巻第二縁は、狐と人間の男との異類婚姻譚を語る。前章で述べたように『霊異記』における狐との婚姻は、神話の異類婚と同様に破綻を迎えることになる。その離別の場面において、夫は去る妻を想う恋歌を詠むのであるが、後世において本縁を採録した歴史書は夫の歌とその詠出動機となった描写を省いて記載する。本章はその点に注目し、仏教説話集である『霊異記』が異類との婚姻を語る上で夫の歌を必要とした意義について考察する。

一　狐妻説話の変容と歌の意義

前章において既に説明した通り、本縁はA（出逢い・結婚・出産）、B（女の正体露顕）、C（別離と詠歌）の三つの場面に分けられる。以下、考察対象とするCの場面を抜粋して挙げる（説話の全文は、前章を参照）。

狐を妻として子を生ましめし縁　第二

C．時に、彼の妻、紅《くれなゐ》の欄染《スソぞめ》の裳《も》今の桃花《つき》の裳を云ふ。を著て窈窕《サ》ビて裳襴を引きつつ逝く。夫、去にし容《かほ》を視て、恋ひて歌ひて曰はく、

恋は皆我が上に落ちぬたまかぎるはろかに見えて去にし子ゆゑに

といふ。故に其の相生ましめし子の名を岐都禰《きつね》と号く。亦、其の子の姓《かばね》を狐の直《あたへ》と負《おほ》す。是の人強くして力多有りき。走ることの疾きこと鳥の飛ぶが如し。三乃国の狐の直等が根本《もと》是れなり。

妻が狐の正体を露顕したことによって、婚姻は破綻したかに思えたが、夫の言葉によって妻は家に来るようになる（前章参照）。ある日、妻は赤裳を着た姿でやって来て、「窈窕ビて裳襴を引（窈窕裳襴引）」き、夫のもとを去ってゆく。その時、夫は妻が去る姿を見て歌を詠んだという。夫の見た妻の「去にし容」や、歌の結句「去にし子」の表現によって婚姻の破綻を示しつつも、曖昧な点を残したまま説話は終わる。本章が中心に取り扱うのは、この夫婦の逢瀬とそこに記される夫の詠歌であるが、本縁を採録する平安末期の歴史書『扶桑略記』の欽明天皇条に歌は記されない。

家長見て言はく、汝と我との中に子を相生めるが故に、吾は忘れじ。毎に来りて相寐よ。故に夫の語に随ひて来り寐る。故に名を岐都祢と為すなり。時に彼の妻は紅染の裳を着たりき。今の桃花の裳を云ふなり。其の生ましめし子は伎都祢と名づく。是の人強く力多く有り。走ることの疾きこと鳥の飛ぶが如し。已上、霊異記 私に云ふ。聖武天皇の時。三野狐と名づくは是の子か。★1 （『扶桑略記』第三　欽明天皇）

妻が夫と子の元へ毎夜訪れるまでは本縁と同様であるが、『扶桑略記』には、紅の裳を着た妻が裳を引いて去る場面の叙述と夫の詠歌が無く、生まれた男児に言及していることがわかる。更に、『扶桑略記』よりもおよそ

百年後に編纂された歴史書『水鏡』も本縁を採録している。

おとここれをみてあさましとおもひながらいはく、「なんぢとわれとの中に子すでにいできにたり。われなんぢをわするべからず。つねにきてねよ」といひしかば、そのゝちきたりてね侍りき。さて「きつね」とは申そめしなり。そのめはもゝのはなぞめの裳をなんきて侍し。そのうみたりし子をば「きつ」とぞ申し。ちからつよくてはしる事とぶとりのごとく侍き。[★2]

（『水鏡』欽明天皇四）

妻が「はなぞめの裳」を着ている記述はあるが、『扶桑略記』と同様に裳を引いて去る描写と、夫による詠歌は記されない。両記事に歌がなくとも内容は問題無く成立しており、「きつね」という言葉の語源譚と、狐直という氏族の始祖伝承を語る。両テキストは歴史書の性格を有するため、そこに仏教説話たる『霊異記』との姿勢の差異が窺えるわけだが、ではなぜ、『霊異記』は夫の詠歌を記載したのか。この歌こそが『霊異記』独自の伝承を形成するものと考える。本章では、この歴史書において削除された、狐妻が夫の元を去る際の表現である「窈窕裳襴引逝也」と夫の歌との関連性について検討し、『霊異記』の語る異類婚姻伝承と歌について考察するものである。

二　当該歌の先行研究

当該歌は、これまでにどのような解釈がなされてきたのか確認しておきたい。早くに狩谷棭斎によって『万葉集』巻十一、巻十二に類歌のあることが指摘される。[★3]以降『万葉集』との比較検討が行われてきたが、これについては後述したい。本縁が歌を記載する意義については、『霊異記』の文学性の獲得といった視点で考察されて

きた。守屋俊彦は、

その子供が岐都禰と号けられ、彼が狐の直の始祖となったことを引きだす必要があったからであろう。しかし、ここではこの話を文学、とりわけ慕情による恋愛文学としてまとめようとしたところに、一番の理由があったのではないだろうか。女は男の許を去ったのだが、その彼女が時々姿をみせたとする方が、完全に姿を消してしまったとするよりも、慕情は一段と強いものになってくるからである。だからこそ、紅の裳が男の心に焼きつけられてくるのである。★4

と、狐妻の赤裳が当時の女性美の象徴的なイメージであることを指摘し、本縁は氏族の始祖伝承を語るだけでなく、恋愛文学としての志向があると結論付けた。また三谷栄一は、本縁A、Bが単に物語の筋書を記述してゆくのみであったのに対して、Bの「故に名は支都禰と為ふ。」以降、つまりCから一転して「華麗優雅としか言えない描写」★5がはじまることに注意する。さらに、夫の歌が無くとも説話は成立するのであるが、「それ故『時に』以下歌を含めた表現は無駄だといえるだろうが、その無駄さが、この説話を描写として深めているといえるのではなかろうか。いわば、この描写によって、この『霊異記』の説話は文学的な深まりを獲得した」（前掲同書）と述べる。たしかに、狐直という氏族は狐の女と人間の男との婚姻によって成立したのだ、という奇事を記すことができれば、妻が裳を引いて去る情景の文飾的表現は不要ともいえる。それは、『霊異記』が善行、悪行によっていかなる因果や因縁が生まれたのかを語ることが主題であるはずだからだ。本縁が「非仏教的」な説話であり、奇事への興味のみで収載されたと指摘される所以もこの点にある。★6守屋や三谷の指摘に基づけば、第二縁のみにみえる当該歌は、『霊異記』を文学的に表現する目的のために加えられたということになる。当該歌と歌を詠出する契機となった妻の姿とが記されることで、妻に対する夫の心情が明確になっている。『扶桑略記』や『水鏡』

は恋愛描写の場面を削るが、『霊異記』は夫の恋情表現を重視したということであるから、歌の有無は物語性や文学性に大きく関わる。当該歌の表現に関して、岩下武彦は『万葉集』の類歌との比較を通して以下のように述べている。

ここでは「妻と遠く隔たってしまった」ことに対する歎きとその妻をなお追い求める気持ちを表すことに主眼があるのだと思う。その妻が、この説話の冒頭で述べられているように、ただ互いの意志によって結ばれ、子供まで生した妻であるというストーリーを受けることによって、別離の悲しみをひとしお切実なものとして形象し得ているのだと思う。★7

歌に別離の表現を強調する機能があるというこの見解は、当該歌の意義を考える上で重要であると思われる。このように第二縁の歌は、『万葉集』の類歌との比較から論じられることが多い。ただ、当該歌は狐妻が夫のもとを去る時の「窈窕裳襴引逝也」という表現と絡み合うものであるように思われるのである。当時、一般的な女性の装いとして裳が着用されており、転じて女性の美しさの表現様式として裳は用いられている。それが異類婚姻である本縁に用いられる意義を次節では考察してゆく。

三　「窈窕」の表現性

では、当該歌はどのような状況から詠まれたものであっただろうか。物語では妻が裳を引いて去る姿を「窈窕」と表現している。この「窈窕」の辞書的な意味としては、『大漢和辞典』（諸橋轍次）に「おくゆかしい、しとやか。上品。美しい。又、女子の心情・外貌共に美しいこと」とあり、女性に対し用いられるとある。『説文解字』

には「窈　深遠也」（巻七下）「窕　深肆極也」（巻七下）[8]とある。これについて『説文解字注』は「窈　周南毛伝曰。窈窕幽閒也。以幽釈窈。以閒釈窕。方言曰。美心為窈。美状為窕。陳風伝又曰。窈糾舒之姿也。舒遅也。」[9]（七篇　下）と注しており、「窈窕」とは幽なる、かすか、おぼろげなど、奥深く物静かな状態を指すことであり、美しい心や美しい姿をなすものという。すでに多田一臣が、漢籍における「窈窕」の語や『万葉集』の赤裳を着けた女の例を挙げて、狐妻を「美女の表現類型の中に意識的に引き入れている」[10]と指摘しているが、夫の詠出動機と重なる文脈であるので本節ではこの語について確認しておきたい。

1.『詩経』周南「関雎」

関関雎鳩　在河之洲　　関関たる雎鳩は　河の洲に在り
窈窕淑女　君子好逑　　窈窕たる淑女は　君子の好逑
参差荇菜　左右流之　　参差たる荇菜は　左右に流む
窈窕淑女　寤寐求之　　窈窕たる淑女は　寤寐に求む
求之不得　寤寐思服　　之を求めて得ざれば　寤寐に思服す
悠哉悠哉　輾転反側　　悠なる哉 悠なる哉　輾転反側す
参差荇菜　左右采之　　参差たる荇菜は　左右に采る
窈窕淑女　琴瑟友之　　窈窕たる淑女は　琴瑟もて友しむ
参差荇菜　左右芼之　　参差たる荇菜は　左右に芼る
窈窕淑女　鍾鼓楽之　　窈窕たる淑女は　鍾鼓もて楽しむ[11]

2.『文選』「西都賦」班孟堅

紅羅颯纚、綺組繽紛。
精曜華燭、俯仰如神、
後宮之号、十有四位。
窈窕繁華、更盛迭貴。
処乎斯列者、蓋以百数。

3.『文選』詠史「秋胡詩」顔延年

勤役従帰願　反路遵山河
昔辞秋未素　今也歳載華
蠶月観時暇　桑野多経過
佳人従此務　窈窕援高柯
傾城誰不顧　弭節停中阿

4.『文選』上書類「上書秦始皇」李斯

所以飾後宮、充下陳、娯心意、
悦耳目者、必出於秦、
然後可、則是宛珠之簪、
傳璣之珥、阿縞之衣、
錦繡之飾、不進於前、
而随俗雅化、佳冶窈窕趙女、不立於側也。

紅羅颯纚《さつし》として、綺組繽紛《きそひんぷん》たり。
精曜華燭《せいえうくわしよく》、俯仰すること神の如く、
後宮の号、十有四位あり。
窈窕繁華《えうてうはんくわ》、更に盛に迭《たがひ》に貴し。
斯の列に処る者、蓋し百を以て数ふ。★12

勤役して帰願に従ひ、反路は山河に遵ふ。
昔辞せしとき秋は未だ素ならず、今や歳は載《すなは》ち華さく。
蠶月《さんげつ》に時暇を観、桑野をば経過すること多し。
佳人は此の務に従ひ、窈窕として高柯を援く。
傾城をば誰か顧みざらん、節を弭へて中阿に停まる。

後宮を飾り、下陳に充たし、心意を娯しましめ、
耳目を悦ばしむる所以の者、必ず秦より出でて、
然る後に可ならば、則ち是れ宛珠の簪、
傳璣《ふぎ》の珥《みみだま》、阿縞《あかう》の衣、
錦繡《きんしう》の飾りは、前に進められず、
而うして俗に随ひて雅化する、佳冶《かや》窈窕の趙女《てうじよ》は、側に立たざらん。

1は『詩経』「周南」の「関雎」である。「君子の好逑」とは、良い配偶者を指す。その「窈窕たる淑女」は奥ゆかしい様であり、君子である男性に寄り添うしとやかな女性の姿が「窈窕」と表現されている。そして2から4はすべて『文選』の用例である。2の「西都賦」では、西都長安からの客が、東の主人に対して西都の様子を語る。この中では後宮の様子が美しく描かれ「窈窕繁華」と、後宮の女性の美しさを述べる。3は、ある女性が桑畑で働いており、しとやかな仕草で高い枝を引いて葉を摘む。その女性は「傾城をば誰か顧みざらん」と、国も傾けてしまう程の美しい女性であるという。4は、政治家であった李斯が秦王に宛てた上書である。「窈窕」は当時、美女が多くいると伝えられていた趙国の女性に対して冠せられている。

また、中国南北朝期に編集された『玉台新詠』には艶詩が多く収載されている。ここでも「窈窕」が女性に対して使用される例を確認できる。

5.『玉台新詠』巻三　楽府三首　其一　艶歌行

扶桑升朝輝　照此高台端
高台多妖麗　洞房出清顔
淑貌耀皎日　恵心清且閑
美目揚玉沢　蛾眉象翠翰
鮮膚一何潤　秀色若可餐
窈窕多容儀　婉媚巧笑言

扶桑に朝輝《てうき》升《のぼ》り、此の高台の端を照らす。
高台には妖麗多く、洞房より清顔を出す。
淑貌は皎日《けうじつ》に耀き、恵心は清く且つ閑なり。
美目は玉沢を揚げ、蛾眉は翠翰《すゐかん》に象《に》たり。
鮮膚《せんぷ》一《いつ》に何ぞ潤へる、秀色餐《くら》ふ可きが若し。
窈窕として容儀多く、婉媚《ゑんび》にして笑言巧みなり。★13

この「艶歌行」は、春日に遊ぶ美人達の姿を描写豊かに詠むものである。高台に居る妖麗な美女達の清顔は輝き、彼女らの恵心は清らかでおだやかな様子であるという。容姿の描写には、目の美しさ、蛾眉の常套句、皮膚の潤いと続き、窈窕なる淑やかな容儀には「婉媚」とあるように、媚びを含んだ美人達の様子が叙されている。

6.『玉台新詠』巻六　王晋安の酒席に在りて数韻　王僧孺

窈窕宋容華　但歌有清曲
転眄非無以　斜扇還相矚
詎減許飛瓊　多勝劉碧玉
何因送款款　半飲杯中醁

窈窕たり宋容華、但歌清曲有り。
転眄《てんべん》以無きに非ず、斜扇還《ま》た相矚《あひしよく》す。
詎《なん》ぞ減ぜん許飛瓊《きよひけい》に、多く勝る劉碧玉《りうへきぎよく》に。
何に因りてか款款《くわんくわん》を送らん、半ば飲む杯中の醁《りよく》。

6は酒席の場で詠まれたことが題詞より理解され、その宴席に侍る美女の容姿を賞める内容となっている。「宋容華」とは「魏の曹操ごろの名高い歌妓の名」★14であり、美女をそのような著名で美しい歌妓に譬えている。さらに「許飛瓊」は仙女の名、「劉碧玉」は晋汝南王の妾の名であることから、仙女や名だたる美女にも勝ると称賛するのである。酒席の美女は窈窕として宋容華のように美しく、清らかな声で但歌を歌う。「転眄」とは、美女が振り返って流し目でこちら側を見る様子である。「窈窕」の語は、歌妓の美しい様子を表現し、美女が男性に対して媚びを含んだ動作と共に使用されている。

以上の例から「窈窕」の語には、二つの表現効果があると考えられる。一つには「女性のしとやかで上品な姿」を形容し、二つには男に対して「美しい女性を想起」させることができる、ということである。それは単に、女性の容貌の美しさを指すのみではなく、上品な仕草も美女を形容する際に重要であることが理解できる。従って、「窈窕」と表現される狐妻の姿とは、美しく、更には、仕草も上品な女性として形容されていることが理解される。

だが注意すべきは、これら漢籍の例が男性の手によって成っているということである。従ってこれは、男性側の願望によって喚起される美女の形容ということになる。窈窕なる美女が笑みを浮かべ、媚びた様子で振る舞うのは、男性達の願望から引き起こされた姿であり、女達は窈窕の表現によって、美女として造型されているのである。本縁の「窈窕」という語は、漢籍の志怪小説を享受した表現であり、[★15]美女に使用される類型的表現を以て狐を描く志向があると考えられる。

四　散文部「裳襴引逝也」の表現性

前節では狐妻に対する描写が、漢籍を由来とする美女の上品な姿であることを確認した。では「窈窕」から以下、「裳襴引逝也」はどのような意味を持つのか。中田祝夫の旧全集は「赤い裳裾を引いて去って行った。狐の太く長い尾からの連想」[★16]であるといい、狐の生態から呼び起こされるイメージであると指摘する。他の注釈書の理解も、おおむね一致している。しかし第二縁にのみ見られるこの箇所は、更なる考察が必要であるように思われるため、『万葉集』の裳を引く女性の姿の例を通して確認する。

7. 大夫は御猟に立たし少女らは赤裳裾引く清き浜廻を　（巻六、一〇〇一）
8. 黒牛潟潮干の浦を紅の玉裳裾ひき行くは誰が妻　（巻九、一六七二）
9. 級照る　片足羽川の　さ丹塗の　大橋の上ゆ　紅の　赤裳裾引き　山藍もち　摺れる衣着て　ただ独り
い渡らす児は　若草の　夫かあるらむ…　（巻九、一七四二）
10. 立ちて思ひ居てもそ思ふ紅の赤裳裾引き去にし姿を[★17]　（巻十一、二五五〇）

7は、難波宮行幸に際して山部赤人が詠んだ歌である。従駕に付き添う女官たちが、浜辺で赤い裳裾を濡らしながら戯れる様子が伺える。ここでは「大夫」である臣下達の狩猟と、女官の浜辺での遊楽とが対比的な様として表れている。天皇に付き随う男性達の勇ましさの対として、女性達の赤裳が表現されている。当時、赤裳とは女官の正装である。それ故に、その赤裳が濡れるということは、男性にとっては官能的で美しい魅力を与えるものであった。[★18] 8は、裳に「玉」という美称が付される。その玉裳を引く姿を見て、女性に恋人はいるのだろうかと赤裳の女性への強い関心を詠む。9は高橋虫麻呂歌集歌で、女が紅の赤裳の裾を引きながら、赤い橋を独りで渡る姿が詠まれる。この「大橋」とは渡来人の技術によって架けられた唐風の橋であり、大橋を渡る乙女は唐風のエキゾチックな雰囲気を持った女性として表現されている。8と9は共に、女性に対し「恋人は居るのだろうか」と詠むように、男性が恋情を抱いてしまう程に魅力的な女性が赤い裳裾を引いているのである。それは、その女性を妻にしたい、という願望である。10は「立ちて思ひ居てもそ思ふ」と、何をしていても立ち消えることのない恋の想いを詠む。その思い出さずにいられない対象が、赤裳を引いて去って行った女性の姿である。男は、その印象的で美しい姿を幾度も想起して歌に詠む。このように『万葉集』における例をみると、女性がしとやかに赤裳を裾引く姿は、印象的かつ魅力的であり、女性の美しさを表す常套表現であったことが理解できる。そして9のように、その姿を見た男性は心の中でその女性を妻とすることを望むのである。

以上をまとめると、「窈窕裳襴引逝也」という表現は、美しい妻が上品に裳裾を引いて去る姿を表現したものである。更に、『万葉集』における赤裳の例に基づけば、その姿は夫に恋情を喚起させる表現となる。前節でも述べたように、それは窈窕として赤い裳裾を引く美女の姿として叙述されるが、それは男が求めた理想の女である。つまり本縁の狐妻には、美女への欲望や愛欲の類型表現が形容されているのである。あるべき妻としての理想的な姿と、その妻の去りゆくことへの哀惜が描かれているということである。

五　『万葉集』における類歌

当該歌の類歌が『万葉集』にあることは、既に周知として述べてきたが、ここで改めて『霊異記』の当該歌と『万葉集』の類歌とを挙げる（〔　〕内に漢字本文を示す）。

恋は皆我が上に落ちぬたまかぎる　はろかに見えて去にし子ゆゑに　（『霊異記』上巻第二縁）
〔古比波未奈和我宇弊邇於知奴多万可支流波呂可邇美江天伊爾師古由恵邇〕

A朝影にわが身はなりぬ玉かぎる〔玉垣入〕　ほのかに見えて〔風所見〕去にし子ゆゑに　（巻十一、二三九四）
B朝影にわが身はなりぬ玉かぎる〔玉蜻〕　ほのかに見えて〔髣髴所見而〕去にし子ゆゑに　（巻十二、三〇八五）

A、Bは『万葉集』巻十一の二三九四番歌と、重出の巻十二・三〇八五番歌である。これら三首を並べてみると、上二句を同じくするのはABのみで当該歌とは全く異なる。歌は「玉かぎる」を共有しながら下句の「はろか」（当該歌）、「ほのか」（A・B）へそれぞれ展開している。この「玉かぎる」という語は枕詞と言われているが、歌の世界でどのような働きを持つものであるのか。それらを『万葉集』の例から検討しておきたい。[★19]

11．…坂鳥の　朝越えまして　玉かぎる〔玉限〕　夕さりくれば　み雪降る　阿騎の大野に　旗薄　小竹をおしなべ　草枕　旅宿りせす　古思ひて　（巻一、四五）

12．…玉かぎる〔玉蜻〕　磐垣淵の　隠りのみ　恋ひつつあるに　渡る日の　暮れぬるが如　照る月の　雲隠る如…　（巻二、二〇七）

13. …わが恋ふる　妹は座すと　人の言へば　石根さくみて　なづみ来し　吉けくもそなき　うつせみと　思ひし妹が　玉かぎる〔珠蜻〕　ほのかにだにも〔髣髴谷裳〕　見えぬ思へば　（巻二、二一〇）

14. 玉かぎる〔玉蜻蜓〕髣髴に見えて別れなばもとなや恋ひむ逢ふ時までは　（巻八、一五二六）

15. はだ薄穂には咲き出ぬ恋をわがする　玉かぎる〔玉蜻〕ただ一目のみ見し人ゆゑに　（巻十、二三一一）

16. 真澄鏡見とも言はめや玉かぎる〔玉限〕石垣淵の隠りたる妻　（巻十一、二五〇九）

17. 玉かぎる〔玉蜻〕石垣淵の隠りには伏してこそ死ね汝が名は告らじ　（巻十一、二七〇〇）

11は人麻呂の作で、「玉かぎる」は「夕」に掛かる。玉が少しばかり光り輝く様子であり、それを譬喩として、黄昏の間のわずかな耀きを表現する。12と13は共に人麻呂の泣血哀慟歌である。12は、「磐垣淵の隠りのみ」へと接続するため、恋しく思ってはいるものの、会えない時間が多かった二人の関係が表れている。そして13は「かすか、ほんの少し、わずか」といった意味を持つ「ほのか」に接続し、死んだ妻に微かにだけでも逢いたいと希求する。14は山上憶良の作であり、題詞より七夕歌であることがわかる。年に一度だけの織女と牽牛の逢瀬の日はわずかな時間であることから、その短い時間を「玉かぎる髣髴」という一瞬の時間として強調する。15は、穂の高い「はだ薄」のように目立たない恋を自分はしているのだという。それは、玉が一瞬だけ輝くように、ただ一目だけ逢った人のためである、と続ける。16、17は「玉かぎる石垣淵の隠り」という語が共通しており、共に人に知られてはいけない、禁じられた恋を石垣淵に隠れているようだと譬喩するのである。このように「玉かぎる」は、「磐（石）垣淵」という、妻や恋心を秘匿する場所に接続して、様々な理由から恋人と長い時を過ごすことが困難な状態を表現する。また、「ほのか」、「ただ一目のみ」の言葉に接続することで、わずかな時間だけ見た相手への思慕を表し、短い時であったことが印象づけられている。そして、死んだ妻に逢いたいと願う例が

12、13であり、己の恋心を隠す例が15、秘密の恋を詠む例が16、17である。歌に使用される場合「玉かぎる」には、死を除くと男女の逢瀬が容易に遂げられない場合に用いられていることが理解されるのである。

六　「ほのか」と「はろか」

ところで、当該歌の「たまかぎる」は「はろか」に接続し、『万葉集』の歌は「ほのか」に接続する。この「ほのか」と「はろか」にはどのような差異があるのか。「ほのか」の例は、『万葉集』に次のように見える[★20]。

18. 楫の音そほのかに〔髣髴〕すなる海未通女沖つ藻刈りに舟出すらしも〔一は云はく、夕されば楫の音すなり〕（巻七、一一五二）

19. 殺目山往来の道の朝霞ほのかに〔髣髴〕だにや妹に逢はざらむ（巻十二、三〇三七）

20. 志賀の白水郎の釣し燭せる漁火のほのかに〔髣髴〕妹を見むよしもがも（巻十二、三一七〇）

21. …玉梓の　使の言へば　螢なす　ほのかに〔髣髴〕聞きて　大地を　炎と踏みて　立ちて居て　行方も知らず…（巻十三、三三四四）

18は楫の音が「ほのか」だというように、かすかに聞こえる意味であり、その音から海人娘子が藻を取るために楫を漕ぎだしたのかと推測する。19は、朝霞の立つほのかな様子から、せめてぼんやりとでも妹に逢いたいと願う。それは20も同様で、漁火のように覚束ないような状況でも逢いたい、と逢瀬を希求するのである。21は、地方で死んだ官人の妻の立場からの歌である。夫の死を人伝に聞いた様子を「ほのか」の語によって表し、現実感の無い様子を示している。以上のように、18は「楫の音」がかすかに聞こえてくる音を、19は「朝霞」の立つぼんやりした様子を、20も「漁火」の如くおぼろげに揺らめくような様子を指すように、「ほのか」とはほんのり、わずか、といった一瞬の時間や朧気な状況を比喩し、様々なバリエーションを持って表現される語であるようだ。

青木生子は、

「玉かきる」は玉がかすかな光を発するために「ほのか」に連続する枕詞だが、それは朝影の薄明の微光と融け合い、「ほのかに見え」た女の美しさを連想させる。そして「いにし」その女の美しくもかそかな玉の光のような印象に、切ない思慕をよせている作者「我が身」が、「朝影」となって嘆かれているのである。★21

と説き、「たまかぎる」に続く「ほのか」の語は、玉が微かに光るように一瞬だけ見えた女の美しさを表現すると述べる。とするならば、『万葉集』の類歌は、男が朧気に見た美しい女の姿であるといえる。それでは、夫の詠んだAである「はろか」の場合では「ほのか」とどのような差異が表れるのか、『万葉集』における「はろか」の用例を通して確認する。ただ、『万葉集』には「はろか」の例がないため、「はろはろ」という語によって検討を行う。

22. 遥遥に〔波漏、、尓〕思ほゆるかも白雲の千重に隔てる筑紫の国は　（巻五、八六六）

23. 難波潟漕ぎ出し船のはろはろに〔遙こ〕別れ来ぬれど忘れかねつも　（巻十二、三一七一）

24. はろはろに〔波呂波呂尓〕思ほゆるかも然れども異しき心を吾が思はなくに　（巻十五、三五八八）

25. …少女らが　手に取り持てる　真鏡　二上山に　木の暗の　繁き谿辺を　呼び響め　朝飛び渡り　夕月夜
かそけき野辺に　遥遥に〔遙、尓〕　鳴く霍公鳥　立ち潜くと　羽触に散らす　藤波の　花なつかしみ　引き
攀ぢて　袖に扱入れつ　染まば染むとも　（巻十九、四一九二）

26．…いや遠に　国を来離れ　いや高に　山を越え過ぎ　蘆が散る　難波に来居て　夕潮に　船を浮け据ゑ　朝凪に　舳向け漕がむと　さもらふと　わが居る時に　春霞　島廻に立ちて　鶴が音の　悲しく鳴けば　遙々に〔波呂婆呂尓〕　家を思ひ出　負征矢の　そよと鳴るまで　嘆きつるかも　（巻二十、四三九八）

27．…天皇の　命畏み　玉桙の　道に出で立ち　岡の崎　い廻むるごとに　万度　顧みしつつ　遙遙に〔波呂ヽヽ尓〕　別れし来れば　思ふそら　安くもあらず　恋ふるそら　苦しきものを…　（巻二十、四四〇八）

22は白雲が数多く重なるほど、自分はこんなに遠くまで来たのだと誇張表現を伴って詠む。23は、既にはるばる遠くに離れてしまったが、離れた相手を忘れることはできないと詠む。24は「はろはろ」と、相手から遠く離れていても、私は「異しき心」を思いはしないと変わらぬ恋情を詠む。25から27は全て大伴家持の作歌である。25は、夜の野辺の遥か遠くからホトトギスの声が聞こえるのであり、「遙遙」という語から判断すれば鳴き声は耳をすませて確認できる程度であろう。26は家持が自身を防人に模した歌である。任命によって国を離れ、山を越え、難波にまで来たという道程を詠む。このように国を離れ家族と別れ、遠く難波まで来たことを述べて「遙々に　家を思ひ出」と、遠く離れた地から家族への想いを馳せる防人の心情を表現する。ここにおける「遙々」は、防人とその家族との距離の隔絶を表している。27も同様に、防人の姿を詠んだ家持の作歌である。天皇の命令によって止む無く出立した防人の悲哀を「玉桙の道」や「岡の崎」といった道程を様々に示して、防人が遠く国を離れてゆく姿を詠出してゆく。26と27は、家族との絶対的な距離の隔絶を示し、「遙々」は遠くで暮らす家族を思い起こすための言葉として詠まれている。このように『万葉集』の「はろはろ」には、逢いたいと願う対象や望むべきものとの距離が隔絶している現在の状況を表し、心の中で対象を想起して詠む例が多くあることがわかる。

次に、『古事記』における遠くの対象物を見る行為を表した「遙望」の例から検討を行う。

28．故爾くして、黄泉ひら坂に追ひ至りて、遥かに望みて、呼びて大穴牟遅神に謂ひて曰ひしく、「其の、汝が持てる生大刀・生弓矢以て、汝が庶兄弟をば坂の御尾に追ひ伏せ、亦、河の瀬に追ひ撥ひて、おれ、大国主神と為り、亦、宇都志国玉神と為りて、其の我が女須世理毘売を適妻と為て、宇迦能山の山本にして、底津石根に宮柱ふとしり、高天原に氷椽たかしりて居れ。是の奴や」といひき。故、其の大刀・弓を持ちて、其の八十神を追ひ避りし時に、坂の御尾ごとに追ひ伏せ、河の瀬ごとに追ひ撥ひて、始めて国を作りき。

（『古事記』上巻、根の堅州国訪問）

29．是に、天皇、其の黒日売に恋ひて、大后を欺きて曰はく、「淡道島を見むと欲ふ」といひて、幸行しし時に、淡道島に坐して、遥かに望みて、歌ひて曰はく、

押し照るや　難波の崎よ　出で立ちて　我が国見れば　淡島　淤能碁呂島　檳榔の　島も見ゆ　離つ島見ゆ（53番歌謡）

乃ち、其の島より伝ひて、吉備国に幸行しき。爾くして、黒日売、其の国の山方の地に大坐さしめて、大御飯を献りき。

（『古事記』下巻、仁徳記　天皇と黒日売）

28は、大穴牟遅と須世理毘売が根堅州国から葦原中国へと逃げる場面である。黄泉ひら坂は、葦原中国と根堅州国の境界として描かれる。その黄泉ひら坂に須佐之男が立ち、彼から見た異界である葦原中国を「遥かに望みて」とあるように、遠く離れている場所を見ている。29の仁徳天皇は、吉備の黒日売と会うために皇后を騙す。その際に詠んだのがこの国見歌である。天皇が「遥に望み」見ている島である「淤能碁呂島」は、伊耶那岐と伊耶那美が国作りをする際、天の浮橋から矛でかき回した時に滴る塩が積もって出来た島である。この島を拠点と

して二神は国生みを行う。そして、その国生みで二神が初めてまぐわいをするが失敗し、出来た子が水蛭子と「淡島」であった。しかし、水蛭子と淡島は子の例には入れないと記されている。この淤能碁呂島と淡島は、神話世界に登場する島であり、現実の島であるとは考えにくく、天皇は現実にない神話世界に存在する島を見ていることになる。つまり、通常であれば見えない異世界の情景を見ていることを意味している。

ここに「ほのか」と「はろか」の意味の違いがうかがえる。「ほのか」によって表現されるのは、眼前で見ることが可能なものであるものの、一瞬の間や、朧気に見たものの姿であり、何一つとして確かなものでないことを表す。一方、『万葉集』の「はろはろ」の語は、逢いたいと願う相手や望むべき対象との距離が隔絶している状態を表しながら、その対象を想念する例であった。さらに『古事記』における「遙望」とは、隔絶された世界に存する対象の姿を見ることである。その対象は、黄泉ひら坂から見た葦原中国や、淡島、淤能碁呂島といった場所である。従って、当該歌の「たまかぎるはろかに見えて」とは、玉が光り輝くような、一瞬の刹那の間だけ姿を見せて異界に消えてゆく狐妻の様子である。夫の詠歌は異類との別離を「はろか」の語によって表すことで、人間世界と隔絶して行く妻の姿を詠んだ、妻への哀惜の想いと位置づけられる。

おわりに

本章では、邪淫の狐との婚姻譚に記された歌の意義がいかなるものであったのか、歌直前の散文部と歌の表現から考察した。当該歌は『万葉集』に類歌として見えるものであるが、「たまかぎる」を共有して、当該歌は「はろか」と詠み、『万葉集』は「ほのか」と詠む。「ほのか」は一瞬、かすかに見えた朧な女の姿を指すが、当該歌の「はろか」に見るとは遠い距離にある事物を見る行為である。これは、異界に去り行く妻の姿を見ている表現であることが知られる。それは散文部の文脈「窈窕裳襴引逝也」と重なりながら幻視された妻の姿であり、この言葉から夫の歌は生成されているのである。恋心によって生じた狐との婚姻は愛欲における業として仏教説話においては位置づけられる。しかし当該歌があることによって、妻への強い思慕や別れへの哀惜が表現されると共に、散文のみでは成し得なかった夫の慕情と物語の余韻を残すことができたといえるだろう。本縁が夫の歌を取り込んだのは、一度は破綻した婚姻関係が、狐の妻が訪れるようになったことで再び継続したかのようにも取れるような曖昧な展開を見せつつ、結果的には「はろか」の語によって夫婦の永遠の別離を示唆するためであったといえる。これは「はろか」の語によって人と動物との宿命的な隔絶が表現されると同時に、愛する夫婦の別離を示すものであった。このように、『霊異記』が異類婚姻譚に恋歌を載せることは、異類への愛欲を肯定しないにせよ、そこに見られる人間の欲望を排除しない態度と捉えられるのである。

注

1　『扶桑略記』は、黒板勝美編『国史大系　扶桑略記・帝王編年記』（吉川弘文館、一九六五年十二月）を底本として使用し、私に訓読をした。
2　金子大麓ほか校注『水鏡全注釈』（新典社注釈叢書9、新典社、一九九八年十二月）。
3　狩谷棭斎『日本靈異記攷證』（正宗敦夫ほか編『狩谷棭斎全集二』日本古典全集刊行会、一九二六年一月）。
4　守屋俊彦「上巻第二縁考」（『続日本霊異記の研究』三弥井書店、一九七八年十一月）。
5　三谷栄一「説話と和歌―狐女房譚と『霊異記』上巻第二話の文学性をめぐって―」（三谷栄一ほか編『西尾光一教授定年記

念論集　論纂 説話と説話文学』笠間叢書125、笠間書院、一九七九年六月)。
6　武田祐吉校註『日本靈異記』(日本古典全書、朝日新聞社、一九五〇年九月)解説二一頁。
7　岩下武彦「『霊異記』の方法試論―上巻第二縁の表現をめぐって―」(平野邦雄編『日本霊異記の原像』角川書店、一九九一年七月)。
8　許慎撰・徐鉉校定『説文解字 附検字』(中華書局、一九六三年十二月)。
9　許慎撰・段玉裁注『説文解字注』(上海古籍出版社、一九八八年二月)。
10　多田一臣「口頭伝承から文字伝承へ―『日本霊異記』上巻第二縁の表現を中心に」(『國文學　解釈と教材の研究』第四十巻十二号、一九九五年十月)。
11　『詩経』の引用は、石川忠久校注『詩経 上』(新釈漢文大系110、明治書院、一九九七年九月)に拠る。
12　『文選』の引用は、用例2、中島千秋校注『文選 賦篇 上』(新釈漢文大系79、明治書院、一九七七年一月)、用例3、内田泉之助・網祐次校注『文選 詩篇 上』(新釈漢文大系14、明治書院、一九六三年十月)、用例4、竹田晃校注『文選 文章篇 中』(新釈漢文大系83、明治書院、一九九八年七月)に拠る。
13　『玉台新詠』の引用は、内田泉之助校注『玉台新詠』上・下(新釈漢文大系60〜61、明治書院、一九七四年二月〜一九七五年五月)に拠る。
14　前掲注(13)下巻、三九一頁語釈。
15　今井昌子「『日本霊異記』の狐伝承」(日本霊異記研究会編『日本霊異記の世界』三弥井書店、一九八二年六月)。
16　中田祝夫校注『日本霊異記』(日本古典文学全集6、小学館、一九七五年十一月)六〇頁頭注。旧全集刊行以降の注釈書は、中田の指摘を踏襲している。
17　掲載歌以外の裳を引く歌の用例は巻十・二三四三、巻十二・二八九七、巻十七・三九七三、巻二十・四四五二、巻二十・四四九一がある。

18　伊藤博『萬葉集釋注』三（集英社、一九九六年五月）。
19　掲載歌以外の「玉かぎる」の用例は巻十・一八一六、巻十一・二三九四（類歌）、巻十二・三〇八五（重出歌）、巻十三・三二五〇。
20　掲載歌以外の「ほのか」の用例は巻二・二一〇、巻八・一五二六、巻十一・二三九四（類歌）、巻十二・三〇八五（重出歌）。
21　青木生子「萬葉の『我が身』の歌をめぐって」（『萬葉』第一三二号、一九八九年七月）。

第三章　「愛心深入」における女の因業

はじめに

中巻第四十一縁は、蛇と人間との異類婚姻説話である。河内国の裕福な家の娘が蛇に犯され、蛇の子を身籠もるが、薬師の治癒によって蛇の子の堕胎に成功して意識を取り戻す。しかし娘は三年後、再び蛇と姦通する。その際に、説話では娘の状態を「愛心深く入りて〔愛心深入〕、死に別るる時に、夫妻と父母子を恋ひて」と描写され、その娘は「我死にて復の世に必ず復相はむ」との遺言を家族に残して死ぬ。その後は出典不明の経典を引用して、母と息子の近親相姦と、狐に転生した息子の二つの説話を載せている。以下に、対象とする本縁の全文を挙げる。

女人大きなる蛇に婚《くながひ》せられ、薬の力に頼りて、命を全くすること得し縁　第四十一

A1．河内国《かふちのくに》更荒郡《さららのこほり》馬甘《うまかひ》の里に、富める家有りき。家に女子《をみな》有りき。大炊《おほひ》の天皇のみ世の天平宝字の三年の己亥の夏の四月に、其の女子、桑に登りて葉を揃《こ》きき。時に大きなる蛇有り。登れる女の桑に纏《まつは》りて登る。路を往く人、見て嬢に示す。嬢見て驚き落つ。蛇も亦副ひ堕ち、纏りて婚《くながひ》し、慌《ほ》れ迷ひて臥しつ。父母見て、薬師を請け召し、嬢と蛇と倶に同じ床に載せて、家に帰り庭に置く。稷《きび》の藁三束を焼き、三尺を束に成し

て三束と為す。湯に合せ、汁を取ること三斗、煮煎りて二斗と成し、猪の毛十把を剋《きざ》み末《くだ》きて汁に合せ、然して嬢の頭足に当てて、橛《ほこたち》を打ちて懸け釣り、開《つび》の口に汁を入る。汁一斗入る。乃ち蛇放れ往くを殺して棄つ。蛇の子白く凝り、蝦蟆《かへる》の子の如し。猪の毛、蛇の子の身に立ち、閪《くぼ》より五升許出づ。口に二斗入るれば、蛇の子皆出づ。迷惑《まど》へる嬢、乃ち醒めて言語《ものい》ふ。二の親の問ふに、答ふらく、「我が意夢の如くにありき。今は醒めて本の如し」といふ。薬服是くの如し。何ぞ謹みて用ゐざらむや。

A2．然して三年経て、彼の嬢、復蛇に婚せられて死にき。ア愛心深く入りて、死に別るる時に、夫妻と父母子を恋ひて、是の言を作ししく、「我死にて復の世に必ず復相《あ》はむ」といひき。其の神識《たましひ》は、業の因縁に従ふ。或いは蛇馬牛犬鳥等に生れ、先の悪契に由りては、蛇と為りて愛婚《くながひ》し、或いは怪しき畜生とも為る。

B．愛欲は一つに非ず。経に説きたまへるが如し。「昔、仏と阿難《あなん》と、墓の辺よりして過ぎしに、夫と妻と二人、共に飲食《おんじき》を備けて、墓を祠りて慕ひ哭《な》く。夫恋ひ、母啼《な》き、妻詠《しの》ひ、姨《をば》泣く。仏、妻の哭くを聞き、音を出して嘆く。阿難白して言はく、『何の因縁を以てか、如来嘆きたまふ』とまうす。仏、阿難に告りたまはく、『是の女、先世に一の男子を産む。イ深く愛心を結び、口に其の子の閛《まら》を嗽《す》ふ。母三年を経て、儵倏《たちまち》に病を得、命終の時に臨み、子を撫で閛を唼《す》ひて、斯く言ひき。『我、生々の世に常に生れて相はむ』といひて、隣家の女に生れ、終に子の妻と成り、自が夫の骨を祠りて、今慕ひ哭く。本末の事を知るが故に、我哭けらくのみ』とのたまへり」と者へるは、其れ斯れを謂ふなり。

C．又経に説きたまへるが如し。「昔人の児有り。其の身甚だ軽く、疾く走ること飛ぶ鳥の如し。父常にウ重みし愛《うつくし》び、守り育つること眼の如し。父、子の軽きを見て、譬《たと》へて言はく、『善きかな、我が児。疾く走ること狐の如し』といふ。其の子命終《みょうじゅう》して、後に狐の身に生る」とのたまへり。善き譬を願ふべし。悪しき譬を欲《ねが》はざれ。必ず彼の報を得むが故になり。

本縁は三つの話で構成されており、本章ではＡＢＣと分けたが、Ａについては説明の便宜上、Ａ１・Ａ２とした。これまでの研究史としては、三輪山説話との比較から論じられる傾向が強く、神であった蛇の畜生への零落、及び神話の形骸化などが指摘されてきた。[★1] しかし、本縁は必ずしも異類婚姻（蛇婿入り）の型式を踏んで記されているとはいえない。またＡのうち、薬師の薬によって娘が治癒するＡ１で話が完結するならば、表題の通り薬の効能を説く話と理解できる。しかし、Ａ２以下では三年後再び蛇に犯されているため、表題の枠内に収まらない内容となっている。そこで本章では、死に際して述べる娘の「愛心深入」が、娘の持つ「神識」と如何に連関するものであるのか、また、娘の発した「我が意夢の如くにありき」とは物語上、どのような意味を持った言葉であるのか等の検討を通して、本縁を読み解いていきたい。

一　「愛心深入」における文脈の問題点

本縁は説話の文脈に不明瞭な点がある。本章で問題とする「愛心深入」の語と関わる部分であるために、まずその点から検討する必要がある。

その問題となる箇所はＡ２「愛心深く入りて、死に別るる時に、夫妻と父母子を恋ひて、是の言を作ししく、『我死にて復の世に必ず復相はむ』〔愛心深入死別之時恋於夫妻及父母子而作是言我死復世必復相也〕」である。狩谷棭斎の『日本靈異記攷證』は、「愛心深入」という心情の主体（主語）と、その心情が誰に対するものであるのかが曖昧であることから、本文に誤脱の可能性があることを指摘する。[★2] もし心情の主体が娘であれば、「夫妻及父母子」

が娘と関係する家族の中で、誰を対象としたのかが不明瞭となる。さらに、本縁は真福寺本と狩谷棭斎校本の群書類従本にのみ存する説話であるために問題が多く残る。[3] 以降、この文脈をめぐり各注釈書では様々な訓と、文意の解釈が提示されてきた。

注釈書の理解を大別すると、二通りの解釈に分類できる。I説は「愛心深入」を、娘が蛇に対して抱いた「愛心」の心情と採る説である。板橋倫行による校訳は「死別之時恋於夫妻及父母子而」の箇所の「妻」を「虵」に、「及」を「向」に改訂して、「夫の虵を恋ひ、父母子に向ひて」と訓む。娘は蛇の妻となったので、夫である蛇への「愛心」を、自身の両親に告げたと解釈している。[4] 松浦註釋はこの文脈を読み難いとしつつも「文の前後より判じて、『虵に対する深い愛着の念を懐く様になつて』の意であらうと推測出来る」と述べる。また、「愛心深入」は「愛心深大」もしくは「愛心深ミ」の誤写かとの疑問を提示する。[5] 小泉道校注の古典集成は「愛心深く入りて、死に別るる時に、夫妻と父母子を恋ひて」と、本文校訂をせずに訓読をした。文意としては「蛇と結ばれた夫婦仲と、父母となって宿した（蛇の）子を恋い慕うこと」と示し、「夫婦及父母子」を蛇と娘が夫婦であることを意味すると同時に、（蛇の子の）父と母となって子を成す、といった意訳をして解釈する。[6] 中田祝夫の新編全集も、古典集成と同様の立場である。[7] 以上のI説は、本文を改訂する、もしくは意訳を行うことで成立する解釈といえる。

これに対して、II説は人間一般の家族へ向ける愛情の心、と解する。遠藤嘉基と春日和男による旧大系は「死に別かれる時は、人は夫や妻または父母子等肉親に愛着して、こういうものだ。[8]」と指摘し、多田一臣の、ちくま学芸文庫も旧大系に従う。[9] また、出雲路修校注の新大系は本文の「愛心深入（中略）愛欲一非」までを、「業因に関しての一般論が展開される」と述べるように、後述する経典引用の説話と併せて解釈する。[10]

以上、問題とした「愛心」以下の解釈を挙げたが、本章においては「愛心深入死別之時」を、娘に対する叙述ととり、その「愛心」を「娘から蛇に向けた愛心」と解する。そして「死別之時」以下を、死に際してもなお愛（もしくは愛する人々）に執着する人間の心情と捉える。なぜなら、本縁は蛇との婚姻によって生じた傍線部ア「愛心深く入りて」で「愛心」の問題を語り、そこで問題となる「愛心」を契機として、Bの話に見える傍線部イ「深く愛心を結び」という、母親から実の息子に対する近親相姦の話が導き出されるからである。両者は「愛心」が共通し、それはCにおいても「重みし愛び」と、子を愛する父の話へと繋がっていく。このように、各々の過剰な「愛心」の発端として、娘の蛇への「愛心」が示されている。以上のように文脈を理解し、定めた上で以下内容の検討に入る。

二　『霊異記』の夢見

娘は堕胎によって意識を取り戻し、A1「我が意夢の如くにありき。今は醒めて本の如し」と両親に答える。娘の「我が意夢の如くに…」とは、蛇と交わって以降の、娘の意識の状態を指しているものと捉えられよう。多田一臣は、娘と蛇を神と巫女との関係性に当て嵌めて憑依と夢の関係を解き、「夢の如くに…」を夢と現実が曖昧な状態として解釈した。★11 しかし、『霊異記』内の夢の場面には、夢の中で霊異を知る話、夢の中の出来事が現実となる話、仏との感応を記す話などが認められ、★12 娘の状態がはたして多田の述べる「夢とウツツのはざま」の状態と判断できるのかは疑問が残る。以下、『霊異記』内における夢の場面を通して本縁における娘の夢を検討したい。

中巻第十三縁「愛欲を生じて吉祥天女の像に恋ひ、感応して奇しき表を示しし縁」は、優婆塞が天女像に対して愛欲の念を起こし「優婆塞、夢に天女の像に婚ふと見て」と、天女と性交をする夢を見る。明くる日に天女像の裳を見ると夢が現実であった証拠が残っており、吉祥天女への信仰が奇瑞となって得られたことが証明される。下巻第十六縁「女人、濫しく嫁ぎて、子を乳に飢ゑしめしが故に、現報を得し縁」は、寂林という僧の夢の中に女が現れる。女は生前、自分の子を養育せずに複数の男と情交を重ねた。女はそれ故、冥界において生前の罪による業として乳の腫れる病を受けているという。『霊異記』における夢の説話には、仏教者の夢に天女や畜生・罰を受けた人間などが入り込む。そして、罰を受ける人間は、自身の苦痛と罪の内実を仏教者に語り、救済を求めてゆく。しかし、以下の二例はそれらとは異なる夢の話が描かれている。

1. 広虫女、宝亀の七年の六月一日に、病の床に臥して、数の日を歴るが故に、七月二十日に至り、其の夫と並八《またやたり》の男子とを呼び集めて、夢に見し状を語りて言ひしく、「閻羅王の闕《みかど》に召されて、三種の罪を示さる。一つには三宝の物を多く用ゐて報いずありし罪なり。二つには酒を沽《う》るに多の水を加へ、多く直《あたひ》を取りし罪なり。三つには斗升、斤に両種用ゐて、他に与ふる時には七目を用ゐ、乞《もと》め徴《はた》る時には十二目を用ゐて収めしことなり。『此の罪に依りて汝を召す。現報を得べきことを、今、汝に示さくのみ』とのたまひき」といひき。夢の状を伝へ語り、即日死に亡す。（『霊異記』下巻第二十六縁）

2. 又、僧景戒が夢に見る事、延暦の七年の戊辰の春の三月十七日乙丑の夜に夢に見る。景戒が身死ぬる時に、薪を積みて死ぬる身を焼く。爰に景戒が魂神、身を焼く辺に立ちて見れば、意の如く焼けぬなり。即ち自ら楉《しもと》を取り、焼かるる己が身を策棠《ツ》キ、梡《カナふくし》に串《クスぬ》キ、返し焼く。先に焼く他人に云ひ教へて言はく、「我が如くに能く焼け」といふ。己が身の脚膝節の骨、臂《カヒナ》・頭、皆焼かれて断れ落つ。爰に景戒が神識、声を出して叫ぶ。側に有る人の耳に、口を当てて叫びぬ。遺言を教へ語るに、彼の語り言ふ音、空しくして聞かれずあれば、彼の人答へず。爰に景戒惟ひ忖らく、死にし人の神は音無きが故に、我が叫ぶ語の音も聞えぬなりけり。夢の答来らず。

（『霊異記』下巻第三十八縁）

1は、冥界から帰還するといった説話の類型に属するものである。病を患った広虫女は冥界に赴き、そこで閻羅王から三種の夢を示される。★13 その三種とは一に、他人からの借用物を返済しなかったこと。二に、酒に水を混ぜて売ったこと。三に「斗升」や「斤」を使用して、他人に与えた分量よりも多く物を乞うなどの虚偽である。このように、広虫女は虚偽によって利益を謀る罪を働いていた。彼女は現世に戻ると一旦死に、身体の上半身が牛になって蘇生してから再び死ぬ。この話は、夢の中で自分の罪を閻羅王に教示されるため、『霊異記』における他の夢の話とは性質が異なる。広虫女は夢を通して自分の罪を認識させられたといえる。また、説話の表現上、臨死状態を「夢」と例える点は本縁と共通するものである。2は『霊異記』編者景戒の見た夢を語る、景戒自伝ともいうべき下巻第三十八縁である。この第三十八縁には二つの夢見とその内容が語られる。一つは、沙弥鏡日から「諸教要集」と「本垢」とを与えられ、その夢の意味を景戒が夢解きによって分析するもの。二つ目の夢は、夢の中で景戒自身は死に、自らの身が焼かれている様子を見ているという奇妙な夢であり、掲載の用例2はこの後者の夢である。この夢の中で景戒は死んでおり、自身の霊魂である「神識」（魂神）の遊離を体験している。特筆すべきは、「神識」の語は『霊異記』内において用例2と本縁の二例しかないという点である。新編全集は波線部の「魂神」と、傍線部「神識」を「霊魂」と解釈し、「神識」・「魂神」・「神」を全て「たましひ」★14 と訓む。これについては次節で述べるが、景戒自身が神識となった自身を認識し、己の声が生者には届かないと知ることから、ここにおける神識は、肉体の無い人間の魂や精神のみの状態を意味している。

1で、女は自分の罪を夢によって教示され、現報を受ける。2は、景戒が夢見の内容を夢解しており、自分の身に起る未来を「若しは長命を得むか、若しは官位を得むか」と推測する。1、2を通して見れば、『霊異記』の夢とは、仏との感応・邂逅の場であるほかにも、自身のこれまでの罪や行いを自覚させる効果があるようだ。

ここで、本縁の場合は蛇と性交をして意識を失っていた間の状態を「夢の如し」と表現する点に注目したい。夢の中の出来事を語る際に、説話の叙述は、「夢に見し状」（下巻第二十六縁）や「夢に見る事」（下巻第三十八縁）と前置きした後に夢の内実を示している。しかし、本縁は「夢の如くにありき」とあるのみで、あくまでも娘の認識は夢のような状態であった、というのである。娘のこうした認識はなぜ生じたのか。その問題については、2の景戒の夢と共通する「神識」が関係してくるのではないか。景戒の場合も、夢の中で自身の死と対峙し、身体と魂（霊魂）の乖離に直面する。それは、現実ではない夢の中であるからこそ可能なものである。従って、己の神識を意識できる状態と捉えられる。本縁は娘の死後、「其の神識は、業の因縁に従ふ」とあり、神識はその個人の因縁に従って輪廻転生をすると記述される。そのため、夢を夢と認識しない娘の神識を探ることが必要となる。そこで次に、娘の神識とはどのようなものであったのか検討する。

三　神識にみる人間の心的作用

本縁の神識を探るためには、『霊異記』の神識がいかなるものかを理解する必要がある。この神識は、観智院本『類聚名義抄』に「神」（法下二表）と「識」（法上二十五裏）の両者ともに、「タマシヒ」の訓が付されている。[★15]「神」、「識」には字義において、人間の霊魂の意があったと考えられる。本縁の「神識」は先述したように、『霊異記』下巻第三十八縁の「神識」と併せて、霊魂と解されるに留まる。しかし、下巻第三十八縁の説話において、「魂神」、

「神識」、「神」の全てが魂の意を表すのであれば、本縁が「魂神」または「神」ではなく、「神識」の語を用いる点は重視すべきである。娘の生命の内部に深く根ざした魂として記される、神識の語の役割と意味を考えるためには、従来の指摘では不十分である。従って、実際にこの神識の語がどのように理解され、使用されていたのか、同時代のテクストや仏典の事例を通して確認しておきたい。

3．若し歯縦心に及び、気力侹弱、筋骨衰耗して、神識迷ひ乱れ、また、久しく重き病に沈み、起居漸まず、狂言を発し、時務に益无き、此の如き類、心素を抜き訴へ、田に帰りて命を養はむとせば、理に聴すべし。

（『続日本紀』巻六 元明天皇 和銅六年五月記事）

4．日本根子高瑞浄足姫天皇は、天渟中原瀛真人天皇の孫、日並知皇子尊の皇女なり。天皇、神識沈深にして、言必ず典礼あり。

（『続日本紀』巻七 元正天皇 即位前紀記事）

3、4は『続日本紀』の記事である。3は郡領を恣意的に解任することを禁ずる制であるが、郡領でも体調不良で神識が乱れた者であれば国司は郡領の任を解くことができるという。また、4は天皇の気質を述べる例で、天皇の心は沈着にして思慮深いという。『続日本紀』の例は人間の気力・精神や、その人物の心や性格といった心・気質の状態や様子に対して神識が用いられ、『霊異記』の例とは性質が異なる。

続いて、仏典にみえる神識を確認したい。辞書的な意味としては「生きとし生けるものに具わっている心識。霊妙不可思議な心のはたらき。意識。魂。たましい。」と説明される。★16 神識とは3、4の『続日本紀』においては心や性質を意味していたが、仏教においては人間の意識や感情に深く関わる語であるといえる。仏教の神識と『霊異記』のそれとが等しいと見るならば、仏典における神識の使用意識を検討する必要がある。

大乗仏教の薬師如来に関する代表的な経典、『薬師琉璃光如来本願功徳経』（以下『薬師経』）では、冥界の場面において神識の語が見える。

5．琰魔の使、其の神識を引いて、琰魔法王の前に至るを見る。然れども諸の有情には倶生神有つて其の所作に随つて若しは罪、若しは福、皆具さに之れを書して、盡く持して琰魔法王に授与す、爾の時、彼の王は其の人に推問して所作を計算し、其の罪福に随つて之れを処断す。時に彼の病人の親属・知識、若し能く彼れが為めに、世尊薬師琉璃光如来に帰依し、諸の衆僧を請じて、此の経を転経せしめ、七層の燈を然し、五色の続命神旛を懸け著けよ。或は是の処に彼の識還ることを得ること有り。夢中に在るが如く明了に自ら見ん。或は七日、或は二十一日、或は三十五日、或は四十九日を経て、彼の識還る時、夢より覚むるが如く、皆自ら善不善の業、所得の果報を憶知せん。[★17]

（『薬師琉璃光如来本願功徳経』）

右では、病人が琰魔法王の使いによって神識を引かれ、冥界の琰魔法王の前に召される。そこで、病人の罪や福を琰魔法王が審査し、その病人の処遇が決定される。この時、家族等が薬師瑠璃光如来に帰依し功徳をすれば、病人の識は身体に帰ってくることがあるという。そして、その識が戻った病人は、琰魔法王との出来事と自身の善・不善を「夢より覚むるが如」くに覚えているというのである。しかし、当時の仏僧は神識が帰るとは如何なる状態であったと理解していたのか。『霊異記』下巻第三十八縁において、天皇へと転生したと描かれる善珠は、『薬師経』の注釈である『本願薬師経鈔』（以下『薬師経鈔』）を記しており、神識に関しては以下の注釈を施している。

6．当に知るべし、此は是れ、薬師如来及び経の威力をもちて患人の第六意識見分の上に此の三種の行解・相分を起こすを得しむるを。一は琰魔王と為す。二は王使と為す。三は己身と為す。自らの神識を所依と為す。[★18]

（『本願薬師経鈔』）

善珠は、実際に病人が冥界に行ったのではなく、「薬師如来及び経の威力」と、薬師如来の力によって、あたかも自分が冥界に居るかのように病人に見せているのだという。さらに、この箇所に関して津田博幸は以下のように述べている。

薬師如来と経の「威力」が病人の「第六意識見分」（本人が自覚できる意識・思考、認識主体）の上に、琰魔王・王の使者・病人本人の三種の「行解」（対象を認識し理解する体験）と「相分」（認識される形相・様子）を現出させるのである。それは病人の「神識」を「所依」（よりどころ）とする（この場合は、いわば、「神識」というスクリーン上に映画が映るようなものだと考えればよいだろう）。★19

津田は善珠の『薬師経鈔』の冥界の話と、先述の『霊異記』下巻第二十六縁とが類似することを指摘した上で、両者を対比検討している。津田によれば『薬師経鈔』がいう神識とは、実際に身体から離れているのではなく、薬師如来の力により、神識を通して琰魔法王とのやり取りを病人に見せているのである。このように『薬師経』において、識が帰ってきた病人が神識の上で見た状態を「夢より覚むるが如く」と記述する点は、注目すべきである。それは、以下に挙げる『瑜伽論記』においても夢と神識が関連して説明されているからである。

7．上方妙色仏土の衆生は化夢を受けて乃ち悟ることを得。彼の仏、睡眠の中に於て諸の衆生の神識の与めに説法す。受化の識其の所応に随つて四果を成ずることを得。乃至独覚も亦た夢中に於て結跏趺坐して般涅槃す。菩薩の受決乃至成仏は皆夢中に於てす、と云云。★20（『瑜伽論記』巻第一上、意地第二之一　第五夢）

この『瑜伽論記』では、衆生は夢の中で化夢を受けて悟りを得ることができ、仏は衆生の睡眠の中で諸々の衆生の神識のために説法をすると述べる。化夢を受けると、衆生は識の応ずる所に従い、四果を得るのだという。「四果」とは、小乗仏教において悟りの段階を意味し、最終的には修行の最終段階に達した阿羅漢、羅漢となり得るものである。『薬師経』も『瑜伽論記』も病人、もしくは衆生の夢の中において、仏が衆生の神識に働きかけることが知られる。そして、仏に応じた者は四果を得て、羅漢や阿羅漢を得る、といったように仏教者としての達成を迎える。

しかし、一方で「化夢」といった仏の働きかけに気付くことの出来ない衆生も存在する、ということになる。こうした衆生に関して、『出曜経』は次のように記述している。

8.「愚者は好んで、真仏の所説に遠離す。」とは聖人は世に処し、衆生に平等の大道を教誡すれども、愚者は意迷ひて神識を革《あらた》め難し。或は如来を見たてまつりて目を掩ふ者、或は説法を聞いて耳を塞ぐ者、或は如来の行ける跡に輪相の地に在るを見て蹋壊する者あり。斯等の類は罪垢深固にして改更すべきこと難し。過去恒沙の諸仏世尊、説法を無余の境に終訖するも、然も衆生の類、愚に執すること積久にして甘露滋く降るも覩ず、聞かず。形を捨て形を受け、生死に輪転して出期有ること無し。斯は愚惑に由つて無明に纏はる、が故なり。★21

（『出曜経』巻第二十二、親品部第二十六）

先の例は、衆生が仏教に帰依する場合であったが、彼らの神識が改心することの困難な例を『出曜経』では示している。そのような者達は「罪垢深固」であるために、神識を改めることが難しく、このような衆生は生を輪廻し続け解脱して悟りを得ることが出来ないという。このように、仏典における神識とは霊魂という意味合いだけでなく、人間の認識作用とも深く関わるものである。善珠が『薬師経鈔』で指摘するように、神識を「第六意識見分」として捉えるならばこの神識とは、薬師如来の霊験によって衆生が認識可能な意識である。

しかしながら、ここで本縁の娘の神識に立ち返ると、娘は目覚めたときに「夢の如く」と述べる。その「夢の如く」とは、『薬師経鈔』と『瑜伽論記』を参考とすれば、救済への手立てとなる仏が娘の夢の中に現れていた、と考えることも可能なのではないか。薬師如来の説法を認識できなければ、衆生の「罪垢深固」なる神識は改善せずに輪廻し、転生を続ける。それと同様に、仏の説法を娘の神識は認識できなかった。それ故の「夢の如く」ではないか。

また、本縁は表題にあるように「薬の力」を示すが、『霊異記』における病と病者を描く説話と比べると、娘がいかに特異な例であるのかが理解できる。★22 武田比呂男は本縁の娘に関して、

薬師の調合した薬の力によっていったんは命を救われたかに見えても、ついには因果の網（「業の因縁」）から逃れられず再び蛇に犯されて死んでしまうのである。因果応報の網目にとらわれた結果であるからには、その〈やまい〉を癒やすためにはそうした因果を解き明かしうるもの＝仏教者が介在しなければならないということになる。★23

と指摘する。『霊異記』における病者は、自身の病が己の宿業（罪）によることを認識し、信仰と功徳によって病の治癒という霊験を授かる。すなわち、自身の神識を自覚し、仏教への信仰を求めなければ霊験を体験できないのである。従って、娘の神識が改善されなかったことが、三年後再び蛇と交わる原因になったものと考える。神識が目覚めていればA1で本縁は終わるはずが、A2に続き、その神識によって再び蛇と「愛婚」する結果となる。これは娘の神識と「愛心深入」という心情が連関しているためだと考える。節を変えて「愛心」の内実を検討したい。

四　女の「愛心深入」

『霊異記』には「愛」という語が散見されるが、特にここでは本縁と類似する例を中心に検討するため、異性

へと向けられる「愛心」と「愛欲」に絞り込み考察を行う。★24

9．卿の女、咒力を被りて病愈えぬ。乃ち東人に愛心を発し、終に交通ぐ。親属、東人を繋ぎ、閉ぢ居らしめて摟樔《カコ》フ。女、愛心に忍ぶること得ず。猶し哭き恋ひて、其の辺を離れず。（『霊異記』上巻第三十一縁）

御手代東人という男は、ある機会があって裕福な家の娘の病気を治す。娘は東人に対して「愛心」を抱き、東人と通じてしまう。娘の愛心は、病を治癒した東人への愛の心と解せる。己の愛心によって東人を恋い慕う様は、本縁の娘に通じるものである。

10．雨を避けて堂に入るに、堂の裏狭少きが故に、経師と女衆と同じ処に居り。爰に経師、婬《たは》れの心熾《さかり》に発り、嬢ノ背に踞《ウズクマ》リヲリ。裳を挙げて婚ふ。閛の閫に入るに随ひて、手を携へて倶に死ぬ。唯女は口より漚《アワ》を嚙《カ》齧ミ出して死にき。晰かに知る、護法の形罰なりといふことを。愛欲の火は身心を焦くと雖も、婬れの心に由りて、穢き行を為さざれ。愚人の貪る所は、蛾の火に投るが如し。（『霊異記』下巻第十八縁）

この話は男女の異常な愛欲を語る内容である。ある写経師が女衆らと雨宿りをしていた堂で、女と交接をしようとする。しかし、堂内で淫らな行為を行うことが仏の罰に触れないわけが無い。結語においては、罰当たりな行為は人間の愛欲から起こり、それは時に身の破滅をも引き起こすことを注意している。

用例9においての娘の愛心は、臨終に及んでもなお強い、東人を愛する心である。その内実を述べる様は、東人に対する執着の強さを表している。また、10の「愛欲」は淫猥な感情とされ、排除すべきものと語られている。そもそも愛とは仏教に由来する言葉であり、それは人間の根本的な欲望や欲求を指し、悟りを妨げ、迷いを生みだす愛着の感情である。そのため、10の説話の結語で注意を喚起していることは当然である。

では、『霊異記』はこうした愛という人間の根源的な感情を、仏教思想との関わりにおいてどのように受け入れたのであろうか。これは、本縁で語られる愛心とも関連する問題である。愛心がいかに理解され、また受容されてきたのか、仏典や経疏における愛心の例をみていく。

11．師の云く、中有の初心と及び〔中有の〕本心とは是れ愛を起す心なり。本有の初心も亦爾なり。何を以てか知ることを得る。★25
（『成唯識論了義燈』巻第四本）

11は慧沼による『成唯識論了義燈』であり、これは『成唯識論』の注釈書、謂わば経疏である。ここでは、人間の死と愛との関係が説かれている。死者は新たに生を受ける中有の期間、いわば四十九日の間、その魂は肉体を離れて次に生を受けるまで彷徨う。その中有の間の初めの魂が初心で、中頃の魂を中心として、愛の心がおこるという。人間の輪廻転生と愛心とが深く関係することが理解できる。

12．而して一時、其の長者の子、彼の工巧鐵師の女の、樓上に在りて窓内に面を現はし、外に向ひて観看るを見、彼の長者の子、是の女を見已りて、即ち愛心を生じぬ。彼の長者の子、私に心の中に、此の女を記し已りて、速に往きて家に帰り、其の父母に告げて、是の如き言を作せり、「某工巧の家に、一女有り、我が意に貪愛し、取りて妻と為さんと欲す★26」。
（『仏本行集経』巻十三、捔術争婚品第十三の下）

13．人、前に悪を為すも、善を以て之を滅すれば、世間の愛著は　其の義の空なるを念ふ。
「人、前に悪を為すも、善を以て之を滅すれば、」とは夫れ悪を作すは皆愛著に由る。彼の梵志の妻、悪を興して無害に向ふも皆愛心に由る。是の故に説かく、「人、前に悪を為すも、善を以て之を滅すれば、」と。「世間の愛著は、其の義の空なるを念ふ。」とは愛心深固なれば、三界に流転し、四生の分を受け、五道に廻趣す。皆愛著して捨離する能はざるに由る。★27
（『出曜経』巻第十八　雑品第十七の二）

14．凡そ地獄に在つて、諸の苦悩を受くることは皆愛の病に由る。諸の殺生も亦愛に由りて、致さる。不与取・

婬妷・妄語、十不善行も亦復是の如し。皆愛心に由つて、斯の諸悪を造る。（中略）「是に於て、比丘よ、畜生に生るゝ者は諸の苦悩多し。比丘、当に知るべし。若しは衆生有りて、畜生に堕する者は冥きに生れ、冥きに長じ、冥きに無常となる。此等は何者か。是れ所謂地に入る蟄蟲《ちふちう》なり。是れ皆前身の愛欲を貪楽せしに由り、身・口・意の行、悪く、身壊れ、命終り、死して地中の蟄蟲と為りしなり。是を冥きに生れ、冥きに長じ、冥きに命終と謂ふ。是を比丘よ、畜生は甚だ苦甚だ痛にして忍び難しと謂ふ。（中略）此の三悪趣は苦を受くること無量なり。斯は前身に愛心堅固にして、此の諸の苦を種えしなり。」と。是の故に、仏は「愛は衆病の首《はじめ》なり。」と説きたまひしなり。

（『出曜経』巻第五 愛品第三）

12は『仏本行集経』の例である。ここは長者の息子は工巧鉄師の娘に恋をし、両親にその娘を貪愛したことを告げる場面である。この「貪愛」は好ましい対象への強い執着であるとされ、息子の愛心は貪愛という執着の心へと変化する。

また、13、14は『出曜経』の例であり、人間の生死と愛心との関係が細かく説かれている。13では、人間が悪しき行為をする理由・原因には愛があるのだと説く。人が悪行をしても、善行で滅ぼすことができれば「愛著」という欲望に捕われず、執着するには至らない。そして、愛心が「愛心深固」の状態になると三界に流転するのだという。衆生が生死を繰り返しながら輪廻する欲界・色界・無色界が三界である。そして衆生は、自分の行った善と悪の因果によって住む場所、すなわち、天・人間・畜生・餓鬼・地獄の五つの世界を廻ることになる。衆生は愛著し、その執着を捨てられないため、三界を流転し続けるのだという。その人間の愛著によって様々な悪が生み出され、輪廻を繰り返し、生死の苦しみを再体験するのである。14は、愛心こそが様々な悪行の原因であると説く。衆生は前世において愛欲を貪ると「命終り、死して地中の蟄蟲と為りしなり」と、愛欲を貪ったものは地中の「蟄蟲」という冬篭りする虫に生まれ変わるという。愛心が「堅固」であることに原因があり、衆生の起こす愛心によって悪行が生まれていく。このように経典においては、13「愛心深固」や、14「愛心堅固」のように、過剰な愛心をもつ衆生は畜生に転生して苦を受けるため、過剰な愛心は避けるべきものだと説かれている。『霊異記』における異性への愛や愛心は、愛の心を発端として、因を生み、自らに業をもたらすことが示される。己の心にある愛心が、己の身に影響を及ぼすのである。すべては自己の心の問題なのである。それは仏典において詳細に説かれていた。特に用例13『出曜経』では、愛心こそ人間が為す様々な悪の根本的な原因であると説かれている。このような仏典からの理解を得て、本縁の愛心を考えると次のようになる。先に見た13「愛心深固」や14「愛心堅固」のように愛心の過剰な状態が、娘における「愛心深入」であった。娘はその愛心ゆえに、諸悪を引き起こしてしまうといえる。娘の神識は愛心に強く絡み付き、愛執によって「蛇と為りて愛婚し、或いは怪しき畜生とも為る」のである。★28 神識は、善珠の指摘によれば認識可能な第六意識と捉えられる。とすれば、神識が改善し得ないのは、娘の愛心という心的作用によるものと考えられる。愛という人間本来の感情・衝動・欲求が、神識と連関することで、娘の因業に繋がっていくのである。娘の神識と、その内部に深く絡み付いた因果を形象する語が「愛心深入」であった。

おわりに

本章では、『霊異記』内の表現と仏典を通して、中巻第四十一縁の意義を考察した。娘の発した「夢の如し」という言葉は、娘が自身の神識を改善することが出来なかったことを意味すると考える。唯識説に基づけば、娘が「愛心深入」という心（識）の状態であり、その強い愛心によって自らの神識を改善し得なかったためであると理解される。夢見において、仏からの教えに気付かない娘の神識は、己の愛心によって生じる因縁を断ち切ることが出来なかったのである。

　また、本縁の傍線部イや傍線部ウから、本縁は愛による因業がテーマになっていると理解できる。Bの母は、前世における息子への深い愛心により、来世での逢瀬を希求し、輪廻を果たして息子と結ばれる。Bを通してAの娘の因業を考察すると、愛心を持った娘と蛇は前世においても関係をもっており、愛心の業に搦め捕られた娘は、その生を流転し続けることを意味する。それ故、三年後に再度、蛇と「愛婚」するのであろう。本縁がA2を語るのは、仏の説法を感得できずに、己の業を背負った娘の姿を語ることに『霊異記』の意図があったためであろう。従って、輪廻を繰り返し続けることが娘の因業であり、業の内実には愛という人間存在の根本である欲望と、その感情が深く根ざしていた。

　一方で、本縁のA、Bで語られるような異常な愛心とは異なり、Cの父の息子に対する「重愛」は、家族への情愛や親愛であるものの、人間の過剰な執着心が因縁となることが語られている。つまり、説話全体は人間の心に起こる愛を巡る罪業を問題として提言しているのであり、仏ですら救済し得ない愛業を抱いた女の姿を説くことが、本縁の意義であった。娘自らが神識を改善しない限り、その因業に囚われ続けるのである。そして本縁は、蛇と娘との婚姻というおぞましい行為や、息子への性愛という愛から生じる欲望に囚われた人間の姿を次々に叙述してゆく。これら愛によって起こる執着は、避けるべきものでありながら、尚も人間が様々な欲望＝愛を求める姿を形象としている。このように本縁は、おぞましい欲望の姿を蛇との婚姻として形象しつつも、それこそが人間に普遍的に内在するものと認め、それら欲望を諫めるために説かれた説話であると位置付ける。

注

1　本縁の主な先行研究としては以下が挙げられる。藤森賢一「蛇の恋―霊異記中巻第四十一縁考―」（『谷山茂教授退職記念国語国文学論集』塙書房、一九七二年十二月）、黒沢幸三「古代伝承文学の意義」（『日本古代の伝承文学の研究』塙書房、一九七六年六月）、古橋信孝「愛欲の自覚」（『和文学の成立　奈良平安初期文学史論』古代文学研究叢書2、若草書房、一九九八年十二月）、北郷聖「『日本霊異記』中巻第四十一話をめぐって―陰陽五行説の視点から」（『解釈』第四十三巻、一九九七年六月）、青野美幸「『日本霊異記』にみる蛇像の変容―中巻第八縁、中巻第十二縁、中巻第四十一縁―」（『鳴尾説林』十三号、二〇〇六年二月）など。異類婚や三輪山神話の側面から論じられる傾向の中で永藤靖が本縁の娘について、個人における「性愛」の問題が描かれると指摘する点に首肯する。永藤の見解を踏まえ、さらに娘の文言とその心の有り様に注目すべきだと考える。永藤靖「三輪山型説話の変貌―蛇神から妖怪へ―」（『日本霊異記の新研究』新典社、一九九六年四月）。

2　狩谷棭斎『日本靈異記攷證』（正宗敦夫ほか編『狩谷棭斎全集二』日本古典全集刊行会、一九二六年一月）一一二頁。

3　本縁は中巻の残る来迎院本、国会図書館本には残存しない話である。なお、真福寺本の模写孔版である小泉道著・訓点語学会編『校注真福寺本日本霊異記』（訓点語と訓点資料 別刊第二、一九六二年六月）にて本縁の当該箇所を確認できる。

4　板橋倫行校訳『日本靈異記』（春陽堂、一九二九年五月）附註二〇九頁。

5　松浦貞俊『日本國現報善悪靈異記註釋』（大東文化大学東洋研究所叢書9、一九七三年六月）三〇三頁註解。

6　小泉道校注『日本霊異記』（新潮日本古典集成67、新潮社、一九八四年十二月）二〇〇頁頭注。

7　中田祝夫校注『日本霊異記』（新編日本古典文学全集10、小学館、一九九五年九月）二三三頁現代語訳。

8　遠藤嘉基・春日和男校注『日本霊異記』（日本古典文学大系70、岩波書店、一九六七年三月）二九四頁頭注。

9　多田一臣校注『日本霊異記』中（ちくま学芸文庫、一九九七年十二月）三〇五～三〇六頁語注。

10　出雲路修校注『日本霊異記』（新日本古典文学大系30、岩波書店、一九九六年十二月）一二一頁脚注。

11　多田一臣「古代の夢」（小島孝之編『説話の界域』笠間書院、二〇〇六年七月）。

12　掲載説話以外の夢の場面は、上巻第十八縁／中巻第二十縁／中巻第十五縁／中巻第三十二縁／下巻第十六縁／下巻第二十四縁／下巻第三十六縁／下巻第三十八縁があり、『霊異記』における夢については、榊原史子「『日本霊異記』と夢」（小峯和明・篠川賢編『日本霊異記を読む』吉川弘文館、二〇〇四年一月）の論がある。

13　底本「三種之夢」について、狩谷棭斎が説話内容から「罪」の誤字と指摘して以降、諸註釈書は概ね「三種の罪」と改める傾向にある。新編全集も「罪」と棭斎に倣い改めるが、本章では真福寺本の「三種夢」を採り、訓読を改めた。その場合、広虫女は死後、閻羅王から前世の罪を三種類の夢によって提示されたことになる。

14　下巻第三十六縁、新編全集、三六〇頁頭注。本縁の「神識」は『霊異記』中巻の底本である真福寺本には「神議」とある。狩谷棭斎もこの点については誤字との疑を呈する（前掲注（2）一二二頁）。後、武田祐吉の朝日全書が「神識」と改めて以降の注釈書は「神識」を採用している。同じ真福寺本の下巻第三十八縁に見える「神識」に校異はないため、ひとまず本縁は、注釈書に倣って「識」としておく。

15　天理図書館善本叢書『類聚名義抄 観智院本 法』（八木書店、一九七六年十一月）。

16　中村元『広説 佛教語大辞典』縮刷版（東京書籍、二〇一〇年七月）。

17　『薬師琉璃光如来本願功徳経』の引用は、『国訳一切経 印度撰述部 経集部十二』（大東出版社、一九八〇年五月）に拠る。『大正蔵』（巻十四、四〇七b）に該当する。

18　引用した善珠『本願薬師経鈔』（『日本大蔵経』第九巻、一八一頁下段）の訓読文は、津田博幸「「霊異」と仏典注釈―『日本霊異記』下巻第二十六縁をめぐって―」（山口敦史編『聖典と注釈　仏典注釈から見る古代』古代文学会叢書Ⅳ、武蔵野書院、二〇一一年十一月）を参考として引用した。

19　津田博幸「「霊異」と仏典注釈―『日本霊異記』下巻第二十六縁をめぐって―」（山口敦史編『聖典と注釈　仏典注釈から見る古代』古代文学会叢書Ⅳ、武蔵野書院、二〇一一年十一月）。

20　『瑜伽論記』の引用は、『国訳一切経 和漢撰述部 論疏部九』（大東出版社、一九八一年九月）に拠る。『大正蔵』（巻四十二、三二〇a）に該当する。

21 『出曜経』の引用は、『国訳一切経 印度撰述部 本縁部十一』（大東出版社、一九八四年二月）に拠る。『大正蔵』（巻四、七二九c）に該当する。

22 本縁において娘の治癒を行ったのは「薬師」であり、「薬の力」である。そのために必ずしもここに薬師信仰があるとは看取しづらい。武田比呂男が述べるように（注23）、仏教者ではなく、薬師であったために治癒を完治し得なかったとも捉えられる。『霊異記』に載る薬師信仰の説話は以下に見える。下巻第十一縁（盲目の女が薬師仏の木像に祈願する）、下巻第十二縁（盲目の男が薬師寺の正面で千手観音に祈願する）、下巻第二十一縁（薬師寺の僧が盲目になり、金剛般若経を読経する）、下巻第三十四縁（大きな腫瘍を持つ女が薬師経、金剛般若経、観世音経、千手陀羅尼を読経し、腫瘍が癒える）などのように、薬師仏や観音への信仰をもって病者はその病を癒やすことになる。

23 武田比呂男「『日本霊異記』にあらわれた〈やまい〉」（大野順一先生古稀記念論文集刊行会編『日本文芸思潮史論叢』ぺりかん社、二〇〇一年三月）。

24 『霊異記』における「愛」の用例として①子から親への愛（上巻第二十四縁）②親から子への愛（上巻第十二縁、中巻第四十一縁、下巻第二十七縁）③異性への愛（上巻第三十一縁、中巻第三縁（二例）、中巻第十三縁（二例）、中巻第四十一縁（四例）、下巻第十六縁、下巻第十八縁、下巻第三十八縁）④慈愛・敬慕（上巻第十八縁、中巻序文、中巻第七縁）⑤地名（中巻第四縁、中巻第二十七縁）⑥その他（中巻第十九縁）がある。

25 『成唯識論了義燈』の引用は、『国訳一切経 和漢撰述部 論疏部十九』（大東出版社、一九八二年一月）に拠る。『大正蔵』（巻四十三、七三五b）に該当する。

26 『仏本行集経』の引用は、『国訳一切経 印度撰述部 本縁部一・二』（大東出版社、一九八三年十月）に拠る。『大正蔵』（巻三、七一三a）に該当する。

27 『出曜経』の引用は、『国訳一切経 印度撰述部 本縁部十』（大東出版社、一九八四年二月）に拠る。用例13『大正蔵』（巻四、

七〇四c）、用例14（『大正蔵』巻四、六三六b～六三六c）に該当する。

28　ここに「婚」と表記されている点も注意される。『霊異記』における「婚」の用例としては、「天皇、后と大安殿に寐テ婚合したまへる時に、」（上巻第一縁）、「他鳥、遞ニ来りて婚ブ。今の夫に姧ミ婚びて」（中巻第二縁）、「嬢ノ背に踞リヲリ。裳を挙げて婚ふ。」（下巻第十八縁）が挙げられ、男女の婚姻関係を示している。娘と蛇との姦通が「犯」などではなく「婚」で表記されるということは、娘が単に受身の立場で蛇に犯されたというのではなく、娘と蛇との婚姻が描かれているといえる。

第四章　婬泆なる慈母——子の孝養における救済——

はじめに

『霊異記』には様々な母親の姿が描かれるが、基本的にその母親像は律令社会の規範の中で生き、我が子を慈しむ母である。しかし、この「慈母」とも言うべき姿とは一線を画した母親が、下巻第十六縁には登場する。ここでは母親の強烈な性愛と死が描かれる。そして死後、僧侶の夢見を契機とし、冥界で苦しむ母に対して子が追善供養を行うという話である。母はその気質・行動を淫欲の甚だしい「天骨婬泆」と称されながらもその一方で、子によって「慈母の君」と呼ばれる。実態とは全く異なる姿で子によって母の捉え直しが行われるその背景には、『霊異記』が描こうとする親子のあり方の問題があるように思われる。『霊異記』において子を養育しない母は他に見られず、この説話が記される意義付けを問うべきである。

本章では、従来論じられてきた母親の側からの考察のみではなく、子の視点に注目し、本縁が不孝説話の対となる孝養譚としての性格を有する説話であることを考察する。

一　問題の所在

以下、本章で取り扱う下巻第十六縁を、説話の構成上AからDに分けて挙げる。

女人、濫《ミダリガハ》シク嫁ぎて、子を乳に飢ゑしめしが故に、現報を得し縁　第十六

A．横江臣成刀自女《よこえのおみなりとじめ》は、越前国加賀郡《ゑちぜんのくにかがのこほり》の人なりき。天骨婬泆《うまれながらいんいつ》にして、濫しく嫁ぐことを宗《むね》とす。未だ丁《さかり》なる齢を尽さずして死に、淹《ひさ》しく年歴ぬ。

B．紀伊国名草郡《きのくになくさのこほり》能応《のお》の里の人、寂林法師、国の家を離れて、他の国を経之《へゆ》き、法を修し、道を求めて、加賀郡畝田《ウネだ》の村に至りき。年を逕て止り住めり。奈良の宮に大八嶋国《おほやしまのくに》御宇《をさ》めたまひし白壁の天皇のみ世の宝亀元年の庚戌《かのえいぬ》の冬の十二月二十三日の夜に、夢見き。大和国鵤《やまとのくにイカルガ》の聖徳王の宮の前の路より、東を指して行く。其の路鏡の如くにして、広さ一町許なり。直きこと墨縄の如し。辺に木草立てり。林、佇《ノゾ》キテ看れば、草の中に太《イト》快《たくま》しく肥《コ》エたる女有りき。裸衣《あかはだか》にして踞《うずくま》りをり。両つの乳脹《ハ》レタルコト大きにして、竈戸《かまど》の如くに垂り、乳より膿《うみしる》流る。長跪《ひざまづ》きて手を以て膝を押し、病める乳に臨みて言はく、「痛き乳かな」といひて、呻吟ひ苦しび病む。林、問ひて、「汝は何くの女ぞ」といふ。答へて、「我は、越前国加賀郡大野の郷の畝田の村に有る横江臣成人《よこえのおみなりひと》が母なり。我、齢丁《よはひサカリ》ナリシ時に、濫しく嫁ぎ、邪婬にして、幼稚《いとけな》き子を棄て、壮夫《をとこ》と倶に寐《ね》ぬ。多の日逕て、子乳に飢ゑぬ。唯し子の中に、成人のみ甚だ飢ゑたり。先に幼き子に乳に飢ゑしめし罪に由りての故に、今乳の脹るる病の報を受けたり」といふ。問ひて、「何にしてか、此の罪を脱れむ」といふ。答へて、「成人知らば、我が罪を免さむ」といふ。

C. 林、夢より驚き醒めて、独心に怪しび思ひ、彼の里を巡り訊ふ。是に有る人、答へて言はく、「当に余是れなり」といふ。林、夢の状を述ぶ。成人、聞きて言はく、「我、稚き時より母を離れて知らず。唯し我が姉有りて、能く事の状を知れり」といふ。姉に問ふ時に答ふらく、「実に語るが如し。我等が母公《ははぎみ》、面姿《かほ》姝妙《うるは》しくして、男に愛欲せられ、濫しく嫁ぎ、乳を惜みて、子に乳を賜《たまは》らざりき」といふ。爰に諸の子も、悲しびて言はく、「我、怨に思はず。何ぞ慈母の君、是の苦しびの罪を受けたまふ」といへり。仏を造り経を写し、母の罪を贖ふ。法事已に訖りて後に、夢に悟して曰はく、「今は我が罪免れぬ」といひき。

D. 誠に知る、母の両つの甘き乳、寔に恩は深しと雖も、惜みて哺育《はくく》まぬときには、返りて殃罪《つみ》と成らむといふことを。豈飲ましめざらむや。

本縁の成刀自女はAで「天骨婬泆」という気質から、男と情交を重ねて育児放棄を行い、年若い頃に死ぬ。Bで成刀自女は寂林という僧の夢に現れて生前の自身の罪状と、それによる今の苦痛を語り救済を求める。寂林は夢の虚実を明らかとするため、成刀自女の息子を探す。息子である成人は、母の追善供養を行う。Dの結語では、成刀自女の罪は、「母の両つの甘き乳」を子へ与えることを惜しんだことに因ると説明される。

本縁は古代社会における母親像を解明する過程で論じられる傾向にあり、『霊異記』は母性への絶対的な称揚を根幹に持つと中村恭子[★1]、守屋俊彦[★2]らによって指摘された。特に守屋は、母の罪を許す子の姿を「仏教以前の世界」と語り、古代日本における親子間の伝統的な情愛の感情を看取している。母子の問題に着目した守屋の指摘を踏まえ、古代文芸の大きな枠組みの中で捉えながら、説話全体の理解を深めたのは多田一臣である。

ここは詳しいいきさつを知らない成人に知ってもらうことに意味があるので、そうすれば自ずと自分の罪も許されることになるという意に解すべきである。「知る」とは、もともと不可知の領域に属する事象（神意な

ど）をこの世界の秩序の中に意味づけることである。そうした「知る」の重い意味がここにも見いだせる。[★3]

後述するが、僧の夢見を媒介として母子の間が取り持たれたように、夢見が無ければ成人は母の苦痛を認識することが無かった。母の苦痛を「知る」行為の重要性を位置づけた点は、『霊異記』に散見される僧の夢見といった霊験を解釈する上でも重視すべき論である。ただ、なぜ母は成人を指名して「我が罪を免さむ」と認識するのであろうか。婬泆の罪によって死んだ成刀自女が、子によって「慈母」と称される点を含め、説話後半部は再考の余地が十分に残されている。次節では、母を表現する特徴的な語である「天骨婬泆」を起点として、母の気質について考察する。

二　「天骨婬泆」の意味

本縁の母親は、「天骨婬泆[★4]」と表現されるが、説話の最後では子から慈母と呼ばれる。両極端な表現がなされる意義を検討するためにまず「天骨」、「婬泆」の語の持つ意味を考えたい。天骨の語は、『万葉集』に「所謂文章は天骨にして、習ひて得ず。」（巻十七、七言一首序文）と大伴池主詠の序文にある。ここに見える天骨とは、文章の才能は天性（天骨）のものであるという意で、天骨とは本来良い意味合いで用いられるが、『霊異記』においてはむしろ悪人の気質を表す場合に使用されている。

1．時に彼の里に一の凶しき人有り。姓は文忌寸なり。字を上田三郎と云ふ。天骨邪見にして、三宝を信ぜず。

（『霊異記』中巻第十一縁）

2．犬養宿禰真老は、諸楽の京の活目の陵の北の佐岐の村に居住しき。天骨邪見にして、乞者を厭ひ悪めり。

3．紀直吉足は、紀伊国日高郡別の里の椅の家長の公なりき。天骨に悪性にして、因果を信とせず。
（『霊異記』下巻第十五縁）
（『霊異記』下巻第三十三縁）

1は、生来のよこしまな気質について「天骨邪見」と表現する。この天骨邪見なる男は、僧に対して自分の妻と姦淫を行ったと言掛りをつけて罵り、無理に妻を犯したことで悪死を得る。2の犬養宿禰真老は天骨邪見な気質であり、乞食を嫌うという。3の紀直吉足は、生来の悪性なる気質で因果を信じない者である。他に、生命を殺すことを喜びとする者を「天骨に仁せず」（上巻第十六縁）と記す例や、1、2と同様に「天骨邪見」（中巻第三十五縁）などが見える。これら天骨が問題とされる者は悪業を以て死を得る者であり、僧を敬わず因果を信じない悪しき者として仏法に背き、罰を受ける人間なのである。成刀自女にも信心や仏教への帰依心などといったものは全く見られず、因果を信じず己の欲望のままに振る舞うという点は右の諸例と共通している。ただ、母の場合は右の例のような暴力性ではなく、天骨に下接した「婬泆」という性愛の行動が問題となっている。

この婬泆は、以下に挙げる養老戸令第28七出条の七出、三不去と関連していることが指摘される。[★5]

4．凡そ妻棄てむことは、七出の状有るべし。一には子無き。二には淫泆。三には舅姑に事へず。四には口舌。五には盗竊。六には妬忌。七には悪疾。皆夫手書して棄てよ。尊属、近親と同じく署せよ。若し書解らずは、指を畫いて記とすることを為よ。妻、棄つる状有りと雖も、三の去てざること有り。一には舅姑の喪持くるに経たる。二には娶いし時に賤しくして後に貴き。三には受けし所有りて帰す所無き。即ち義絶、淫泆、悪疾犯せらば、此の令に拘れず。[★6]
（養老令文 巻第四、戸令第八）

この七出の規定は、夫が妻と離縁できるために必要な七項目であり、二の条項に淫泆が見える。妻がこれらの項目に該当すれば、夫婦は離縁可能となるのである。「三の去てざること（三不去）」に該当すれば離縁は出来ないとするが、七出の中で妻の気質が淫泆であれば離縁が可能となる。以下、義解の解釈を確認する。

5．二婬泆　謂。婬者。蕩也。泆者。過也。須㆓其奸訖㆒。乃為㆓婬泆㆒也。★7

（『令義解』巻二、戸令）

義解によると「婬」とは「蕩」という揺れ動く様子で、「泆」とは際限を過ぎる事を意味するというから、婬泆とは男女の姦を終わりまで求めて為すことと解せる。放蕩して限度を超えた姦淫を為すことが婬泆であり、律令の規定でいえば罰を受ける対象である。

また、漢訳仏典においては以下のような婬泆の例が見られる。

6．若し人有つて婬泆にして度なく、好んで他の妻を犯さば、便ち地獄・餓鬼・畜生中に堕し、若し人中に生るれば、閨門婬乱なり。是の故に諸比丘、常に当に意を正しうして淫想を興すことなく、慎しみて他を婬する莫かるべし。★8

（『増一阿含経』巻第七、五戒品第十四）

7．仏の言はく「菩薩の道を行じて、百八の堕を校計せざるは、譬へば婬泆の妬女、自ら罪の多少を知らず、亦苦痛を厭はず、亦自ら校計して、還つて罪を慚ぢず、生死・五道の苦痛を知らず、自ら三悪道に堕するを知らず、自ら行を慚ぢて、我れ道に堕すと言はざるが如し。是の如く、世世に自ら殃を受くるなり。★9（後略）

（『大方等大集経』巻第五十九、十方菩薩品第十三）

6の『増一阿含経』には仏が衆生に説く五戒の記述に、婬泆の罪とそれによる報いとが見られる。婬泆によって他人の妻を犯せば、地獄・餓鬼・畜生の中に堕ちるが、もし人間に転生しても「閨門婬乱なり」と、男女の関係にふしだらな人間になるという。7は「婬泆の妬女」という女の話である。この女は自身の妊娠を知ってもなお婬泆をなすが故に、苦痛を以て自身の罪を知るという話である。女は自身の罪を恥じることが無く、三悪道に堕ちたことすら知らない。つまり、婬泆なる自身の罪を認識し得ないために、殃を自分で為し「自ら殃を受」け続けるのである。このように、婬泆の行為は律令の側からすると、制度から逸脱した者として処罰の対象となり、仏教の教義においては、淫欲や煩悩の象徴として説かれるのである。成刀自女が冥界で苦しむことを仏教の教義に照らせば、右のように理解されるのである。

もっとも、『霊異記』において邪淫によって悪報を受ける母の姿は本縁のみであり、基本的に母という存在は慈愛を持つ者として描かれる。己の性愛の随に慈母の規範から逸脱し罰を受ける母は、それだけで仏教説話としての機能を有すると思われる。それ故、本縁表題が表すのは母の罪と応報だけである。だが、説話は母の死後の後日談のような内容へと展開する。こうした説話展開上の因子に、『霊異記』が語る親子の問題があるのであろう。

三　婬泆の母・悪逆の子

前節で述べたように、成刀自女は天骨婬泆という邪淫の罪を背負った、『霊異記』の母の中では特異な存在である。本縁は悪しき母が登場するが、中巻第三縁「悪逆の子の、妻を愛みて母を殺さむと謀り、現報に悪死を被りし縁」は本縁と比較して、親子間において罪を犯す者と、罪を許す者とが逆転している説話である。

8．逆《さかしま》なる子、歩み前《すす》みて、母の項《うなじ》を殺《き》らむとするに、地裂けて陥《おチイ》ル。母即ち起ちて前み、陥る子の髪を抱き、天を仰ぎて哭きて、願はくは、「吾が子は物に託《くる》ひて事を為せり。実《まこと》の現し心には非ず。願はくは罪を免し賜《たま》へ」といふ。猶し髪を取りて子を留むれども、子終に陥る。慈母、髪を持ちて家に帰り、子の為に法事を備け、其の髪を筥に入れ、仏像のみ前に置きて、謹みて諷誦《ふじゆ》を請ふ。母の慈《あはれみ》は深し。深きが故に悪逆の子にすら哀愍《かなしび》の心を垂れて、其れが為に善を修しき。誠に知る、不孝の罪報は甚だ近し。悪逆の罪は彼の報無きには非ずといふことを。

（『霊異記』中巻第三縁）

この中巻第三縁は防人を任ぜられた火麻呂という男が、服喪を装って母を殺し、妻に会うことを画策するという話で、律令との関連が指摘される著名な説話である。掲載箇所は、火麻呂が山中で法会があると、母である真刀自を騙して山に連れ込み、母を手にかけようとする場面である。火麻呂は母を殺そうとした罪によって地の底へ落ち、残された真刀自は息子を供養する。このように、右には母を殺害せんとする悪逆の息子と、息子を供養する慈母との対比があり、その関係が本縁とは対照的に現れている。

また両説話は構造上だけでなく、説話表現の面からも対照的であることが注目される。成刀自女は「天骨婬泆」、「濫しく嫁ぐ」などと邪淫の形容を付されるのに対し、中巻第三縁の真刀自は「母の自性、善を行ふを心とす」と形容される、淫欲とは縁遠い信仰心の篤い女として性格づけられている。また火麻呂の「悪逆」も律の八逆に数えられるほか、新編全集が親子間の殺人は仏教戒律の五逆にも抵触する行為と指摘するように[★10]、本縁の母成刀自女と用例８の息子火麻呂は、律令と仏教のいずれの罪にも問われる。つまり、成刀自女（本縁）・火麻呂（用例８）は罪ある者であり、この肉親の罪を許す者が、成刀自女の子・火麻呂の母という対の関係性になっているのである。[★11]

『霊異記』において、子が親への不孝を為して悪報を得る類話としては他に上巻第二十三縁、二十四縁がある。「凶人の嬭房の母を敬養せずして、以て現に悪死の報を得し縁」（上巻第二十三縁）は、瞻保という男が、母に貸した稲の代価を徴収しようと責めて孝の道から背く。母は瞻保を養育した際に乳を与えたのであり、今その代価を徴収しようと嘆き訴える。瞻保は狂死して、瞻保の妻子も路頭に迷うという内容であるが、この説話の結語には

『観無量寿経』を要約した引用文が記される。★12

9．現報遠くはあらず。豈信ならずあらめや。所以に経に云はく、「不孝の衆生は、必ず地獄に堕ちむ。父母に孝養あれば、浄土に往生せむ」とのたまへり。是れ、如来の説きたまふ所の、大乗の誠の言なり。
（『霊異記』上巻第二十三縁）

本来ならば、浄土への道とは仏道修行において得られるものだが、ここでは儒教的な孝養思想が混在して孝の必然性を説くことに趣旨が傾いている。また、上巻第二十四縁「凶女の生める母に孝養せずして、以て現に悪死の報を得し縁」では、生まれつき孝の心の無い女が、斎日のための食物を乞いに来た母を拒んだことで死ぬ話である。この話の結語は、「其の女終に死に、復相見ざりき。孝養せずして死ぬ。此れよりは、分を譲りて母に供へて死なむには如かじ。」と語られる。自分の分け前はともかく、母への孝養として財物や食料の分与を優先することを奨励する。これら『霊異記』の不孝説話は、息子や娘が母親から受けた自身の養育といった恩を忘れて、自身の利益を優先したことで悪死を得るのである。

子が親に対して扶養を行わないことは直接的な不孝として語られているが、中巻第二縁「烏の邪淫を見て世を厭ひ、善を修せし縁」は右のような不孝説話とは趣きが異なり、親よりも先に子が死ぬという不孝である。夫婦の烏のうち、妻烏が他の雄烏と番となり、夫烏と烏の子を捨てて飛び去る。邪淫の行為を見た和泉国泉郡の大領倭麻呂は世を厭い、妻と子を捨てて出家をする。倭麻呂が去った後、子は病を得て、臨終の際に母の母乳を求める。★13 母乳を飲んだ子は「噫乎、母の甜キ乳を捨てて、我死なむか」と語って死ぬ。この中巻第二縁においては父である倭麻呂が子を捨てるが、その理由に仏道修行があるため、倭麻呂は説話末尾の賛曰において仏心を起こして往生を遂げた者と称賛されている。子を捨てる父の説話には、下巻第八縁の瑜伽師地論を書写する願を立てた男の説話もあるが、これも倭麻呂と同様に子を捨てることへの咎といった文言は見られない。『霊異記』は仏教説話という性質上、夫が妻子を捨てることについては、帰依や修行を理由としているのであれば、称賛する型式を取るようである。

以上、『霊異記』における不孝説話について見てきた。子から親への不孝は必ず悪死を得て罰せられるが、帰依を理由として父親が妻子を捨てることに対する罰は無い。常に子は親を敬い、尊重することを義務としているのである。こうした『霊異記』の態度に基づけば、本縁も子から母に向けた孝養の姿勢が求められるものと推定できる。8の母子の関係を参照すれば、罪ある母を許すことが子の孝養になり得るのではないか、ということである。つまるところ、子における不孝の罪は救われないものの、親から子への罪は、子によって救済する事が可能ということである。だからこそ本縁Cに「仏を造り経を写し、母の罪を贖ふ」とあるように、子による追善供養が語られる必要があったのである。これについては後述するが、ここには孝養と供養という儒教思想と仏教教理の混合した様相が看取される。以下節を変えて、仏教説話において語られる孝養が、儒教思想との関係でどのように説かれているのか確認をする。

四　孝の思想と『父母恩重経』

親子や近親者に対する孝の思想は、中国文献の上では『春秋左氏伝』の「五教」により広められたという。

10．八元を挙げ、五教を四方に布かしむ。父は義、母は慈、兄は友、弟は恭、子は孝にして、内平かに外成ぐ。★14

（『春秋左氏伝』文公十八年）

文公十八年記事には、舜が尭の臣下として仕えた際、八元という八人の才子を登用して「五教」を四方の国に広めたことで、村々の家庭内と社会は平穏になったとある。家庭内で母は家族に対して慈愛深くあり、子は親に孝を尽すことを規範としたが、子から親への孝養が広く理解されるとその一方で、孝養の有り方自体が問われることに向っていったようである。『論語』の「子曰く、今の孝は、是れ能く養ふことを謂ふ。犬馬に至るまで、皆能く養ふこと有り。」（『論語』為政第二）とは形式的な孝養を批難する孔子の言であり、子には親への敬愛の念が求められていた。★[15]以下の『孝経』は、子が如何に孝養を為すべきかを表した、広く知られる一文である。

11. 身体髪膚、之を父母に受く。敢て毀傷せざるは、孝の始めなり。身を立て道を行ひ、名を後世に揚げ、以て父母を顕はすは、孝の終りなり。★[16]（『孝経』開宗明義章、第一）

身体や毛髪や皮膚は父母から授かったものであるため、これらを傷つけないことが孝の始まりであり、孝の終わりは子が立身出世して家の名を挙げることだという。さらに、「孝に終始亡くして、患ひの及ばざる者は、未だ之れ有らざるなり。」（『孝経』孝平章、第七）とあるように、親への孝を行い、孝を全うしなかった者の中で身に災いが及ばなかった者はいないという。このように、親への孝養は必然として広く認識されており、儒教の経典においては責務とでも言うべき口調で語られて、その必要性が強く説かれている。親子の関係が発生する以上、中国において孝養の問題は避けられず、そのため儒教と仏教との対立が生じていった。「身体髪膚」を損なわないことが孝養の基本であったため、剃髪や出家に伴う跡取りの損失は不孝に値すると批難され、それにより仏教は危機的状況にあった。★[17]こうした中国六朝時代における対立と論争から、仏が仏弟子へ孝養の大切さを説くための『仏説父母恩重経』（以下『父母恩重経』）が中国にて成立したという。★[18]『霊異記』が『父母恩重経』に影響を受けていることは増尾伸一郎★[19]や山口敦史★[20]によって既に指摘されており、『霊異記』の母子の関係性を考える上でこの経典は参考となるだろう。

12．若し孝順慈孝の子有らば、能く父母の為に福を作し経を造り、或は七月十五日を以て能く仏槃・盂蘭盆を造り、仏及び僧に献ぜば、果無量なるを得、能く父母の恩に報いん。[★21]（『父母恩重経』）

13．何の罪、宿愆ありてか此の不孝の子を生めるやと。或は時に喚呼すれば、目を瞋らし、驚かし怒る。婦も児も罵詈して、頭を低て笑を含む。妻も復不孝、子も復五擿なれば、夫婦和合して同じく五逆を作る。（中略）「汝、幼小の時、吾れに非ずは長ぜず。但し吾れ汝を生むも、本より無きに如かず。」と。（後略）（同右）

12は、『父母恩重経』の中で父母への恩と、子が孝養を尽す際の方法を説く箇所である。子は父母のために功徳を積み、経を写して盂蘭盆のために僧へ寄進をするという。父母への報恩と同時に、仏教者へ供物の寄進が求められるのは、仏教の信仰を広めるため、儒教の孝養精神に歩み寄った結果である。続く13の例は、親への不孝が子細に描かれる。父母は老齢で身体は衰えているが、子はそのような父母に構わず自分の妻子と談笑をする。親は自身に「宿愆」という前世の罪があるために、不孝の子を生んだのかと歎く。このように、『父母恩重経』では親子関係が前世における因果によるものと考えるのである。道端良秀が「仏教の孝はその根底に、この世に生まれるのは、自分の宿業が因で自分の責任において、父母を選んで、それを縁として生まれたとする。[★22]」と指摘するように、仏教における孝とは血縁や家に因る孝養ではなく、自分を取り巻く他者との因縁を重視した孝養であった。[★23]このほかにも、『父母恩重経』では子の養育における母から子への愛情の姿が描かれる。

14．母、其の子の為に身を曲げて下に就き、長く両手を舒べて塵土を払い拭い、嗚と其の口に和し、懐を開いて乳を出し、乳を以て之れに与う。母、児を見て歓び、児、母を見て喜ぶ。（『父母恩重経』）

母が身を屈めて両腕を伸ばし、四つん這いで歩む幼子に付いた砂埃を払い、また乳を飲む子を見ては喜び、母の喜ぶ顔を見て子もまた喜ぶのだという。14で説かれるのは、慈しみ深く子を養う母の姿であり、母の授乳とは子への慈しみの象徴である。このように、『父母恩重経』は不孝の罪を諌める一方で、母の慈愛を語ることで親子の恩愛を説こうとしたのである。先掲山口論文は、漢訳仏典に見える慈母像について「その存在は善なるもので仏道の道と通じるという思想が見て取れる」★24と指摘する。母への孝養が即ち仏道帰依に繋がることは、追善供養によって死んだ母の罪を贖うことを説く『仏説盂蘭盆経』も同様の位相にある。竺法護訳のこの経典は、六通を得た聖人である目連が「父母を度して乳哺の恩に報ぜんと欲す。即ち道眼を以て世間を観視し、其の亡母の餓鬼の中に生ぜるを見る」★25と、母から乳によって養育してもらった恩に報いようとし、道眼なる力で世間を見ると、亡き母が餓鬼道に堕ちているのを見つける。仏は、目連の母が生前に「罪根深結」であったために、餓鬼となって苦しむのだと告げる。亡き母の罪を嘆いた目連は、仏が説く通り七月十五日に盂蘭盆の供養を行う、といった筋書であり、僧への物資の寄進と肉親への孝行を折半した内容となっている。このように、偽経と定位される中国撰述経典の根幹たる主題には、儒教制度規範下の家族制度内における孝養と、仏心とを重層させる目的があった。『霊異記』は、母子の理想的な関係を母乳によって表す点、孝養を推奨する点において、中国撰述経典の影響を多分に受けていることが理解される。

そのような観点から本縁を捉え直してみるならば、成刀自女が息子である成人を指名して、彼に救済を求めることは重要な意味があると考えられる。以下、節を改めて寂林の夢見と子の側に焦点を当てて考察していく。

五　仏の導きと子の孝

寂林とは、本縁にのみ登場する伝未詳の法師である。彼の「宝亀元年の庚戌の冬の十二月二十三日の夜」の夢を発端として、母子の関係が明らかになる。寂林が斑鳩宮跡地から東に向う様子は、冥界へ渡る行為であるとする古典集成の説によって、[★26]寂林の夢見は死者との交感と考えられる。[★27]僧の不可思議な夢は『霊異記』説話において、その説話内部に特定の機能をもたらす転換部に位置しており、本縁の夢の類型として中巻第十五縁が挙げられる。

15．彼の夜請けし師、夢に見らく、赤き牸《めうじ》来り至り、告げて言はく、「我は、此の家長の公の母なり。是の家の牛の中に、赤き牝牛有り。其の児は吾なり。我昔、先の世に、子の物を偸み用ゐき。所以に今牛の身を受けて、其の債《もののかひ》を償《つくの》ふ。（後略）」（中略）是に檀主大きに哭きて言はく、「実に我が母なり。我曽て知らざりき。今は我、免《ゆる》し奉らむ」といふ。牛聞きて大息す。法事訖りて後、其の牛即ち死ぬ。（『霊異記』中巻第十五縁）

右の話では高橋連東人という人物が母の供養を行おうと、道で初めに会った乞食僧を選ぶ。その夜、乞食僧の夢見には東人の母親が現れ、生前に子の物を盗んで用いた罪により死後、牛の身を受けていることを語る。しかしこの乞食僧は酒に酔って臥している所を何者かに剃髪され、法衣を着せられた偽物の乞食僧である。東人の母が牛へと転生したことは、僧自身の高徳によって明かされたものではない。それに対して本縁の寂林は、夢の中で胸が腫れ、そこから膿を出した成刀自女を見つけると彼女に対して働きかける点において15の僧の姿勢とは異なる。「何にしてか、此の罪を脱れむ」と苦痛の原因を尋ね、成人らに会いに行く点などの主体的な行動が見受けられる。こうした寂林の行為は、罪ある者を救うための間接的な行為であろう。母の罪の原因は育児放棄であるから、その罪を直接的に救うことはできない。だからこそ、母は「先に幼き子」であり、乳を十分に与えなかった成人に救いを求めるのである。武田比呂男は『霊異記』の僧の夢見について「外部から訪れて、因果を解き明かす、媒介者としての僧の姿がそこにはある。★28」と述べるように、15の僧は来訪者としての性格を有することが重要なのであり、そこに僧自身の徳や霊能といったものは関与していない。15の例は、母の法事を行うために僧を招来するが、法事の有無が牛の身を受けた母を救済する絶対条件ではない。母が、前世に犯した自身の罪を僧に告げることがここでは必要なのである。僧の登場の理由も、死者が犯した罪の内実を吐露することを欲したためであり、ここでは罪の自覚が重要な意味を持つと考える。本縁の成刀自女も「先に幼き子を飢ゑしめし罪に由りての故に、今乳の脹るる病の報を受けたり」と寂林に語るように、苦痛の所以が生前における自身の罪であることを自覚している。この成刀自女の罪の象徴である「膿」に注目して、以下の説話を参考としたい。

16.未だ巻数に満たぬに、病を受けし歳より以来、逕《ふ》ること二十八年、延暦の六年の丁卯《ひのとう》の冬の十一月二十七日の辰の時に至り、瘻瘜《やうそく》の癰疽《ようそ》、自然《おのづから》に口開き、膿血《ウミシル》を流し出し、平復すること願の如くなりき。実に知る、大乗の神咒の奇異しき力と、病人行者の功を積める徳となることを。（『霊異記』下巻第三十四縁）

呰女という女は首に腫瘍を発症する。呰女は病の原因が自身の宿業にあると思い戒を受け、数年後に呰女の元に行者忠仙が現れる。忠仙は呰女の病を見て哀れみ、多くの大乗経典の読経を発願するのである。「病人行者の功を積める徳」によって呰女の腫瘍からは膿血が流れ、病が癒えたことを表している。この16の例も、外部から訪れた行者の介在によって宿業の罪を癒やすことへと導かれ、宿業の罪の象徴である膿が流れる。忠仙の功徳によって前世の罪の解消が得られるのである。一方、本縁は生前の罪を寂林と子の孝養によって救済するという点において主題が共通している。それは、寂林や忠仙といった僧にとっては、罪有るものを救済するという仏の教えに通じる行為でもあるだろう。こうした仏教の基本的姿勢と、儒教思想による孝養とが重層的に語られていることが本縁の意義であったと考えられる。四節で参照した『父母恩重経』で確認したように、仏教における孝養は、宿縁という側面を持っていた。家系や血縁に基づく孝養というよりも、現世の母子という縁によって存在することに重きが置かれている。そして、子は親に孝養を尽し、子の不孝は概ね悪報を得る。この思想を通して本縁の文脈を考えるに、母の淫蕩とその顛末を成人が知っても、宿縁と孝養によって母を許すことへ向かうのであり、そうした母の慈しみを放棄し、恩愛の世界とは正反対の姪泆の罪に向かう母が成刀自女であった。成人は母の慈愛である乳を受けなかったが、孝養によって母の罪を償い、姪泆の母を「慈母の君」へと変質させるのである。以上のように、本縁は仏教において厭われるべき淫欲を有する母の罪を語りながら、母の罪の自覚と、子における儒教的孝養心を語る説話としての意義を持つものである。

おわりに

本章は『霊異記』下巻第十六縁の母子について、子の孝養という視点を中心として考察した。邪淫なる母という、『霊異記』において特異なモチーフを有するこの説話は子が母を許し、救済をするという孝養の主題が潜んでいると結論づける。これは、子の不孝は罪を受けるが、親の罪は子の孝養によって救済されるという『霊異記』が語る不孝説話とも一致するものである。中巻第三縁の慈母が悪逆の子に悲しみを向けたように、本来ならば母を怨む成人が、母の罪業を悲しみ罪を贖うことが、本旨であると考える。姪泆の母を地獄から救済し、慈母へと転換させることは、即ち子の孝養として理解し得るものである。淫欲の母を語るのは、姪や愛がタブーとされる中においても猶、それを欲する人間の欲求を『霊異記』が正面から捉えたためであろう。ただ、こうした悪因を語る説話において母を救済するという展開は、東アジア仏教圏において要請されたものであり、儒教で重視された孝養のモチーフを取り込んだ説話が本縁であった。その上で『霊異記』は、婬泆の罪を犯した母における罪の自己認識を契機としながら、その罪有る者をいかに他者が許し、救うかといった問題を示したのだと考える。

注

1　中村恭子「母性と力」（『霊異の世界 日本霊異記』筑摩書房、一九六七年八月）また、西野悠紀子「律令制下の母子関係―八、九世紀の古代社会にみる」（脇田晴子編『母性を問う　歴史的変遷』上、人文書院、一九八五年十一月）も、古代生活の女性像を論じるに当たって本縁を素材としている。
2　守屋俊彦「母の甜き乳―日本霊異記の女性―」（『日本霊異記の研究』三弥井書店、一九七四年五月）。
3　多田一臣校注『日本霊異記』下（ちくま学芸文庫、一九九八年一月）語注一二六頁。
4　新編全集が底本とする真福寺本、校合に参照した群書類従本（狩谷棭斎校本）と来迎院本は「天骨婬泆」とある。高野本系模本の最善本とされる国立国会図書館蔵本（国会本）は「天骨婬欲泆」とあるが「欲」の字は上から筆で斜線が引かれる。国会本に後筆の書入れはないとする小泉道の指摘に従うならば、当該の箇所は「婬泆」と断定してよいだろう。小泉道「流布本（金剛三昧院本）の成立と関係諸本について」（『日本霊異記諸本の研究』清文堂、一九八九年六月）。
5　山口敦史「『日本霊異記』の性愛表現」（『日本霊異記と東アジアの仏教』笠間叢書378、笠間書院、二〇一三年二月）。
6　養老令文は、井上光貞・関晃・土田直鎮・青木和夫校注『律令』（日本思想大系3、岩波書店、一九七六年十二月）に拠る。番号、条文名も同書に倣った。
7　黒板勝美編『律・令義解』（国史大系第22巻、吉川弘文館、一九六六年七月）。
8　『増一阿含経』の引用は、『国訳一切経 印度撰述部 阿含部八』（大東出版、一九八二年十月）に拠り、『大正蔵』（巻二、五七六b）に該当する。

9 『大方等大集経』の引用は、『国訳一切経 印度撰述部 大集部三』（大東出版、一九七九年七月）に拠り、『大正蔵』（巻十三、三九七c）に該当する。
10 中田祝夫校注『日本霊異記』（新編日本古典文学全集10、小学館、一九九五年九月）一二五頁頭注。
11 本縁の成刀自女、中巻第二縁の母真刀自は名称に共通して「刀自」を有するが、その性質は正反対である。また『霊異記』において「慈母」の語は二例であり、さらにこの二人に使用されることを考えれば、淫欲の母を貞節たる慈母として語るための意図があるとも考えられる。
12 狩谷棭斎『日本靈異記攷證』（正宗敦夫ほか編『狩谷棭斎全集二』日本古典全集刊行会、一九二六年一月）五一頁。
13 本縁と中巻第二縁では、子を捨てる母（妻鳥）が語られるが、共通して「母の甜キ乳」の語が記載されている。これについては、古代日本の観念における乳の生命力・呪力と乳母制度の視点からの指摘（多田一臣「母の甜き乳をめぐって」『古代文学の世界像』岩波書店、二〇一三年三月）がある。
14 鎌田正校注『春秋左氏伝』二（新釈漢文大系31、明治書院、一九七四年九月）。
15 吉田賢抗校注『論語』（新釈漢文大系1、明治書院、一九六〇年五月）。
16 栗原圭介校注『孝経』（新釈漢文大系35、明治書院、一九八六年六月）。
17 用例11の引用である『孝経』開宗明義章は、儒仏論争に関する文書の論集である『弘明集』巻一「理惑論」（『大正蔵』巻五十二、二c）において引用される。
18 道端良秀『仏教と儒教倫理』（サーラ叢書17、平楽寺書店、一九六八年十月）。
19 増尾伸一郎「『日本霊異記』の女性観にみる『父母恩重経』の投影―〈疑偽経典〉受容史の一面―」（日本女性史論集5『女性と宗教』吉川弘文館、一九九八年一月）。
20 山口敦史「『日本霊異記』の〈女性〉観―説話の表現をいかに読むか―」（『日本霊異記と東アジアの仏教』笠間叢書378、笠間書院、二〇一三年二月）。

21　石田瑞麿『民衆経典』（仏教経典選12、筑摩書房、一九八六年六月）。なお、用例12、13、14は『大正蔵』（巻八十五、一四〇三c～一四〇四a）に該当。

22　前掲注（18）に同じ。

23　日本の律令制度は儒教に基づいた家族間の規範を国家統治の機能として導入したが、親子間における刑罰が日本律において緩和されている背景から、奈良時代においては実態としてあまり根付くことがなかったことは先学に詳しい。坂本太郎「飛鳥・奈良時代の倫理思想―とくに親子の間の倫理思想について―」（『古典と歴史』吉川弘文館、一九七二年六月）、武田佐知子「律令国家による儒教的家族道徳規範の導入―孝子・順孫・義夫・節婦の表旌について―」（竹内理三編『古代天皇制と社会構造』校倉書房、一九八〇年三月）など。『霊異記』の親子間の説話は律令国家の規範内ではなく、化牛説話などが親を供養する霊験譚に向かうことは仏教説話上の性質でもあるが、偽経典類の影響が関与するものと思われる。

24　前掲注（20）に同じ。

25　引用は前掲注（21）に同じ。『大正蔵』（巻十六、七七九a～b）に該当。

26　「直きこと墨縄の如し」の表現が中巻第十六縁の冥界訪問譚にあるため、「地獄が現世に現出しているさま」と古典集成、二四五頁頭注に指摘がある。

27　掲載以外に夢の中で死者と出逢う例には、上巻第十八縁、中巻第十三縁、などがある。

28　武田比呂男「僧の境位と現報の語り―『日本霊異記』のめざしたもの―」（『古代文学』第四十三号、二〇〇四年三月）。

第五章　盲目説話の感応と形象——古代東アジア圏における信仰と奇瑞——

はじめに

『霊異記』には、病者が諸仏への信仰を契機として、その病を治癒する説話が数話見える。これらの説話には、衆庶の病苦に起因した信仰を獲得するという仏教説話特有の機能があるだろう。『霊異記』は病治癒において「願」という行為を必須とするのだが、説話はなぜこの「願」を語り、それによる諸仏との感応を語るのか。本章では、薬師如来の木像への帰依によって視力を得たという説話を中心として、東アジア圏を視野に入れて母子の盲目説話を取り上げ、共通する感応の様相とそれを語る手法を比較検討する。『霊異記』が東アジア圏において共有される感応譚を享受し、日本国の奇瑞として語る際、どのような展開を遂げたのかを論じるものである。

一　盲目の母

本章の考察対象である『霊異記』下巻第十一縁を挙げる。これは盲目の女が、蓼原堂の薬師仏への祈願によって視力を得たことを記す説話である。

二つの目盲《し》ひたる女人の、薬師仏の木像に帰敬して、以て現に眼を明くこと得し縁　第十一

諾楽の京の越田の池の南の蓼《タデはら》原の里の中の蓼原堂に、薬師如来の木像在り。帝姫阿部の天皇のみ代に当りて、其の村に二つの目ながら盲ひたる女有りき。此れが生める一の女子、年は七歳なりき。寡《やもめ》にして夫無し。極めて窮《せま》れること比無し。食を索むること得ずして、飢ゑて死なむとす。自ら謂へらく、「宿業の招く所ならむ。唯に現報のみには非じ。徒に空しく飢ゑ死なむよりは、善を行ひ念ぜむには如かじ」とおもへり。子をして手を控《ひ》かしめて、其の堂に迮り、薬師仏の像に向ひて、眼を願ひて曰さく、「我が命一つを惜しむに非ず。我が子の命を惜しむなり。一旦に二人の命を已へむ。願はくは我に眼を賜へ」とまうす。壇越《だにをち》見矜《メグ》ミテ、戸を開きて裏に入れ、像の面に向ひて、以て称礼せしむ。逕ること二日にして、副へる子の見れば、其の像の臆《むね》より、桃の脂《やに》の如き物、忽然《たちまち》に出で垂る。子、母に告げ知らす。母、聞きて食はむと欲ふが故に、子に告げて曰はく、「摶《と》りて吾が口に含めよ」といふ。之を食へば甚だ甜《アマ》シ。便ち二つの目開きぬ。定めて知る、心を至して発願すれば、願として得ずといふこと無きことを。是れ奇異《くす》しき事なり。

蓼原の里に盲目の寡婦がおり、この女は娘と二人暮らしで生活に困窮していた。女は盲目と困窮の理由が、「宿業」という、宿世における自身の罪に拠るものと認識する。この宿業とは、前世において為したとされる罪への観念である。『霊異記』説話においては、宿業の原因となる罪の内実は知られないままに、諸仏への信仰を経由して病の治癒を達成する（後述）。女は蓼原堂の薬師仏に向かい、自身の命ではなく娘の命を助けるために治癒を願う。堂の壇越はその姿を見て哀み、女を堂の中に入れ薬師仏の前で称礼させた。二日後、娘は薬師仏の胸から「桃の脂の如き物」★1が垂れたのを見て女に教える。それを嘗めると女は視力を得たという。この桃脂はあくまで

も薬師如来への感応を形象としたものであるが、あたかも母乳の如きに滴り落ちる様子は、母の慈愛が投影されているように想起させる。『霊異記』は母の慈愛を礼讃する傾向にあり[★2]、生命を育むための母乳については古代の呪的イメージが重ねられていると指摘される[★3]。本縁は人間の母が母乳を与える慈愛の姿と、薬師仏の慈悲とが重ねられているのである[★4]。結語には「定めて知る、心を至して〔至心〕発願すれば、願として得ずといふこと無きことを。」と記すように、「至心」という薬師如来への熱心な信仰心による発願が治癒の奇瑞を顕したと説明しているため、説話の核は薬師仏への信仰と病者の願にあるだろう。

また説話の背景からは、奈良朝仏教における薬師信仰の様相が看取される。『続日本紀』孝謙朝の記事には「薬師経に帰して行道懺悔す。冀はくは、恩恕を施し、兼ねて人を済はむと欲ふ。」（巻十八・孝謙天皇、天平勝宝二年四月）と見え[★5]、この「薬師経」とは『薬師琉璃光如来本願功徳経』に当たるとされている[★6]。さらに同年記事には、薬師経への帰依、懺悔と同時に「仍て天下に大赦し」（孝謙天皇、同年記事）と記しており、薬師経典は大祓と密接に関わりながら[★7]、仏教国家の統制において利用されていたことがわかる。一方で、民間における薬師信仰は「滅罪信仰を媒介として治病延命の功徳にあずかろう[★8]」という方向性にあり、山に籠もって仏道を修する山岳修行と結びつく。本縁における薬師信仰の在り方は、里中にある「蓼原堂」という場所から考えれば、民間信仰に近いものであるだろう[★9]。薬師経典と本縁の関わりについて松浦貞俊は、以下に挙げる経典の大願の内容が本縁の境遇に当て嵌まることを指摘している[★10]。

1．第六の大願とは、願くは我れ来世に菩提を得ん時、若し諸の有情の其身下劣にして諸根不具・醜陋頑愚・盲聾瘖瘂・攣躄背僂・白癩癲狂、種種の病苦あらん。我が名を聞き已らば一切端正黠慧にして諸根完具し諸の疾苦無きことを得ん[★11]。（『薬師琉璃光如来本願功徳経』）

2．第七の大願とは、願くは我れ来世に菩提を得ん時、若し諸の有情に衆病逼切して救ひ無く帰する無く医無く薬無く親無く家無く貧窮多苦ならんに、我が名号一たび其の耳に経れんに、衆経悉く除こり身心安楽にして、家属資具悉く皆豊足し、乃至無上菩提を証得せん。（右同）

3．世尊薬師琉璃光如来の名号を聞きなば、此の善因に由つて今復、憶念して至心に帰依すれば仏の神力を以つて、衆苦より解脱し、諸根聡利に智慧多聞あつて恒に勝法を求め、常に善友に遇ひ、永く魔羂を断ち、無明の殻を破し、煩悩の河を竭し、一切の生老病死憂愁苦悩を解脱せん。（右同）

1の大願には、身体的な疾患の病症が列記される。「醜陋頑愚」とは姿形が醜く、愚かで強情な状態を指す。「盲聾瘖瘂」とは盲目と聾唖を指し、「瘖瘂」とは話すことの出来ない人間を指す。「攣躄背僂」とは、身体が痙攣等によって躄《いざ》り歩く姿や背が曲がった状態であり、通常の歩行が困難な人間を指すと考えられる。「白癩癲狂」の「白癩」とは身体に白い斑ができること、またはハンセン病の古名ともいわれる。「癲狂」は精神の錯乱状態を指すことから、精神疾患として捉えられる。病者はその身が下劣であり、「諸根不具」という眼・耳・鼻・舌・身・意識のうちの認識器官に障害を受けているといい、薬師琉璃光如来への帰依によってこれらの病苦から解放されると説くのである。無論、こうした疾患や容姿の特徴、精神疾患が病者の罪業を原因とするという言説は、仏教側が信徒を獲得するために機能した反面、白癩が所謂「業病」として偏見や差別を受ける原因ともなった。[★12] 2の大願は衆生の貧困を救済する内容である。本縁の疾患は1の大願に、母子の境遇については2の大願に当て嵌まる。3は大願の項目ではなく、薬師信仰への帰依を推進させる文言である。注目すべきは「憶念して至心に帰依」することによって「一切の生老病死憂愁苦悩」から解放されるとあり、本縁結語と共通して「至心」による信心を推奨する点である。本縁が薬師如来への帰依のみではなく、一心の発願である至心を併記するということは、この至心の願によってこそ成し遂げられるという意識が存するものと考えられる。この点について以下節を改めて、他の盲目治癒説話を併せて検討したい。

二　盲目治癒説話における願

『霊異記』には盲人の話が本縁を含めて三例あり、他も本縁と同様に仏教帰依によって平復を得たと語る。

4. 奈良の京の薬師寺の東の辺の里に、盲《し》ひたる人有りき。二つの眼ながら精盲《アキシヒ》なりき。観音に帰敬し、日摩尼手を称念しまつりて、眼の闇を明さむとしき。昼は薬師寺の正東の門に坐し、布巾を披き敷きて、日摩尼手のみ名を称礼せり。往来の人の、見哀ぶ者、銭・米・穀物を、巾の上に施し置く。或いは巷陌に坐して、称礼すること上の如し。日中の時に、鐘を打つ音を聞きて、其の寺に参ゐ入りて、衆僧に就きて飯を乞ひ、命活きて数の年を経たり。帝姫阿倍の天皇のみ代に至りて、知らぬひと二人来たりて云はく、「汝を矜むが故に、我二人、汝の盲ひたる目を治めむ」といふ。左右各治め了りて、語りて言はく、「我、二日逕て、必ず是の処に来らむ。慎待つことを忘れずあれ」といふ。其の後久しくあらずして、倏に二つの眼ながら明きて、平復すること故《もと》の如し。期りし日に当りて待つに、終に復来らざりき。賛に曰はく、「善きかな、彼の二つの目ながら盲ひたる者。現生に眼を開き、遠く太方に通ず。杖を捨て手を空しくして、能く見、能く行く」といふ。誠に知る、観音の徳力と盲人の深信となることを。　（『霊異記』下巻第十二縁）

5. 沙門長義は、諾楽の右京の薬師寺の僧なりき。宝亀三年の間に、長義、眼闇《くら》み盲ひて、五月許逕たり。日に夜に恥ぢ悲しびて、衆僧を屈請し、三日三夜、金剛般若経を読誦《とくじゅ》しき。便ち目開き明かにして、本の如くに平《たひら》ぎき。般若の験力、其れ大きに高きかな。深く信じて願を発せば、願として応ぜずといふこと無きが故になり。

（『霊異記』下巻第二十一縁）

4は、本縁の次話である「二つの目盲ひたる男の、敬《つつし》みて千手観音の日摩尼手《にちまにしゅ》を称へて、以て現に眼を明くこと得し縁」である。男は観音を信じ敬い、薬師寺の東の正門の前で日摩尼手を唱え念じる。行き来する人々は男を憐れんで、金銭や食物などを施す。また、薬師寺に行っては僧達から食料の施しを得て数年を過ごしていた。こうして糊口を凌ぎながら日摩尼手を唱えた数年後、男の元に「知らぬひと二人」が現れて男の目を治癒する。この説話に付される賛は、盲人が現世利益を得たことを賞賛する。それに続いて「誠に知る」以下は、病治癒までの因子が観音の力と、盲人の深信によってなるものと記しており、観音の力だけでは、盲目治癒への道は開かれないということを示している。『千手千眼観世音菩薩広大円満無礙大悲心陀羅尼経』には「若為眼闇無光明者。当於日精摩尼手。」★13と見え、盲目の者には日摩尼手を用いることが説かれるように、盲目治癒の方法には、経典内容の思想がある。★14しかし経典の威力もさることながら、盲人の信心が強調され、最終的には見知らぬ人の登場によって治癒したと記述する。

5は「沙門の一つの目眼盲ひ、金剛般若経を読ましめて、眼を明くること得し縁」で、4と同じく薬師寺が舞台であり、薬師寺の僧である長義が盲目となる。長義は病を患ってから日夜恥じ悲しみ、多くの僧を呼んで三日三晩、『金剛般若経』の読経を要請する。これによって、僧長義の眼は回復した。5の説話に賛は付されないものの、結語は般若経の霊験を賞賛すると同時に、長義の信心による願の結果であることを反語表現によって記す。

4、5は対象となる仏教経典と盲人の信仰心との両方を称賛しているのである。

このような病気治癒と病者の信仰心を語る『霊異記』の説話について、小泉道は、信心による病気治癒譚において病人の発心する場合の常套句である。いずれも、医薬未発達の時代の衆庶の生老病死に対する不安を基盤に、はじめて成立し得た説話群であるが、同時に本書の、あるいは（当時の）仏教思想の問われるべき根幹に関わる説話でもある。★15

と述べている。民衆が病へ対処するため医薬や医療を求めたとしても、困苦によって十分な治癒が施されなかった可能性も十分にある。また当時は、病者への扶助が規程として定められているものの、実質は機能不全の状態であったことが本縁を通して指摘される。★16 信心に際した常套句に「誠に知る、願ひて得ざること無しと者《い》へるは、其は斯れを謂ふなり」（中巻第二十一縁）、「闓《あきら》かに知る、願として得ずといふこと無く、願として果さずといふこと无しと者へるは、其れ斯れを謂ふなり」（中巻第三十一縁）と、病者の心願を繰り返すことは、当時の状況から要請された記述であり、願によってこそ救われるという一縷の望みの結実ともいえる。そのために、『霊異記』は願によって感応を得ることを強調したのだろう。★17 このように『霊異記』の盲目治癒説話は、病苦に起因した諸仏への信仰を基本としつつ、盲人の「至心」や「深信」を必須としている。

三　「郷歌」にみる母子の盲目譚

ここまで、盲目治癒説話における病者の願のあり方が、薬師経典の内容と合致すること、病治癒説話の性格は漢訳仏典、ひいては東アジア仏教圏からの思想によってもたらされたものであることを確認した。本縁の盲目説話を考えるにあたり、その主題とモチーフに注目すれば、「盲目」、「母子」、「仏教や経典による救済」を挙げることができる。そこで本節では、主題の共通性から視点を広げ古代朝鮮の歌謡を収載した「郷歌」を比較対象とする。ここには、「禱千手大悲歌」という母と娘をめぐる盲目の逸話と歌が収録されている。

6．景徳王の代、漢岐里の女たる、希明の児、生れて五稔にして忽ち盲す。一日、其の母は児を抱きて芬皇寺の左殿の北の壁に画ける千手大悲の前に詣り、児をして歌を作り之を禱らしめたるに、遂に明を得たり。其の詞に曰く、

膝肹古召旀。二戸掌音毛乎支内良。
千手観音叱前良中。祈以支白屋尸置内乎多。
千隠手□叱千隠目肹。
一等下叱放一等肹除悪攴。
二于万隠吾羅。
一等沙隠賜以古只内乎叱等邪阿邪也。
吾良遺知支賜尸等焉。
放冬矣用屋尸慈悲也根古。

跪いて、両手を合わせながら、
千手観音の前にお祈り申し上げます。
千の手を、千の目を、
一つ取り放して、一つ取り除いて、
二つでは多いので、
一つだけひそかに下さって、直してくださいよ。
ああ、私に下さるのでしたら、
観音様の目を離して下さるのなら、その施された慈悲はとても
大きいことでしょう。

賛に曰く、竹馬葱笙、陌塵に戯る。一朝、双碧、瞳を失ふの人。大士の慈眼を廻らすに因らずんば、虚しく度らん、楊花、幾社春。★18　（「郷歌」、禱千手大悲歌）

新羅三十五代王である景徳王代の頃、漢岐里に住む希明という名の母と、その娘がいた。娘は五歳の時に盲目となる。母は娘を憐れみ、娘を抱いて芬皇寺の千手観音の図像の前に連れてゆき、千手観音に眼を賜わるための歌を作って娘に歌わせる。すると、その歌によって子の盲目が治癒する。経典の読誦ではなく、千手観音の

眼を賜りたいと歌によって懇願するのであり、観音からの慈悲の結実が眼の治癒として表れている。歌の後の賛は、「竹馬葱笙」という竹の馬と葱の笛で遊んでいた子が視力を失ったが、★19 観音の慈悲によって回復したと讃嘆する内容である。この「禱千手大悲歌」と『霊異記』本縁との共通点は、①仏像や仏画への信仰を通して、盲目の治癒を得るという仏教の要素を基盤とすること、②母子のみで父が登場せず、母から娘への慈愛によって治癒を願う、③「目」（郷歌）「胸・桃脂」（本縁）など、諸仏の身体における慈悲の象徴を通して霊験を感得する点である。これに対して相違点は、①信仰の対象が千手観音である、②母ではなく娘の盲目を治癒する、③読経ではなく歌によって治癒を願う、④本縁は宿業の病を原因とする、という点である。相違点は以上のようにあるものの、仏への信仰によって盲目が治癒する感応を語るという枠組みの中で両者は共通性を持つ。★20 この「禱千手大悲歌」について『郷歌 注解と研究』は、千手観音信仰による盲目治癒説話である『霊異記』下巻第十二縁（本章用例4）との関連性を示唆しているが、その相違点について次のように指摘している。

『日本霊異記』下巻第十二縁に見る「二つの目盲ひたる男、千手観音の日摩尼手を敬み称へて、現に眼を明くることを得る縁」は、薬師寺の近くに住む盲人が千手観音の日摩尼手に祈願し、両眼が見えるようになった話であるが、注意すべきことは、観音を信仰したので視力が回復したとされずに、観音を信仰したので治癒する人がやって来て治したとされていることである。★21

下巻第十二縁は盲人の前に「知らぬ人二人」が来て眼を治そうと語る。『霊異記』の病者を巡る説話は経典の読誦だけで病は完治せず、病者と仏とを媒介する様々な人々が必ず登場するのである。右の指摘に拠りながら、この点について簡略に示すと次のようになる。

本縁　「薬師如来への称礼」→〈壇越〉→《薬師木像からの桃脂》

用例4「千手観音の日摩尼手を称礼する」→〈知らぬ人二人〉
用例5「金剛般若経を読経する」→〈衆僧〉

右のように『霊異記』は盲人の信心を発端としながら、その信心と治癒までに第三者の人間を要している点に特徴がある。[★22]一方、「郷歌」の場合、母の慈愛から端を発し、歌による願で千手観音からの霊験を得ることになる。『霊異記』と「郷歌」とは盲人の願を発起として、仏への願が如何にして到達されるのかといった方法の道筋が示されているのであり、両者には病苦に際した困難及び祈願による現世利益の共通性を見ることができる。

四　『雑宝蔵経』に見える盲目説話

前節では「郷歌」「禱千手大悲歌」に見える母子の盲目と治癒の因子について、『霊異記』説話との比較を行った。盲目は苦悩や困難の象徴として普遍性を持つ故に、その困苦から逃れるための願が求められた。本節では更に、東アジア仏教圏における盲目譚を取り上げて比較をする。そこで、北魏に成立し、諸種の因縁・譬喩・本生等の物語を集録し、『霊異記』や『今昔物語集』に影響を与えたという『雑宝蔵経』を挙げる。

7．差摩釈子は眼を患ふるを以ての故に、種種の色あるも之を見ることを得ず。差摩釈子即ち世尊を念じて、南無与眼者・南無与明者・南無除闇者・南無執炬者・南無婆伽婆・南無善逝と。仏は浄き天耳の人耳に過ぎたるを以て其音聲を聞きたまひて、阿難に告げて言はく、汝去け、今章句を以て差摩釈を擁護し、為に救を作し守を作し牧《たすけ》を作して災患を滅除し、四衆の為に利を作し益を作し安楽住を作さしめんと。爾時に世尊は差摩釈の為に浄眼　修多羅を説きたまへり。

多折他　施利　弥利　棄利　醯醯多

此浄眼呪を以て差摩釈の眼をして清浄なることを得せしめ、眼膜除くことを得たり。★23

（『雑宝蔵経』巻第六、差摩子目を患ひ三宝に帰依して眼浄きことを得たるの縁）

7は、仏を信奉する差摩釈子という者が眼の治癒を願い、「南無与眼者・南無与明者……」と念じる。世尊はその声を聞くと弟子阿難に差摩釈子を救わせ、安楽なる住処を与えることを命じる。さらに世尊は浄眼のための「修多羅」である経を説く。また、「是の如く差摩釈をして名を称へしめ、余人も亦称名せよ、眼浄きことを得ん。眼浄きことを得已りて、闇を除かしめ、膜を除かしめん。」と記されている。これは仏に帰依することによる眼病治癒の方法であり、仏の名を称名することで直接的な感応を示している。

また、『雑宝蔵経』には盲目の父母を養う仙人の話も収められている。これは盲目の父子への孝養譚としての性格が強い。

8．佛言はく。昔迦尸国王土界の中に一大山あり、中に仙人ありて睒摩迦と名く。父母年老ひて眼倶に盲たり、常に好菓鮮花美水を取り以て父母を養ひ、閑静無怖畏の處に安置せり。（中略）時に梵摩達王遊猟して行くに鹿の水を飲むを見、弓を挽き之を射しに、薬箭誤りて睒摩迦の身に中り毒箭を被りぬ。（中略）是に於て、王は盲父母を将ひて、往き睒摩迦の邊に至れり。既に児の所に至りて胸を椬き懊悩し、号咷して言く、我子は慈仁にして孝順なること比無しと。

天神地神山神樹神河神池神諸神偈を説きて言く、

釈梵天世王は　云何ぞ佐助せざるや、
我の孝順の子をして　此の如く苦ましむるや。

深く我孝子に感じて　　速に命を救済せよ。★24

（『雑宝蔵経』巻第一、王子肉を以て父母を済ふの縁）

右は、仙人睒摩迦と盲目の父母との物語である。睒摩迦は盲目の父母を養っていたが、ある時、遊猟に来ていた梵摩達王の弓矢が当ってしまう。王は睒摩迦の父母を探して、睒摩迦の元へと連れて行く。息子の事態に父母は懊悩して嘆き、我が子の仁慈と孝順なる様は比類無きものと語る。すると、父母の嘆きが天神、地神、山神などの神々に届き、神々は睒摩迦の孝順心を讃えた偈を説く。その偈は帝釈天（釈提桓因）にまで届き、睒摩迦の傷を平復させたという。右の例では、盲目の父母の一心の願が帝釈天へと届くのである。盲人自身や、盲人がその家族を救済するための願いは、仏や帝釈天といった者達へ直接的に届き、それらに応じた感応を得ることが語られている。それは、先掲の「郷歌」が呪歌を用いて感応を導くよりも、より直接的な方法であるだろう。「郷歌」では呪歌により、観音との感応を達成したことを表しているのに対し、『雑宝蔵経』では盲人の祈りの行為が帝釈天、世尊へと届き、彼らとの感応を語るのである。

このように、盲人とその救済をめぐる種々の方法はテキストや説話によって多様な拡がりを持つのである。その中にあって『霊異記』の盲人は、他者の介在を以て救済を得ており、尚且つそこに「宿業」の観念を用いていることに注意する必要がある。

五　『霊異記』の宿業の病と感応

本縁の母には、前世において為した罪という宿業がある。『霊異記』には宿業の語が見られる説話が、本縁を含めて三例ある。二節で取り上げた他の盲目治癒説話に宿業の語は用いられていないが、本縁は宿業の観念を併せ持つ説話であるため、病と宿業との関わりを説く以下の二話を参考としたい。

9. 忽に重病を得て両つの耳並に聾《みみし》ひ、悪瘡《あしきかさ》身に遍《あまね》はり、年を歴れども愈《い》えざりき。自ら謂へらく、「宿業の招く所なり、但に現報のみに非じ。長生して人の為に厭はれむよりは、善を行ひて湍《スミヤカ》ニ死なむには如かじ」とおもふ。乃ち地を掃《のご》ひ堂を餝《かざ》り、義禅師を屈請せむとす。先づ其の身を潔くし、香水を澡浴《カハア》ミテ方広経に依りき。（中略）後に禅師重ねて拝するに依りて、片耳既に開けぬ。義通歓喜して亦重ねて更に拝せむことを請ふときに、両つながら耳倶に開けぬ。遐《とほ》く近く聞く者、驚き怪しびずといふことなかりき。是に知る、感応の道諒《まこと》に虚しからぬことを。

（『霊異記』上巻第八縁）

10. 巨勢呰女《こせのあざめ》は、紀伊国名草郡埴生《きのくになくさのこほりはにふ》の里の女なりき。天平宝字の五年の辛丑に、怨病身に嬰り、頸《くび》に瘻肉疽《やうにくそ》を生じ、大苽の如し。痛苦切るが如くにして、年を歴て愈えず。自ら謂《おも》へらく、「宿業《すくごふ》の招く所ならむ。但に現報のみには非じ。罪を滅し病を差《いや》すよりは、善を行はむには如かじ」とおもへり。髪を剃り戒を受け、袈裟を著て、其の里の大谷堂に住む。心経を誦《ずぢ》持し、道を行ふを宗とす。十五年逕て、行者忠仙、来りて共に堂に住む。忠仙此の病相を見て相憫《あひあはれ》び、病を看て咒護《じゆご》し、願を発して言はく、「是の病を愈さむが為に、薬師経・金剛般若経各三千巻、観世音経一万巻、観音三昧経一百巻を読み奉らむ」といふ。十四年歴て、薬師経二千五百巻、金剛般若経千巻、観世音経二百巻を読み奉る。唯し千手陀羅尼は、間無く誦せり。未だ巻数に満たぬに、病を受けし歳より以来、逕ること二十八年、延暦の六年の丁卯の冬の十一月二十七日の辰時に至り、瘻腮《やうそく》の癰疽《ようそ》、自然に口開き、膿《ウミシル》血を流し出し、平復すること願の如くなりき。実に知る、大乗の神咒の奇異しき力と、病人行者の功を積める徳となることを。「無縁の大悲は、至感の者に、異形を播《ホドコ》ス。無相の妙智は、深信の者に、明色を呈す」と者《い》へるは、其れ斯れを謂ふなり。

（『霊異記』下巻第三十四縁）

9の衣縫伴造義通という男は、自身の病の原因は宿業にあると認識し、現世での病の完治を諦めて仏道に帰依しようと考える。義通は義禅師を呼び、『方広経』を読経してもらうと病が治癒する。義通と禅師の功徳について「感応の道諒に虚しからぬことを」と評しており、仏教帰依が感応の道に通じ、病者の信仰心と禅師（『方広経』）との功徳によって完治が達成したと説く。10は、巨勢呰女という女の首に大きな腫瘍ができる。呰女はこれを自分の宿業が原因であると考え、剃髪をして戒を受け、大谷堂に移り住んで仏道修行をする。十五年後、行者である忠仙が現れ、彼の発願と呰女の修行によって二十八年後に腫瘍が癒えたという。この説話も病者である呰女の信心を語るのみではなく、その姿に哀れみを覚えた行者の登場によって快癒へと展開する。武田比呂男は、『霊異記』の宿業は修正が可能なものであり、「宿業としての〈やまい〉が、来世での救済を志向する契機となっているという意味では、往生志向の可能性をはらんだ説話とみることができるのではないか。」[★25]と指摘した。病者は「宿業の招く所」という常套句によって罪を自覚し、治癒を最優先するのではなく、善行に勤めようと志す。宿業の滅罪方法は、病者の自覚を契機とした仏道修行にある。その上で、宿業を背負った病者にもその信心の姿に哀れみを覚えた人間の介在が生じ、そこから罪を滅するための周囲の働きかけが描かれているのである。つまり、盲目や宿業の病を通して救済を語る上で、『霊異記』は他者を媒介とすることを必須、特徴としていると考えられる。先述のように、本縁ではその役割が壇越であった。病人の経典読誦だけで願いは遂げられず、信心の強さに心を動かされた周囲の人間の介在が、快癒への要因として現れてくるのである。この説話展開上の要因は、『霊異記』というテキストが編まれた目的とも関わるものであろう。『霊異記』は各序文において、人々へ悪行を戒めて善行を奨励する。「深く信じて善を修め、以て生きながら祜に霑ふ。」（『霊異記』上巻序文）という善行と信心によって、世に起こる悪行の抑制を呼びかけたのである。『霊異記』編者景戒の存した時代は、既に末法の世であり、僧職の濫行も蔓延る状況であったことが『日本後紀』の延暦年間記事から知られる。★26『霊異記』は東アジア仏教圏に見える感応譚を享受しつつも、読経による諸仏との直接的な感応のみを語るのではなく、病者の信心を援助する人々の姿を、そこに示したものと考える。

おわりに

本章では、『霊異記』下巻第十一縁と「郷歌」、「禱千手大悲歌」との比較を起点として、東アジア仏教文化圏における盲目譚を取り上げ、病における信仰と願の共通性、それらを救済する方法の描き方を検討した。比較対象とした「郷歌」の場合、娘の盲目は後天的なものであり、千手観音への帰依と歌によって治癒され、願を込めた歌によって観音と通じたと称賛する。一方『霊異記』の場合、母の盲目は宿業から来る先天性のものであり、宿業の認識を通して薬師仏を信仰するが、壇越の介在や桃脂といった事物などを媒介とする。『霊異記』の他の盲目譚・宿業による病もこれと同様で、病者の至心にあわれみを持った人々が病者に対して働きかけてゆくのである。

無論、現実には個人の信仰の深浅によって病が治癒するということは無く、宿業も病者自身に向けられた観念というより、病の原因を説明し得ないことに起因する言説であるから、仏典の内容は信徒を獲得するための方便ともいえる。『霊異記』も、様々な霊異を示して仏教の験力を人々に知らしめることが書物の特徴としてある。その上で『霊異記』の病治癒説話は、漢訳仏典の世界における信仰の様相を基盤とし、種々の経典の効能を記しながら、諸仏への至心と、それに心動かされた人々の援助を媒介させるといった展開を形成していた。『霊異記』

の盲目説話は、東アジア仏教圏の感応譚を享受し、そこに人間の善行を奨励させるための意義を持つ説話であると位置づける。

注

1 「桃脂」について狩谷棭斎の攷證は「桃脂一名ハ桃膠 和名毛〻乃夜迩」と指摘する（正宗敦夫ほか編『狩谷棭斎全集二』日本古典全集刊行会、一九二六年一月、一四〇頁）。また、「桃の木を傷つけた場合、傷口より出る水飴状のやに」（中田祝夫校注『日本霊異記』新編日本古典文学全集10、小学館、一九九五年九月）と指摘されるように樹皮から出る膠状のものであるようだ。『浄土三部経音義集』無量寿経巻上「琥珀」の項目には、琥珀の生成過程において、桃脂と琥珀の形状が類似すると記されている。「琥珀　経音義曰。法華経云。虎魄匹白反。広雅魄珠名。漢書罽賓国有虎魄。案博物志云。松脂入地千年化為茯苓。茯苓千年化為虎魄。一名紅珠。広志云。虎魄生地中。其上及旁不生草。深八九尺。大如斛。削去上皮。中成虎魄有汁。初如桃膠。凝堅乃成。」（『大正蔵』巻五十七、三九四ｂ）。
2 『霊異記』上巻第二十三縁は母乳を養育の対価として語り、中巻第二縁は死に際した息子が「母の甜キ乳」を要求する。
3 守屋俊彦「母の甜き乳―日本霊異記の女性―」（『日本霊異記の研究』三弥井書店、一九七四年五月）、多田一臣「母の甜き乳をめぐって」（『古代文学の世界像』岩波書店、二〇一三年三月）。
4 武田比呂男「仏像の霊異―『日本霊異記』における〈交感〉の一面―」（『日本文学』第四十五巻第五号、一九九六年五月）。
5 『続日本紀』に見える他の薬師関係記事は、聖武天皇（巻十六・天平十七年九月）、孝謙天皇（巻十八・天平勝宝三年十月）、孝謙天皇（巻十九・天平勝宝六年十一月）がある。
6 青木和夫ほか校注『続日本紀』三（新日本古典文学大系14、一九九二年十一月）脚注一〇四頁。
7 渡辺宏治「薬師経受容についての一考察―赦記事との関連を中心に―」（『人文論究』第三十九巻 第三号、一九八九年十二月）。

8　五来重「薬師信仰総論―薬師如来と庶民信仰―」（五来重編『薬師信仰』民衆宗教史叢書12、雄山閣、一九八六年十一月）。

9　本縁は「蓼原堂」に参詣するのみだが、下巻第三十四縁の宿業の女は「大谷堂」へと居住を移転しており、堂が病者を住まわせる看護施設として機能していたようである。『今昔物語集』巻二十・三十五話は、破戒僧が仏罰として「白癩《しらはだけ》」という身体に白い斑ができる皮膚病に罹り、家族からも見放されるという説話である。破戒僧であれば「業病」を受けるのであり、集団社会から放逐をされるという例である。

10　松浦貞俊『日本國現報善悪靈異記註釋』（大東文化大学東洋研究所叢書9、一九七三年六月）三六八頁附言。

11　『薬師琉璃光如来本願功徳経』の引用は、『国訳一切経 印度撰述部 経集部十二』（大東出版社、一九八〇年五月）に拠る。なお、『大正蔵』の該当箇所は、1・2（巻十四、四〇五a～b）、3（巻十四、四〇六a）である。

12　井上正一「『霊異記』にみる「業」思想の民間受容―仏教的差別観の形成―」（朝枝善照編『律令国家と仏教』論集奈良仏教2、雄山閣、一九九四年七月）。

13　『大正蔵』（巻二十、一一一a）。同経典に「著其人乳要須男孩子母乳。女母乳不成。其薬和竟。還須千眼像前呪一千八遍。著眼中満七日。在深室慎風。眼睛還生。青盲白暈者光奇盛也。」（『大正蔵』巻二十、一一〇b）とあり、男児を産んだ母の母乳を薬に使用し、眼病を患った者は薬を飲んで千眼像の前で呪すという。

14　千手観音系の経典には、桃脂や桃の実の病に対する効能が記されている。『千手千眼観世音菩薩治病合薬経』の「若有人等亦血痢血者。取桃脂大如鶏子。呪三七遍令呑即差。」（『大正蔵』巻二十、一〇五a）は、赤痢への対処法として鶏の卵ほどの桃脂をとり、経文を二十一回繰り返し唱える。また『千手千眼観世音菩薩広大円満無礙大悲心陀羅尼経』に「若患悪瘧入心悶絶欲死者。取桃膠一顆。大小亦如桃顆。清水一升和煎取半升呪。七遍頓服盡即差。」（巻二十、一一〇b）とあり「悪瘧」という筋肉が引き攣る病には、桃膠を一粒取り、清水で煎じるという。本縁の桃脂は、漢訳仏典の招来と受容に伴って生じた薬師信仰と観音信仰とが混交した結果として考えられる。

15　小泉道校注『日本霊異記』（新潮日本古典集成67、新潮社、一九八四年十二月）付録「聾者と宿業」三七〇頁。

16　寺川眞知夫「『霊異記』研究の視点」（『日本国現報善悪霊異記の研究』研究叢書180、和泉書院、一九九六年三月）。
17　前掲注（15）同書「発願の深さ、信心の力を称える景戒の好みの句」一六〇頁。
18　「郷歌」の引用と歌謡現代語訳は、中西進・辰巳正明編『郷歌　注解と研究』（新典社選書22、新典社、二〇〇八年十一月）に拠る。歌謡内の□は底本の欠損を示す。散文部の訓読文は『三国遺事』（『国訳一切経　和漢撰述部　史伝部十』大東出版、一九八〇年一月）を参考として訓読を施した。
19　前掲注（18）、『国訳一切経　和漢撰述部　史伝部十』「竹にて作れる馬。葱にて作れる笛。ともに小児の玩具なり。」四六二頁。
20　「郷歌」は一然撰『三国遺事』に収載されており、そのうち巻五「貧女養母」（『大正蔵』巻四十九、一〇一八c）は生活に貧窮した盲目の母とその娘が、他者の援助によって困苦から救済される様が描かれている。娘の孝養を軸として語りつつ、それに心を動かされた人々の援助による、寺院の縁起譚として形成されている。「貧女養母」には、仏教への信仰による感応は示されず、むしろ儒教的な孝養の趣が強い。花郎や王の慈善行為による具体的な救済の手立てを語る。『三国遺事』は『霊異記』よりも時代が下るために、直接的な影響関係は認め難いものの、盲目による苦難と母子の恩愛といった共通性がある。
21　中西進・辰巳正明編『郷歌　注解と研究』（新典社選書22、新典社、二〇〇八年十一月）一〇六頁。
22　用例4の類話は『今昔物語集』巻十二に採録されており、そこでは「知らぬひと二人」は観音が変じた姿であると語る。
23　『雑宝蔵経』の引用は、『国訳一切経　印度撰述部　本縁部一・二』（大東出版社、一九八三年十月）に拠る。『大正蔵』（巻四、四七八c）に該当する。
24　『大正蔵』（巻四、四四七c～四四八c）。
25　武田比呂男「『日本霊異記』にあらわれた〈やまい〉」（大野順一先生古稀記念論文集刊行会編『日本文芸思潮史論叢』ぺりかん社、二〇〇一年三月）。
26　『日本後紀』巻七・延暦十七年四月記事、巻十二・延暦二十三年春正月記事など。

第六章　宿業の病と無縁の大悲

はじめに

『霊異記』は、人間の善悪の行動によって起こる因果の説話を、仏教的理解に基づいて記している。その中には前世において為した自身の罪が、現世の身に「宿業」という病の形であらわれたと説明される例があり、これらの説話からは、当時の病と仏教思想との関連を窺うことができる。

本章で対象とする『霊異記』下巻第三十四縁は、その宿業と病の治癒を問題とした話である。本章では説話の構成上、本縁をAからCに分けた。

怨病《をんびやう》忽に身に嬰《かか》り、之に因りて戒を受け善を行ひて以て現に病を愈《いや》すこと得し縁　第三十四

A．巨勢呰女《こせのあざめ》は、紀伊国《きのくに》名草郡《なくさのこほり》埴生《はにふ》の里の女なりき。天平宝字の五年の辛丑に、怨病身に嬰り、頸《くび》に瘻肉疽《やうにくそ》を生じ、大苽の如し。痛苦切るが如くにして、年を歴て愈えず。自ら謂《おも》へらく、「宿業《すくごふ》の招く所ならむ。但に現報のみには非じ。罪を滅し病を差《いや》すよりは、善を行はむには如かじ」とおもへり。髪を剃り戒を受け、袈裟《けさ》を著て、其の里の大谷堂に住む。心経を誦持《ずぢ》し、道を行ふを宗とす。

B．十五年逕《へ》て、行者忠仙、来りて共に堂に住む。忠仙此の病相を見て相憫《あひあはれ》び、病を看て呪護《じゆご》し、願を発して言はく、「是の病を愈さむが為に、薬師経・金剛般若経各三千巻、観世音経一万巻、観音三昧経一百巻を読み奉らむ」といふ。十四年歴《へ》て、薬師経二千五百巻、金剛般若経千巻、観世音経二百巻を読み奉る。唯《ただ》し千手陀羅尼は、間無く誦せり。未だ巻数に満たぬに、病を受けし歳より以来、逕ること二十八年、延暦の六年の丁卯の冬の十一月二十七日の辰の時に至り、瘻瘜《やうそく》の癰疽《ようそ》、自然に口開き、膿血《ウミシル》を流し出し、平復すること願の如くなりき。

C．実に知る、大乗の神咒の奇異しき力と、病人行者の功を積める徳となることを。「無縁の大悲は、至感の者に、異形を播《ホドコ》ス。無相の妙智は、深信の者に、明色を呈《あらは》す」と者へるは、其れ斯れを謂ふなり。

紀伊国の巨勢呰女は「怨病」という病に罹り、首に大きな腫瘍が生じる。呰女は病の原因を、宿業の結果であると捉え、大谷堂に移り住み『般若心経』を読経して仏道修行に励む。Aは呰女が戒を受けるまでの話である。BはAから十五年後で、忠仙行者という男が現れる。彼は呰女の病を見て憐れみ、大乗仏教に類する経典の読誦を発願する。発願から十四年後、『薬師経』二千五百回、『金剛般若経』千回、『観世音経』二百回を読み終えるが、『千手陀羅尼』は常に読誦していた。★1 発症から二十七年後の延暦六年に「瘻瘜の癰疽」から膿が出て、忠仙の発願の通りに病が治癒する。

Cは本縁の内容を総括した評語ともいえる部分である。「大乗の神咒」とは、病の治癒を達成した経典の力であり「病人行者の功を積める徳」とは、呰女と忠仙とが積んだ多くの功徳である。この評語は病者の信心と、病者を憐れんだ忠仙の起した発願を賛嘆している。評語C波線部は何らかの文章や話の内容に基づいた引用のように思われるが、出典は不明である。これは宿業を背負う者と、それを救う者との関係を「無縁の大悲〔無縁大悲〕

と「無相の妙智〔無相妙智〕」という語を用いて説明したものである。後述するが「無縁の大悲」とは、『霊異記』においては用例の少ない特徴的な語である。本章はこの語が宿業を滅する説話である本縁において、「無相の妙智」と対応して記載されることの意義を問題とする。そして『霊異記』に語られる説話が、いかに人間の罪業と対峙したのかを、説話における表現を通して考察する。

一　『霊異記』の病と宿業

『霊異記』説話には、当時の病気治癒者と仏教との関わりが反映されるとして、史料的価値が認められてきた。三﨑裕子は『続日本紀』、『霊異記』の資料を通して、仏教者による呪術的な治癒の実践と看病があったことを指摘する。[★2]こうした一面は、民衆が現世利益を求めたことに対して、仏教者の教化活動の一環として行われたものとされる。[★3]本縁の行者忠仙も、このような治癒者としての側面を持つ者と考えられる。忠仙は発願により数多の経典を読誦するが、そのうち「唯し千手陀羅尼は、間無く誦せり」とあり、陀羅尼経典の読経を別記する。『霊異記』において、陀羅尼信仰の内容を持つ説話は諸例見えるが、その中には僧への迫害に対する応報として、陀羅尼経典による懲罰を記した例もある。[★4]陀羅尼の霊験は悪報、善報との両面に効能を顕しており、本縁のような宿業という罪に対してもその呪力が発揮されている。

　このように本縁は陀羅尼の威力が見られるが、宿業が病の発起となる点において『霊異記』が重視した「現報」と「善悪」が大きく関与しているものと思われる。『霊異記』に宿業を語る話は本縁の他に、上巻第八縁の「聾《ミミシ》ヒタル者の方広経典に帰敬しまつり、報を得て両《ふた》つの耳ながら聞えし縁」と、下巻第十一縁の「二つの目盲《し》ひたる女人の、薬師仏の木像に帰敬して、以て現に眼を明くこと得し縁」がある。以下にその二例を挙げる。

1．忽に重病を得て両つの耳並に聾ひ、悪瘡《あしきかさ》身に遍《あまね》はり、年を歴れども愈えざりき。自ら謂へらく、「宿業の招く所なり、但に現報のみに非じ。長生して人の為に厭はれむよりは、善を行ひて遄《スミヤカ》ニ死なむには如かじ」とおもふ。乃ち地を掬《のご》ひ堂を餝《かざ》り、義禅師を屈請《くつしやう》せむとす。先づ其の身を潔くし、香水を澡浴《カハア》ミテ、方広経に依りき。（中略）後に禅師重ねて拝するに依りて、片耳既に開けぬ。義通歓喜して亦重ねて更に拝せむことを請ふときに、両つながら耳倶に開けぬ。遐《とほ》く近く聞く者、驚き怪しびずといふことなかりき。是に知る、感応の道諒《まこと》に虚しからぬことを。（『霊異記』上巻第八縁）

2．諾楽《なら》の京の越田の池の南の蓼原《タデはら》の里の中の蓼原堂に、薬師如来の木像在り。帝姫阿倍の天皇のみ代に当りて、其の村に二つの目ながら盲ひたる女有りき。此れが生める一の女子、年は七歳なりき。寡《やもめ》にして夫無し。極めて窮《せま》れること比無し。食を索むること得ずして、飢ゑて死なむとす。自ら謂へらく、「宿業の招く所ならむ。唯に現報のみには非じ。徒に空しく飢ゑ死なむよりは、善を行ひ念ぜむには如かじ」とおもへり。子をして手を控《ひ》かしめて、其の堂に迄《いた》り、薬師仏の像に向ひて、眼を願ひて曰さく、「我が命一つを惜むに非ず。我が子の命を惜むなり。一旦に二人の命を已《を》へむ。願はくは我に眼を賜へ」とまうす。（中略）逕《ふ》ること二日にして、副《そ》へる子の見れば、其の像の臆《むね》より、桃の脂《やに》の如き物、忽然《たちまち》に出で垂る。子、母に告げ知らす。母、聞きて食はむと欲ふが故に、子に告げて曰はく、「搏《と》りて吾が口に含めよ」といふ。之を食へば甚だ甜《アマ》シ。便ち二つの目開きぬ。定めて知る、心を至して発願すれば、願として得ずといふこと無きことを。是れ奇異《くす》しき事なり。（『霊異記』下巻第十一縁）

1の義通という男は、自身の病の原因が宿業にあると認識する。そこで仏道に帰依して早死にするべきとし、現世での病の完治を諦めるが、義禅師の読む『方広経』の力によって病が治癒するように、結果として現世利益を被る。波線部は説話内容に対する評価であり、仏教帰依が感応の道に通じ、病者の信仰心と禅師との功徳によって完治が達成したと説く。2は、盲目の母が薬師仏への祈願によって開眼する内容である。母もまた自身の宿業を認識し、娘の命を案じるがために自身の開眼を願う。蓼原堂の壇越はその母の姿を見て憐れみ、母を薬師仏の前で祈願させるように働く。本縁の呰女も大谷堂に移り住んで戒を受けたように、堂が病者のための医療施設として機能していたことが窺える。★5 この2では「桃の脂の如き物」によって母の盲目が治癒されている。そして、1のような完全な現世への諦めではなく、子の命を救うための発願であった。本縁及び1、2の病者は共通して自身の疾病に遭遇することで宿業を感得する。そして、病者の信心、またはその姿に共感した1の「義禅師」や、2の「壇越」といった人間を介在しながら、仏教帰依による利益と、経典の霊威とを保証している。

『霊異記』における宿業について富樫進は、「悪報の原因を現在世内に見出し得ない場合に初めて表れる」★6 と述べている。指摘のように病者は皆、疾患の具体的な原因を知り得ぬまま、病は仏教的転生観の中で展開した結果であると考え、因果の連鎖を自覚する。また、疾患の治癒が願の主たるものでは無く、完治は善行による副次的なものと扱われていることにも注意される。それは、罪業が拭われぬ限りは治癒を得ないということであろう。そのため、病症を機縁として仏道を修し、苦痛の救済を来世に求めてゆくのである。こうした病への対応は、武田比呂男が「〈やまい〉を排除する、あるいは〈やまい〉からなんとか平常に復帰しようとし、そのことに価値を置き、それを最優先にする、というのとは違った、〈やまい〉との向きあい方がここには萌しているようにみえる」★7 と述べるように、『霊異記』は病者が己の罪業と対峙した上で、その先の救済の方法を語る展開へ続ける。

呰女は宿業が原因であるという「怨病」を患うが、この語は『霊異記』上巻（興福寺本）中・下巻（真福寺本）の中において、本縁以外の説話には見られない。

この「怨病」の二例を真福寺本・群書類従本は、説話部A「怨病忽に身に嬰り〔怨病嬰身〕」、表題を「南怨病」と作る。表題の「南怨病」について狩谷棭斎は攷證で「南」は誤字との疑義を呈した。[★8]小泉道は真福寺本の本縁の前にあたる、下巻第三十三縁訓釈の「南〔于波良〕」が、本縁表題にも重複する衍字であると述べ、削除すべきと指摘する。[★9]本縁説話部は「怨病」とあるように「南」は誤字と考えられる。また、前田家本は当該の表題・説話部Aともに「悪病」と作る。この語は中巻第十一縁表題「罵僧与邪婬得悪病」、中巻第三十五縁表題「打法師以現得悪病」に既出である。春日和男は前田家本『霊異記』には添削や改変等があると述べ、本縁の「怨病」のほか『霊異記』中孤例の文字列・語彙の用例を挙げて「霊異記中の用字用語を広く探って、孤例を排し、他に例のあるものに倣って改変したと思はれる節が多い。[★10]」と述べる如く、「悪病」の例が他の表題にあることから統一され、「怨病」から「悪病」へと改められた可能性もあるだろう。いずれにせよ、真福寺本が「怨病」であることは動かない。[★11]

先述のように怨病は本縁のみの例であるため、『霊異記』が語る怨の性質を考察するにあたって、前世と怨とが関連する説話を確認したい。

3．奴、狐の子を捉へ、木用て串《くすぬき》に刺し、其の穴に立つ。奴に嬰児有り。母の狐、怨を結び、身を返《か》へて化し、奴の児の祖母と作る。奴の子を抱き、己が穴の戸に迄り、己が子を串きしが如くに、奴の子を貫きて穴の戸に立てき。賤しき畜生と雖も、怨を報ずるに術有り。（『霊異記』中巻第四十縁）

4．病者託《くる》ひて曰はく、「我は是れ狐なり。無用に伏せじ。禅師、強ふること莫れ」といふ。問ふ、「何の故にか」といふ。答ふらく、「斯れは先に我を殺せり。我は彼の怨を報いむ。是の人纔《ヒタダ》死なば、犬に生れて我を殺さむ」といふ。（中略）晰《あきら》かに委《し》る、斃《し》にし人還りて彼の怨を報ゆることを。嗚呼惟《おも》ふに、怨報朽ちず。何を以ての故にとならば、毗瑠璃王《ひるりわう》、過去の怨を報いて、釈衆九千九百九十万人を殺しき。怨を以て怨に報ゆれば、怨猶し滅びず。車輪の転ずるが如くなり。（『霊異記』下巻第二縁）

5．爰《ここ》に諸の子も、悲しびて言はく、「我、怨に思はず。何ぞ慈母の君、是の苦しびの罪を受けたまふ」といへり。仏を造り経を写し、母の罪を贖ふ。法事已に訖りて後に、夢に悟して曰はく、「今は我が罪免《まぬか》れむ」といひき。（『霊異記』下巻第十六縁）

3は、橘奈良麻呂に子を殺された狐が、奈良麻呂へ報復をする内容である。ここでは、畜生ですら怨を結び、その対象者へ報復をするという怨の強さを強調する。4は、病者に取り憑いた狐が、病者との前世の因縁を語る。狐は自分が病者を殺せば病者は転生して犬となり、また自分を殺すと予見するとおりに、狐と病者とは怨による応報の連鎖と輪廻を繰り返す。この怨念の例証として、毗瑠璃王が釈迦族を虐殺した伝説を挙げ、怨を他者へと報復すれば、怨は車輪の廻る如く巡り続けると説く。5は、生前に子を捨てた母親が死後、乳が腫れる病によって苦しむ説話であるが、母の事情を知った子は、母を怨んではいないと語る。子が母の追善供養を行うと、母が夢に現れて生前の罪から免れたと語る。これは、生前の罪が他者の関与によって解消されるという例である。[★12]

このように、『霊異記』における怨とは、過去世で他者から抱かれた結果、次の世に悪報となって及ぶのである。宿業における罪の内実は不明だが、過去世に発生した怨念の強さが身体に及ぼす程の影響力が知られる。[★13] 本縁表題は怨病を受けてからの現世の功徳を主眼とするが、ここで注目したいのは、本縁には他の宿業には見られないCの評語が説話に記される理由である。

評語に見える「無縁の大悲」、「無相の妙智」は他の宿業の説話には記されない語であり、なおかつ『霊異記』

においても類例の少ない語であるため、怨病という強い業を持った病と関係する語と考える。

二　無縁の大悲と無相の妙智

本節は、宿業の救済に関与すると考えられる「無縁の大悲」と「無相の妙智」の意味について検討してゆく。まず、諸注釈の指摘としては松浦貞俊が『観無量寿経』にある「仏心者大慈悲是。以無縁慈攝諸衆生。」を挙げて、「無縁の大悲」とは仏が起す慈悲心であると指摘した。★14 また、小泉道が「無相の妙智」とは「差別対立のすがたを超えていること。そういう絶対無差別の理を悟った釈迦の智恵をいう」★15 と注するように、これらの語が仏の起こす心の働きであるという両者の指摘は示唆に富む。しかし、二つの語が本縁の説話に記述される意義については再考する必要があると考える。そこで、仏典の理解を通してこれらの語の意味を確認してゆく。

6．五に病行とは、此れは無縁の大悲従り起こる。若し始めて小善を生ぜば、必ず病行有り。今、生善に同ずる辺を嬰児行と名づけ、煩悩に同ずる辺を名づけて病行と為す。衆生病むを以て、則ち大悲は心に熏ず。是の故に我れ病む。★16
（『妙法蓮華経玄義』巻第四上）

7．「一切衆生の中にて、慈悲と智とを具足す」とは、悲に三種有り、（所謂）衆生縁、法縁、無縁なり。此の中には無縁の大悲を説いて具足すと名く。所謂、法性空乃至実相も亦た空なり。是を無縁の大悲と名く。菩薩は深く実相に入り、然る後に衆生を悲念す。★17
（『大智度論』巻第五十・第二十発趣品）

8．彼の大士は、已に一切殊勝円満の功徳を成就すと雖も、久しく無縁の大悲を習ふに由りて、任運に恒時に他の（有情）に繋属するに由るが故に、普く一切有情類の中に於いて、無慢の心を以て、皆攝して己に同じ

くす、（後略）[★18]
（『阿毘達磨倶舎論』巻第十八、業品第六）

9．「無縁大悲」とは謂く、彼の菩薩が此の大悲を起こすは、衆生の菩薩の所に於いて恩有るに由りて方に起こすにはあらず、恩無きものにも亦、起こすが故に、無縁大悲と言うなり。[★19]
（『倶舎論記』巻第十八、分別業品 第四の六）

6の『妙法蓮華経玄義』は衆生を化すための修行に「梵行」、「病行」、「嬰児行」がある事を述べており、病行の項目に「無縁の大悲」が見える。病行とは菩薩に至るための修行であるが、「煩悩に同ずる辺」とあるように、衆生の煩悩や苦しみを共有することである。従って、実際の病気ではなく、煩悩や苦に囚われた状態を「病」に譬えて説いていると考えられる。7の『大智度論』は、『摩訶般若波羅蜜経』の「五には一切衆生の中に慈悲智具足す」[★20]とある経本文に対する注釈部分である。仏の悲には三種あり、衆生縁とは衆生を対象とする縁、法縁とは仏法に出逢うことの縁、無縁とは原因条件の無い、対象の区別の無い縁であるという。8は『阿毘達磨倶舎論』で、9はその注釈『倶舎論記』である。8の「無縁の大悲を習ふに由りて」という経の内容について、9では「無縁の大悲」を菩薩と衆生との関係性から説明する。菩薩が「無縁の大悲」の心を起す原因に、衆生と菩薩との関わりや恩の有無は関係せず、恩の無い衆生に対する慈悲心こそが「無縁の大悲」であるという。「無縁の大悲」とは、菩薩が起こす心であり、衆生への憐れみから生まれるものである。罪がある者・無い者などは無関係に全ての衆生に対して大悲を行う存在が菩薩であり、この心を備えた者こそが菩薩の資質を有する者といえるのである。では次に「無相の妙智」について確認したい。[★21]

10．若し菩薩摩訶薩、一切の智を以て智相を応作すの意は、大悲は首の無所得と為し方便と為す。[★22]一切法に於て非乱非定の妙智を発起す。（中略）非浄非不浄の妙智。非空非不空の妙智。非有相非無相の妙智。

11．最勝は、彼に灌頂の法王を授け　智慧蔵の身を、具足し成就す　無相の妙智もて、法の真相を観じ　菩薩は善法に、而も安住することを得　菩薩の法施は、最も殊勝と為し　一切の諸仏は、咸共に讃歎したまふ。★23

（『大般若波羅蜜多経』巻第四一二、第二分六到彼岸品第十三之二）

（『大方広仏華厳経』巻第二十二、金剛菩薩十廻向品第二十之九）

12．頌文に九十四有り。初は十四の行体を頌す。無相の妙智・観法の真相とは、未だ依る体を用ゐざるを云ふなり。★24

（『大方広仏華厳経捜玄分斎通智方軌』巻第二之下、金剛幢菩薩迴向品第二十一）

10の「非有相非無相の妙智」の有相とは、無相の対となる概念であり、相対的、差別的な存在である。それが「非」であるとは、様々な差別や相対的事象が無となることを意味すると思われる。11の引用箇所は頌であり、「灌頂の法王」とは、諸仏が智水を頭にかける儀式を指す。「無相の妙智」によって、仏法における物の本質、真理を観ることが可能となるのである。12の引用箇所は11に対する注釈部分である。頌文の「無相の妙智」に対し「観法の真相」との注釈を施している。観法とは、法を観想することであり、真相とは真理を観ることであるから、「無相の妙智」とは真理をみるために必要な智慧という意味であるだろう。「無相」とは相対的な実体の存在から離れることを意味しており、この智を持つことによって「無相の妙智」を得ることになると考えられる。

ここで本縁に立ち返ってCの評語の意味を考えるに、「無縁の大悲」とは罪障に関わりなく、全ての衆生へ施される仏の慈悲である。本縁においては、病者呰女と行者忠仙の「至感」こそが「無縁の大悲」を起こさせ、「異形」へとつながるのである。「異形」については、『霊異記』下巻第五縁・表題に「妙見菩薩の変化して異形を示し」とみえ、妙見菩薩の鹿への変化を示している。元々の状態から異なる姿、形に変化したという意味であるが、本縁における「異形」とは呰女の「瘻肉疽」が治癒した奇瑞を表している。そして、「無縁の大悲」と対句の関係である「無相の妙智」とは小泉道が述べたように、相対や差別等の問題を無効とした仏の智慧である。この智慧からなる霊験が、「深信」の者である呰女と行者忠仙に対して、「明色」という奇瑞が目に見える形で現れたと説明するのである。

説話Bの記述には「忠仙此の病相を見て相憫び」とあるように、忠仙が呰女に対して起こした大悲である。忠仙の場合も呰女との出会いを契機として発願に至るように、本縁には罪あるものと、それを救う仏教者との相互関係がある。本縁は病者と仏教者とが出会い、「無縁の大悲」という衆生に対する絶対的な慈悲心と救済が生まれたことを語る。これは『霊異記』が自己の罪、ひいては他者の罪を如何に救済するかという問題意識のもとで記したと考えられる。この「無縁の大悲」の語は、『霊異記』において他に下巻第三十八縁にしか見られない。そこには呰女の病が癒えたとされる「延暦六年」という年数も共通して見られ、両説話の関わりが注目される。

三　『霊異記』説話と無縁の大悲

『霊異記』下巻第三十八縁「災と善との表相先づ現れて、而る後に其の災と善との答を被りし縁」の後半部は、『霊異記』編者である僧景戒についての自伝的説話であり、景戒が見た二つの夢とその夢解とが記される。小泉道、出雲路修は、病の癒えた延暦六年が下巻第三十八縁で問題となることに注意するが、注釈書の指摘はそれに留まる。[★25]

問題となる箇所は「同じ天皇の御世の延暦の六年丁卯の秋の九月朔の四日甲寅の日の酉の時に、僧景戒、慚愧の心を発し、憂愁《うれ》へ嗟《ナゲ》キテ言はく…」と語りだされる。景戒は自身の生活の貧困を嘆き、妻子を携えるにしても養う財力の無いことを憂う。そして「我、先の世に布施の行を修せずありき。鄙《とひと》なるかな我が心。微《いや》しきかな我が行」と、現世における困窮の原因が前世に布施の修行を積まなかったためであると思い至り、慚愧の念を生じた。この夜、景戒は知り合いである沙弥、鏡日を夢に見る。

以下は、景戒が自身の見た夢を解析した文章である。この夢解において「無縁の大悲」の語が記載される。

> 13．夢の答詳かならず。唯し聖示ならむかと疑へり。沙弥は観音の変化ならむ。何を以ての故にとならば、未だ具戒を受けぬを、名けて沙弥とす。観音も亦爾なり。正覚《しやうがく》を成ずと雖も、有情を饒益《ねうやく》せむが故に、因位《いんゐ》に居たまふ。（中略）我、他の処に往き、乞食して還り来らむとは、他の処に住き乞食をするとは、観音の無縁の大悲、法界に馳せて有情を救ひたまふなり。還り来らむとは、景戒が願ふ所畢《をは》らむときには、福徳智恵を得しめむとなり。常は乞食する人に非ずとは、景戒の願を発さぬ時は、感ずる所無きなり。
>
> （『霊異記』下巻第三十八縁）

景戒は、観音が沙弥鏡日に変化して夢に現れたのだと考察し、夢は観音からの「聖示」であると認識する。「我、他の処に往き、乞食して還り来らむ」とは、鏡日（観音）が景戒に対して、自分は他の場所で乞食をしてから再び戻ると語る内容である。景戒はこの行為を「観音の無縁の大悲」であると思い、そのような観音の施しが法界に広まり「有情」である衆生を救うのであろうと解釈している。このように景戒の慚愧から生じた回心の体験を通じて、全ての衆生を救済する観音の「無縁の大悲」を景戒は目にすることになるのであり、この「大悲」とは『霊異記』説話の根幹に関わる思想を表した語であると思われる。★26 下巻第三十八縁の「観音の無縁の大悲」とは、沙弥（観音）の乞食行為によって、仏縁がないために成仏を得ることの出来ない衆生を救うための手立てとして理解される。ここでは、妻子を有して「愛網の業」を結び、悟りを得られない有情の景戒と、「無縁の大悲」を行う観音との姿が対比されている。景戒はこの「聖示」において「無縁の大悲」なる慈悲を行う観音の行為を見、自身のあり方を感得してゆく。

景戒の体験と夢解を通してみれば、本縁には宿業と向き合い、その罪といかに対峙して、仏教への帰依を行うのかといった問題意識があると考える。★27 宿業を語る本縁に「無縁の大悲」の語が記載される意義は、「怨病」という強い罪障による病ですら、その救済がなされるということである。更に、自己の罪と対峙する者には、仏からの慈悲である「無縁の大悲」が施される。こうした衆生救済の思想を『霊異記』は、「無縁の大悲」の語によって示しているものと考えられる。★28

おわりに

本章は、宿業の病を語る下巻第三十四縁を中心に考察した。『霊異記』における宿業の病は、前世における無自覚の罪によるものであるが、罪の認識を通じた病者の深い信心と、その信心に憐れみを覚えた他者の介在によって病が治癒される。

その中でも、呰女の宿業は、怨病という過去世の強い怨念によるものである。こうした罪障を滅するための重要な語が「無縁の大悲」であった。これは、行者忠仙が呰女に対して起こした心だが、「無縁の大悲」とは衆生への縁を問題としない絶対的な慈悲心と考えられる。そして、延暦六年の夢解に記された「観音の無縁の大悲」（下巻第三十八縁）という語から、この「無縁の大悲」とは『霊異記』説話に通底する衆生救済の思想を示す言葉であると考えられるのである。

注

1　狩谷棭斎『日本靈異記攷證』は、『千手陀羅尼』と『観音三昧経』とが同一の経典であるという説を提示するが、『千手陀羅尼』は『霊異記』下巻第十四縁の『大悲心陀羅尼経』と解される。また、『観音三昧経』については旧大系が「観世音菩薩授記経一巻か。」（四一九頁頭注）と解したがこの後、牧田諦亮が『観音三昧経』は中国において散佚した中国撰述経典『仏説観世音三昧経』に該当すると正して、『観世音三昧経』の本文を明らかとした。牧田諦亮「観世音三昧経の研究」（『六朝古逸 觀世音應驗記の研究』平楽寺書店、一九七〇年一月）。後、『牧田諦亮著作集』第一巻（臨川書店、二〇一四年七月）に所収。

2　三崎裕子「『霊異記』にみえる病と看病」（平野邦雄編『日本霊異記の原像』角川書店、一九九一年七月）。

3　武田比呂男「『日本霊異記』の密教的信仰—病気治療と山林修行」（『國文學 解釈と教材の研究』第四十五巻十二号、二〇〇〇年十月）。

4　『霊異記』下巻第十四縁は常に千手陀羅尼を誦持していたとあり、説話は経文の呪文の効果が絶大なことを説明している。

5　藤本誠「日本古代の「堂」と村落の仏教」（『日本歴史』第七七七号、二〇一三年二月）。

6　冨樫進「『日本霊異記』における「現報」観—その「宿業」観との関連について—」（『文芸研究』第一五二集、二〇〇一年九月）。

7　武田比呂男「『日本霊異記』にあらわれた〈やまい〉」（大野順一先生古稀記念論文集刊行会編『日本文芸思潮史論叢』ぺりかん社、二〇〇一年三月）。

8　狩谷棭斎『日本靈異記攷證』（正宗敦夫ほか編『狩谷棭斎全集二』日本古典全集刊行会、一九二六年一月）一六六頁。

9　小泉道『校注 真福寺本日本霊異記』（『訓点語と訓点資料』別刊第二、一九六二年六月）。

10　春日和男「前田家本日本霊異記の性格—「師自夏牟之」考—」（『説話の語文—古代説話文の研究—』桜楓社、一九七五年十一月）。

11　現世で行った仏教者への迫害を原因とする仏罰については「得悪病」と表題に記すが、本縁表題は「怨病忽嬰身因之受戒行善以現得愈病」とあり、前世での罪である宿業を現世の自身が「得」たという認識には至らない受動的な認識である。善行による病の治癒は、上巻第八縁・下巻第十一縁表題にも「得」たとあるように、現世での行為は「得」ると記載される。

12　『霊異記』中の「怨」の例は本論の掲載以外に、上巻第一縁、中巻第五縁、中巻第三十縁、中巻第三十三縁、下巻序文がある。

13　『仏説罪業応報教化地獄経』には「悪瘡膿血」、「疥癩癰疽」とあり、様々な悪を其の身に集めた姿であるという。その原因は前世、父母に不孝の罪、君臣の関係においては不敬の罪を働いたためと説明する（『大正蔵』巻十七、四五二a）。

14　松浦貞俊『日本國現報善悪靈異記註釋』（大東文化大学東洋研究所叢書9、一九七三年六月）四五八―四五九頁。なお、松浦の指摘した『観無量寿経』は『大正蔵』（巻十二、三四三c）に該当する。

15　小泉道校注『日本霊異記』（新潮日本古典集成67、新潮社、一九八四年十二月）二九〇頁。

16　『妙法蓮華経玄義』の引用は、『新国訳大蔵経 法華玄義Ⅰ 中国撰述一―二 法華・天台部』（大蔵出版、二〇一一年九月）に拠る。『大正蔵』（巻三十三、七二四c）に該当する。

17　『大智度論』の引用は、『国訳一切経 印度撰述部 釈経論部四』（大東出版社、一九八一年七月）に拠る。『大正蔵』（巻二十五、四一七b）に該当する。

18　『阿毘達磨倶舎論』の引用は、『国訳一切経 印度撰述部 毘曇部二十六下』（大東出版社、一九八二年七月）に拠る。『大正蔵』（巻二十九、九四c）に該当する。

19　『倶舎論記』の引用は、『国訳一切経 和漢撰述部 論疏部四』（大東出版社、一九八一年六月）に拠る。『大正蔵』（巻四十一、二八一a）に該当する。

20　『摩訶般若波羅蜜経』の引用は、『国訳大蔵経 経典部三』（東方書院、一九二八年九月）に拠る。『大正蔵』（巻八、二五七b）に該当する。

21　『大正蔵』中で、「無相妙智」の文字列は七例と極めて少ない。本章で挙げた他には、『新華厳経論』「入無相妙智慧故。」（巻三十四、九五四c）、「与無相妙智慧会処。」（同巻、九五五a）があるが、確実な例ではないと判断して除外した。また、『金剛般若経旨賛』（『大正蔵』巻八十五、六七ｂ）、『大乗入道次第開決』（『大正蔵』巻八十五、一二一〇ａ）に該当する文字例があるものの、両経典は中国・日本では失われ、敦煌から出土したとされるため、これも除外した。経典については、鎌田茂雄ほか編『大蔵経全解説大事典』（雄山閣、一九九八年八月）を参照した。

22　『大般若波羅蜜多経』（『大正蔵』巻七、六七ａ）※筆者試訓。

23　『大方広仏華厳経』の引用は、『国訳大蔵経 経典部十』（東方書院、一九二九年六月）に拠る。『大正蔵』（巻九、五四〇ａ―ｂ）に該当する。

24　『大方広仏華厳経捜玄分斎通智方軌』（『大正蔵』巻三十五巻、四七ｃ）※筆者試訓。

25　小泉道、前掲注（15）四一七頁。また、出雲路修校注『日本霊異記』（新日本古典文学大系30、岩波書店、一九九六年十二月）一八〇頁。

26　『霊異記』中の「無縁大悲」の例は本縁と下巻第三十八縁のみである。また、「大悲」は中巻第二縁、下巻第三縁、下巻第十三縁、下巻第十七縁、下巻第十九縁（平等大悲）と、中・下巻のみで、上巻（興福寺本）には見られない特殊な言葉である。

27　武田比呂男「景戒の夢解き　実践者のテキストとしての『日本霊異記』」（古代文学会編『祭儀と言説―生成の〈現場〉へ―』森話社、一九九九年十二月）。また、編者景戒の思想が法相教学から大乗へと深められた結果の夢解であると論じる寺川眞知夫「景戒の夢解と仏性の認識―原撰時から増補時への認識の深まり―」（坂本信幸ほか編『論集 古代の歌と説話』和泉書院、一九九〇年十一月。後、寺川眞知夫『日本国現報善悪霊異記の研究』研究叢書180、和泉書院、一九九六年三月に所収）がある。

28　『霊異記』下巻第十九縁の舎利菩薩の説話は「平等大悲」を主張する尼と、強権的な差別の立場に居る戒明との対立が描かれる。仏の大悲が差別を超えて全ての者に行き渡るべきものであることが尼の主張によって語られており、「平等大悲」と「無縁の大悲」とは、仏が衆生へ施す絶対的な憐れみとして共通する志向であると考えられる。

第二部　〈聖人伝〉の形象

第一章　聖徳太子の片岡説話――「出遊」に見える〈聖人伝〉の系譜――

はじめに

聖徳太子は、在俗の身にあって仏教を広めた人物として知られている。上代文学の様々なテキストにおいては、聖徳太子の偉業や信仰を含めた多様な伝承を形成している。『霊異記』上巻第四縁「聖徳皇太子の異しき表を示したまひし縁」もそれに当てはまり、説話は三部構成を取る。一部は、聖徳太子の名の由来と仏法を広めた功績を記す。二部は聖徳太子の宮から出て片岡村に赴き、そこで出逢う一人の乞匃とのやり取りを語る所謂片岡説話である。三部は願覚法師の尸解仙譚である。[★1] 本章ではそのうち、第二部の聖徳太子の片岡説話を抜粋して掲載する。

皇太子鵤《イカルガ》の岡本の宮に居住《いま》しし時に、縁有りて宮より出で遊観に幸行《いでま》す。片岡の村の路の側に、毛有る乞匃《カタキ》の人、病を得て臥せり。太子見して、轝《ミコシ》より下りたまひて、倶に語りて問訊《と》ひ、著たる衣を脱ぎたまひ、病人に覆ひて幸行しき。遊観既に訖りて、轝を返して幸行すに、脱ぎ覆ひし衣、木の枝に挂りて彼の乞匃は无し。太子、衣を取りて著たまふ。有る臣の白して曰さく、「賤しき人に触れて穢れたる衣、何の乏びにか更に著たまふ」とまうす。太子、「住めよ。汝は知らじ」と詔りたまふ。後に乞匃の人他処にして死ぬ。太子聞きて、使を遣はして殯《もがり》し、岡本の村の法林寺の東北の角に有る守部山に墓を作りて収め、名づけて入木《いりきの》墓《はか》と曰ふ。後に使を遣はし看しむるに、墓の口開かずして、入れし人无く、唯歌をのみ作り書きて墓の戸に立てたり。歌に言はく、

鵤の富の小川の絶えばこそわが大君の御名忘られめ

といふ。使還りて状を白す。太子聞き嘿然《もだあ》りて言《のたま》はず。誠に知る、聖人《ひじり》は聖を知り、凡人《ただびと》は知らず。凡夫の肉眼には賤しき人と見え、聖人の通眼《つうげん》には隠身《いんじん》と見ゆと。斯れ奇シク異しき事なり。

聖徳太子は縁があって宮から出て、片岡村に遊観・幸行し、村の路の側に「毛有る乞匃」が病気を患い臥している姿を見つける。聖徳太子はその乞匃と語り、着ていた衣を脱いで覆ったという。後に乞匃は死去し、聖徳太子は乞匃の遺体を埋葬する。後日、埋葬したはずの遺体は消えており、死体復活の所謂尸解仙譚へと展開しながら乞匃が残した歌が載る。歌は、聖徳太子が住む斑鳩の宮を想起させながら、乞匃である自らに慈悲をかけた聖徳太子を大君と賞賛する内容である。末尾において、聖徳太子は通眼によって乞匃が隠身の聖であると見抜くといい、君子たる仁慈と、通眼の能力を有する慈悲深い聖人として太子を賛する。

この片岡説話で問題とすべきは、聖徳太子が片岡へ「遊観」、「幸行」したと示すことの必要性である。この遊観によって乞匃との邂逅が導かれるのであり、説話叙述がその特別な状況を記すことの意義を考究したい。

本章では、聖徳太子の巡遊行為を示す遊観の語を手がかりとして、他文献の聖徳太子片岡説話と比較し、『霊異記』説話の特質を明らかとする。そして、本縁の聖徳太子像が、漢訳仏典において語られる聖人の話型を踏襲して形成されたことを論じる。

一　聖徳太子片岡説話伝承の位相

本節ではまず、他の文献に記された聖徳太子片岡説話との差異を確認する。片岡説話は、聖徳太子が宮から出て特異な人物と出会うという筋書きを持っており、『日本書紀』では以下のように伝えられている。

1．十二月の庚午の朔に、皇太子、片岡に遊行《い》でます。時に飢者《うゑたるひと》、道の垂に臥せり。仍りて姓名を問ひたまふ。而るを言さず。皇太子、視して飲食を与へたまふ。即ち衣裳を脱きて、飢者に覆ひて言はく、「安《やすらか》に臥せれ」とのたまふ。則ち歌して曰はく、

しなてる　片岡山に　飯に飢て　臥せる　その田人あはれ　親無しに　汝生りけめや　さす竹の　君はや無き　飯に飢て　臥せる　その田人あはれ

とのたまふ。辛未に、皇太子、使を遣して飢者を視しめたまふ。使者、還り来て曰さく、「飢者、既に死りぬ」とまをす。爰に皇太子、大きに悲しびたまふ。則ち因りて当処に葬め埋ましめ、墓固封《つかつきかた》めしめたまふ。数日之後、皇太子、近習の者を召して、謂りて曰はく、「先日に、道に臥せし飢者、其れ凡人に非じ。必ず真人《ひじり》ならむ」とのたまひ、使を遣して視しめたまふ。是に使者、還り来て曰さく、「墓所に到りて視れば、封め埋みしところ動かず。乃ち開きて見れば、屍骨《かばね》既に空しくなりたり。唯し衣服のみ畳みて棺の上に置けり」とまをす。是に皇太子、復使者を返して、其の衣を取らしめたまひ、常の如く且服たまふ。時人、大きに異しびて曰く、「聖《ひじり》の聖を知ること、其れ実なるかも」といひて、逾惶《いよいよかしこま》る。

（『日本書紀』巻二十二、推古天皇二十一年十二月条）

推古天皇二十一年に太子が遊行した地は片岡であり、そこで飢者と出会う。太子は飢者の名を問うが、飢者からの応えは無い。太子は飢者に食物と衣とを与え、「安に臥せれ」との言葉をかけた後に歌を詠む。その後は飢者の尸解仙譚へと展開し、太子の与えた衣だけが棺の上に置かれていたと伝える。本縁との相違点は、飢者への飲食を給する点、「安に臥せれ」との言葉、飢者の埋葬である。これらについて榎本福寿が『説苑』等を例に挙げ「聖人の恤民に通う聖徳太子の実践」★2と指摘するように、『日本書紀』の場合は、儒教における君子の理想像が聖徳太子の行為によって体現されている。太子の歌は片岡の地名を詠みつつ、倒れ伏す飢者には親も居ないままに死にゆくのだ、という哀惜の念を表している。『日本書紀』は太子の長歌を有するが、飢人の歌を記さず、後代のテキストは太子・飢人の両歌を載せている（後述）。飢人に与えた衣は再び太子の元に戻り、飢人の着けた衣を太子が「常の如く且服たまふ」のは、飢人が聖人であることを太子のみが見抜く展開と関連している。『日本書紀』は太子と飢人との邂逅を通じて「聖の聖を知ること、其れ実なるかも」と「時人」によって評価されたことを記し、この出逢いが聖人同士の語らいであったと示す。『日本書紀』に比する古い文献である『上宮聖徳法王帝説』は、聖徳太子信仰を伝承する資料であるが、『霊異記』の「斑鳩…」の歌は太子の死去に際して巨勢三枝大夫が歌った歌三首として残る。

2．上宮ノ時に、巨勢三枝大夫ノ歌ひしく、

伊加留我乃、止美能乎何波乃、多叡婆許曽、和何於保支美乃、弥奈和須良叡米。
美加弥乎須、多婆佐美夜麻乃、阿遅加気尓、比止乃麻乎之志、和何於保支美波母。
伊加留我乃、己能加支夜麻乃、佐可留木乃、蘇良奈留許等乎、支美尓麻乎佐奈。

トいへり。★3　　　　（『上宮聖徳法王帝説』）

一首目は、『霊異記』の乞匃の歌とほぼ同様であるが、結句「弥奈和須良叡米《みなわすらえめ》」に異同がある。『霊異記』、『上宮聖徳太子伝補闕記』、『日本往生極楽記』が「わすられめ」とする点は「平安時代以降の史的変遷の結果」であり、[★4]『法王帝説』の異同はこれらテキストよりも古い歌の形を残す証左であるという。

先に述べた『上宮聖徳太子伝補闕記』（以下『補闕記』）にも太子の巡遊、飢者と歌とが載る。

3．太子己卯年十一月十五日巡二看山西科長山本陵処一。還向之時。即日申時。枉レ道入二於片岡山辺道人家一。即有二飢人一臥二道頭一。去三丈許。太子之馬至レ此不レ進。雖レ鞭猶駐。太子自言。哀々。用レ音。即下レ馬。舎人調使麻呂握二取御杖一。近二飢人一下臨而語之。可々怜々。何為人耶。如レ此而臥。即脱二紫御袍一覆二其人身一。賜レ歌曰。

科照。片岡山爾。飯爾飢天。居耶世屢。四字以レ音。其旅人。可怜祖無爾。那礼二字以レ音。成利来也。刺竹乃。君波也无母。飯爾飢氏。居耶世屢。其旅人可怜。此歌以二夷振一歌之。

起レ首進答曰。

斑鳩乃。富乃小川乃。絶者己曽。我王乃。御名忘也米。[★5]

（『上宮聖徳太子伝補闕記』）

聖徳太子は山西の科長山を巡り看て、還り向かう時に道を曲がり、片岡山のほとりの道人の家にゆく。その際、道で飢人を見つける。聖徳太子は哀れみの心を起こして飢人と語り、着ていた「紫御袍」をその身体に覆い掛ける。『補闕記』は聖徳太子の歌を夷振歌と示している。太子と飢人の歌は長歌と反歌による贈答歌の型式で記載され、両者の交流を伝えている。この後は『日本書紀』、『霊異記』と類似して尸解仙譚へと展開するが、太子の乗る馬が飢人の前で立ち止まり、動かないといった記述から、テキストはすでにこの飢人が特別な人物であることを暗に示している。『補闕記』はこの飢人の身体的特徴を「飢人之形。面長頭大。両耳亦長。目細而長。開レ目而看。内有二金光一異レ人。大有二奇相一。亦其身太香。」と、具に記述する。飢人が長身であること、両耳が長いことは神仙の特徴であり、その身から漂う良い香りは仏の姿を想起させるものであるという。★6 飢人は身に「金光」を有することからも、ただの飢人ではなく、神仙や仏教的な霊威ある人物として形作られているようである。

また、『霊異記』以後になるが『日本往生極楽記』も太子の片岡説話を載せている。

4．太子駕《が》を命じ、巡検して墓を造りたまへり。帰りたまふに飢ゑたる人あり、道の垂《ほとり》に臥せり。太子歩み、飢ゑたる人に近づきて語りて曰く、怜《あはれ》ぶべし怜ぶべしとのたまへり。即ち紫の御袍を脱いで覆ひたまへり。即ち歌を賜ひて曰く、

しなてるや　片岡山に　飯に飢ゑて臥せる　旅人あはれ　親無しに　汝《なれ》なりけめや
さす竹の　君はやなきも　飯に飢ゑて臥せる　その旅人あはれ

とのたまふ。飢ゑたる人首を起して歌を答へて曰く、

斑鳩の富の小川の絶えばこそわが大君の御名忘られめ

といへり。宮に還りたまひての後、使を遣はしてこれを視しむるに、飢ゑたる人既に死にたり。太子大きに悲びて厚く葬せしむ。時に大臣馬子の宿禰等譏《そし》れり。太子聞きて、譏る者を召して命じて曰く、卿等墓を発《あば》きてこれを見よとのたまへり。馬子の大臣、命を受けて往きて見るに、その屍のあることなし。棺の内太だ香しかりき。賜ふところの歛物《れんぶつ》、彩帛《さいはく》等、棺の上に置けり。ただ太子の紫袍《しはう》のみなし。馬子等大きに奇びて深く聖徳を歎めたり。★7

（『日本往生極楽記』）

太子は巡検して墓を造営し、その帰りに飢人と出会う。哀れみの心から衣を与え、飢人との歌の贈答を経た後で死んだ飢人を葬る。ここでは飢人が復活した証として屍だけが消えていたと伝える点が類似する。聖徳太子と

飢人との伝承の共通点は、太子が土地を巡る―飢人に出会う―歌―飢人の死・墓の造営―屍の消失である。その中でも飢人が、太子の衣を残すこと、棺の上に置かれた品々、飢人の正体についてはテキスト間によって様々である。

このような、各テキストに見える聖徳太子の伝承の位相と、その過程について土橋寛は、『日本書紀』の聖徳太子伝承から『万葉集』の聖徳太子挽歌が形成され、『法王帝説』と『日本書紀』の伝承を混合しつつ『補闕記』→『霊異記』へと伝承されたと位置づけた。[★8] また中村啓信は、『日本書紀』の片岡説話が、中国資料からの影響を受けた『日本書紀』の「原資料」と、『補闕記』の資料であった「原調使家記」とを元として形成されたとし、『日本書紀』から『万葉集』に到る道筋を示した。[★9] このように従来は、『日本書紀』を核とした伝承の形成過程や、太子伝承の原資料や原伝承の位置づけが為されてきたが、[★10] まずこれらの伝承が共有する聖徳太子像に、いかなる思想が関与しているのかを検討すべきであると考える。その問題において、1、3、4の伝承と同様に『万葉集』聖徳太子詠挽歌に見える題詞も太子の巡遊行為を記すことに注意したい。

5．上宮聖徳皇子の竹原井に出遊しし時に、龍田山の死れる人を見て悲傷びて作りませる御歌一首（小墾田宮に天の下知らしめしし天皇の代。小墾田宮に天の下知らしめししは豊御食炊屋姫天皇なり。諱は額田、諡は推古）

家にあれば妹が手まかむ草枕旅に臥《こや》せるこの旅人あはれ

（『万葉集』巻三、四一五）

歌は「家に居れば妻の手を枕としているだろうが、草枕の旅路で臥して死んだ旅人にとって、それは叶わないことである」と歌われている。題詞には聖徳太子が竹原井に「出遊」した際、龍田山で死人と遭遇し、これを見て悲傷して詠じたという由縁が記される。[★11]『日本書紀』や『補闕記』といった、聖徳太子の事績を伝えることを目的としたテキストでは無い『万葉集』に出遊が記されるのは、彼の巡遊という象徴的な行為を示すためであると思われる。[12]

聖徳太子の詠歌に付随した伝承には、「片岡の村／遊観・幸行」（霊異記）、「片岡／遊行」（日本書紀）、「山西科長山本陵処・片岡山辺道人家／巡看」（補闕記）、「片岡山／巡検」（極楽記）「竹原井／出遊」（万葉集）と、太子が赴いた土地の地名と、動作を記している。その場所に出向いた理由や原因は様々であるが、聖徳太子伝承においては、太子がとある土地に出向き、特異な人物との邂逅を語ることに共通性が認められる。こうした、太子が土地を巡り歩く行為について高壮至は、

巡守とは天子の公式上の行為であるが、遊幸はもつと非公式のもののようである。しかし為政者が一度び外に出れば、人民を救恤し、所にあたつて祭儀を行うことには変りはなかつたのである。法隆寺領境を巡行する霊格としての太子の片岡遊行は、一方で飢人救済の話を生みだし、一方では、その神聖な祭儀的側面として、真人邂逅譚を生みだしたのである。[13]

として、漢籍に見える天子の巡遊行為を挙げて、儒教的君主像と聖徳太子の仁慈との重なりを見る。[14] 田村圓澄は漢籍の影響を聖徳太子伝承の背景に見据え、小島憲之の論を挙げつつ、[15]『日本書紀』の「遊行」が漢訳仏典に由来し、その影響が文字表記に表れていると指摘した。[16] また、辰巳正明は聖人が土地を巡遊する行為は特殊な体験を語るための条件であるとして、以下のように述べる。

なぜ、聖徳太子は片岡山に遊行したのか。それはすでに問うまでもないほどに明らかなことであろう。片岡山はある特別な《山上》であり、そこで聖徳太子は神の言葉を聞くはずである。そのために彼は「遊行」することが必要であったのであり、「遊行」そのものがキリストにも孔子にも所属する神秘体験の条件であった。[17]

周知のように、聖徳太子は日本において仏教を広めた人物であり、彼が巡遊をしたと記述することは、そこに仏教的な体験を語る意図があると思われる。頼住光子も太子の巡遊行為に着目し、巡遊が仏教における遍歴修行者のそれであるとし、他者との出会いを契機として「開悟成道、真理体得を目指す修行者として登場している」と、片岡説話に仏教思想を見出す。さらに、同論の注で「これらは釈迦の出家の機縁となった『四門出遊』、『四門遊観』を明らかに踏まえた言葉である」[★18]と述べるように、これは『万葉集』の題詞が「出遊」と記す意義とも関わる問題である。聖徳太子像の形成背景に仏教思想が関わるのであれば、仏典との密接な関わりを詳しく検討する必要があるだろう。以下、釈迦の出家に見える遊観・出遊の語を通して検討してゆく。

二　釈迦の出家における遊観・出遊

本節では釈迦の出家譚において、遊観・出遊の語がいかに使用されているのかを確認する。『雑阿含経』には「菩薩見老病死人」[★19]とあるように、骨子は菩薩（釈迦）が「老病死人」を見て出家をしたということである。釈迦の事績を記す仏伝類の中でも『釈迦譜』は中国最古とされ[★20]、著者の僧祐は他に『弘明集』を手掛けている。その『釈迦譜』には釈迦が城外を出歩く行為を遊観・出遊として記す。

6．時に白浄王念言すらく、『太子将に無欲にして遊観せんとす。勅して道路を厳治して、不浄ならしめ不可意を見せしむる莫かるべし』と。[★21]
（『釈迦譜』巻第一、釈迦降生釈種成仏縁譜第四）

6にある白浄王とは釈迦の父王であり、太子とは出家前の釈迦を指す。太子は遊観を欲するが父王は懸念して、太子が不浄な者を見ないように臣下へ命令をする。以下のAからDは、6の後に太子が遊観をして、それぞれ東西南北の門から出るという記述である。

A．時に太子、東の城門を出づるに、菩薩の威神に建立せられて、諸天、老人を化作す。髪白くして歯落ち、目冥くして耳聾し、杖を執りて僂歩したり。菩薩は知りて問を発し「此を何人と為すや」と。御者の曰はく「是を老人と名く」菩薩の曰はく「人命の速駛なること、猶ほ山水の流れて、再び過ぐ可き難きがごとし。独、此の人のみならず、天下皆爾り」と。

B．菩薩は後に復南の城門を出づるに、路に病人の、水腹にして身羸《つか》れ、道の側に臥するを見たり。御者の曰はく「此は病人と名け、命須臾に在りて、余寿髪の如し」と。菩薩の曰はく「万物は無常にして、身有れば苦有り、吾も亦然るべし」と。即ち還りて宮に入る。

C．後に復遊観して西の城門を出づ。一人死して、室家囲繞して、涙を拉《のご》ひて悲哭するを見ぬ。菩薩問ひて曰はく「此を何人と為す」と。御者の曰はく「此を死人と為す。人生るれば死する有り。猶し春なれば、冬有るがごとし。人も物を一統して、生れて終らざるは無きなり」と。

D．復、異日に北の城門を出で、一沙門の、衣服整斉にして、手に法器を執れるを見、菩薩問うて曰はく「此を何人とは為す」と。御者答ふらく「此を比丘と名け、情欲を棄てたるを以て、汚れ難きこと空の如く心に一切を慈みて十方を度せんと欲するなり」と。

（『釈迦譜』巻第一、釈迦降生釈種成仏縁譜第四）

Aで太子は東の城門から出る。この時太子は、諸天が変化した老人に出逢う。老人は白髪で歯は抜けており、眼と耳が不自由で、杖をついて歩いていた。それまで太子は人が老いることを知らず、ここで初めて老人というものを知る。次のBで、太子は南の城門から出る。ここでまた諸天は病人へと変化して、路に臥している。病人の腹は水で膨れ、身は疲弊している。BでもAと同様に、太子は世に病苦が存在することを初めて知り、万物は無常なこと、身体があればそこには病苦が生じることを知る。次のCで太子は遊観し、西の城門から出ると死人を見つける。「室家囲繞して、涙を拉《のご》ひて悲哭するを見ぬ。」と、家族が死人の周りを取り囲み、泣き悲しむ姿を見て、太子は人の生死が季節の往来の如きものであることを知る。最後のDで太子は北の城門を出て、一人の沙門に出逢う。沙門とは情欲を捨てて空のように汚れの無い心に努め、一切を慈しむ者であると太子は聞き、沙門というものを知る。太子はこれまで見た人物の中で沙門が最も良いと思い、出家を志す。

このように、太子は四門を出て遊観をすることにより、人間が生きる上で生じる老・病・死というものを知る。しかし、それは人間の四苦を知ることであり、よって太子は心に深い懊悩を生じることとなった。だが太子は「爾の時、太子は復、少時を経て、王に出遊せんことを啓す」★22（『釈迦譜』巻第一、第四の二）と再び出遊を願う。父王は太子の懊悩を予知し、路を整備することを従者に命令する。しかしまた、太子は老人や病人を目にすることになる。これについて従者は、「蹤跡有ること無し。何れより来れるやを知らず」（前掲同書）と答えるように、彼らが何処ともなくやって来たと話す。このように、諸天の導きによって、太子は人生の苦痛を知り、出家を志すのであるが、その展開において重要な鍵語が「遊観」や「出遊」であった。太子の遊観、出遊の意義は太子が老人・病人・死人に出逢うことにあり、それは釈迦へと成長するために経験しなければならない「慈愛」の発見の問題であったといえる。

特に『霊異記』の場合は、聖徳太子の行為を「遊観に幸行す」、「遊観既に訖りて、輦を返して幸行すに」と、あえて「遊観」と記すのは、『霊異記』が『釈迦譜』を意識した文字選択の結果であろう。★23

太子の出家譚は他に『仏本行集経』にも見られる。★24この経典は釈迦の誕生から伝道期の記録を付す仏伝であり、出家譚において出逢った人物ごとの項目を立てて詳細に記述する点に特徴がある。ここでも太子は諸天の声を聞く。その際、「太子、是の聲を聞き已るや、出遊の心を発し」とあり、出遊の契機が諸天によってもたらされる。

7．城の東門より引導して出で、園林に向ひて福地を観看んと欲す。是の時、作瓶天子、街巷の前にて、正しく太子に当りて、変身して一老弊の人と化作す。[★25]

（『仏本行集経』巻第十四、出逢老人品第十六）

7は「出逢老人品」と題される。太子が東の城門から出て、福地を観覧しようという心を起こす。そこで、「作瓶天子」という神通力をもった天子が病人と化して太子と出逢う。この次にある「道見病人品」[★26]も、作瓶天子が病人と化して「糞穢の中に臥し」た状態で太子と出逢う。次の8「路逢死屍品」も太子が西門から出て、死人と遭遇する話であるが、以下の記述に注目したい。

8．太子、車に坐し、威神大徳もて、城の西門より出で、外に向ひて園林を観看んとす。時に、作瓶天子、太子の前に於て、化して一屍と作り、臥して床上に在り、衆人舁きて行く。復、種種妙色の芻衣を以て、其の上に張施して斗帳と作し、別に無量無辺の姻親有り、左右前後に囲遶して哭泣す。[★27]

（『仏本行集経』巻第十四、路逢死屍品第十九）

右では、作瓶天子が死人となり、太子はその屍を目にする。死人の家族が遺体を囲んで嘆き悲しむ様子が記されている。傍線部の「芻衣」とは麻布のことであり、それを「張施して斗帳と作し」とは、死人の周囲を麻布で張り覆う様子であろう。太子は従者から、死人とは「一切の親族知識を捐棄し、唯独り精神のみ、自ら彼の世に向ふ。今より已後、復、更に、父母兄弟妻子眷属を見ず。是の如き眷属も、生死別離して更に重ねて見る無し。故に死屍と名づく」[★28]と聞く。つまり、人間にとって死とは家族や親族と別離することであり、生死別離によって家族と再び出逢うことは無いと教えられるのである。このように、『仏本行集経』は出遊を契機として太子が人間の苦悩と直面してゆく。特に8の「路逢死屍品」は、死人へ麻布を覆い掛けること、死人と家族との別離を詳細に綴ることを特徴としている。これは『万葉集』がその題詞に聖徳太子の出遊を記し、歌が路傍に死す旅人の家族（妹）との別れを哀傷することと共通しており、聖徳太子詠挽歌も釈迦の出家譚を背景とすることが想定されるのである。★29

以上のように、釈迦の出家は遊観、出遊を契機とする。それぞれ東門では老人に、南門では病人に、西門では死人に出逢うように、これらを通して人間の苦しみを知るのであり、最後の北門からの出遊に至り比丘を見て出家を志す。釈迦の前に現れた老人等は諸天（『釈迦譜』）や作瓶天子（『仏本行集経』）の化身であり、釈迦の出家を導くための必然的な出逢いであったことが理解される。これは太子を聖人たらしめるための神秘体験であり、それは明らかに聖徳太子の遊観、出遊の説話と接続する問題であろう。

三　聖徳太子伝承と『梁高僧伝』

前節では聖徳太子の片岡説話の背景に釈迦の出家譚があることを確認した。しかし聖徳太子は日本に仏教を広めた人物ではあるものの、出家者ではない。この点について寺川眞知夫は、中国の『高僧伝』といった僧伝類の影響を背景としながら、聖徳太子の業績が賞賛されて伝承されたと述べ、★30藏中しのぶも上代文学における僧伝の影響を指摘しているように、★31『霊異記』が語る聖徳太子伝承は、僧伝型式によって形成されたと推定される。聖徳太子を釈迦の姿と一致させるのではなく、聖なる者が土地を歩き、霊威ある人物との邂逅を語ることが、『霊異記』が求めた太子の姿なのである。僧の出家や修行の行為を記す、中国仏教史の初期資料である『梁高僧伝』においても、僧達が様々な者と出逢う話が見られる。

9．未だ里余に至らずして、忽ち一道人に逢ふ。年九十可、容服鹿素にして、神気儁遠なり。顕其の韻高なるを覚ると雖も、是れ神人なるを悟らず。後、又、一少僧に逢ふ。顕問うて曰く、「向の耆年は是誰ぞや」。答へて云く、「頭陀迦葉大弟子なり」と。顕方に大に惋恨し、更に追ひて山所に到るに、横石ありて室口を塞ぎ、遂に入るを得ず。顕涕を流して去る。進んで迦施国に至る。★32

（『梁高僧伝』巻第三、釈法顕）

修行の僧である、顕（釈法顕）は道で年九十歳ばかりの老人と逢う。「神気儁遠」なる、気高い様子の老人ではあるが、法顕は彼が「神人」という悟りを得た者であることに気付くことが無かった。★33 その老人は「頭陀迦葉大弟子」という釈迦の十大弟子の一人であり、法顕はそれを知ると老人の後を追いかけるが、山所の横石に阻まれて再び老人と会うことはなかったという。

10．是に於て誓ひて迦夷に往き、仰ぎて遺迹を瞻んと、乃ち同学四人と共に、張掖を発跡して西のかた流沙を過ぐ。行くこと三日を経て、路人蹤を絶つ。忽ちにして道傍に一故寺の有るを見る。草木人を没し、中に敗屋両間あり。間中に各一人あり、一人は経を誦し一人は痢を患ふ。両人房を比ぶるも相料理せず、屎尿縦横にして房を挙げて臭穢なり。朗其の属に謂ひて曰く、「出家して道を同じうし、法を以て親と為す。見ざれば則ち已む、豈見て而も捨つる可けんや」と。朗乃ち停まること六日、為に洗浣供養して、第七日に至り、此の房中皆是れ香華なるを見、乃ち其の神人なるを悟る。

（『梁高僧伝』巻第四、康法朗）

この康法朗は、同学と共に各地を渡り歩き、流砂を過ぎて一つの寺を見つける。寺には二人の人が居り、「一人は経を誦し、一人は痢を患ふ」とあり、部屋の中は汚物と臭気で満ちている。法朗は、出家を志した者同士、仏法を親として我々は兄弟であると言い、廃屋を清掃して供養をする。七日後、部屋からは「香華」が漂い、彼らが神人であることを知る。9、10の例から、僧は神人なる者と道中で出会い、彼らはそのことにより仏の力を知るのである。また、10の法朗のように一見して神人と判断し得ない者を前にした時、僧がいかなる行動をとるかが問われており、それは僧の資質とも関わる。

このことからすれば聖徳太子伝承においても、太子の遊観行為と、飢者・乞匃・死人と巡り逢う話は、一つの型の中にあることが知られるのである。僧は巡遊をした場所で特異な人間に出逢う。僧伝はそれを霊威ある人間との交流を通して僧の成長を語るものと思われる。聖人の巡遊を語るという型の中に『霊異記』も『万葉集』も存在するのである。太子の遊観の物語を『霊異記』が取り入れ、聖徳太子〈聖人伝〉として生成したのが本縁であり、聖徳太子伝承の一つとして語られていたことが理解されるのである。

おわりに

本章では、『霊異記』聖徳太子片岡説話の「遊観」と、『万葉集』聖徳太子詠挽歌に見える「出遊」の語を手掛かりとして、聖徳太子の巡遊が、釈迦の出遊の物語と等しいことを明らかにした。

『万葉集』がその題詞に聖徳太子の出遊を記すことは、釈迦の出家譚を踏まえているのは勿論であるが、聖徳太子が、釈迦の持つ慈愛を受け継ぐ者であることを意図しているのではないか。路傍で死人と出会い、慈愛の言葉を掛ける聖徳太子の物語は、釈迦の出家譚である『釈迦譜』を背景としながら、家族に看取られること無く死んだ旅人の家族との別離を記す『仏本行集経』の「路逢死屍品」に依拠するものであろう。『霊異記』の聖徳太子説話は、やはり釈迦の仏伝である『釈迦譜』を背景としながら、中国の僧伝である『梁高僧伝』における僧の出遊の話に依拠して成立した説話であったと考えられる。

聖徳太子伝承に共通する巡遊行為は、釈迦の出家譚の追体験でありながらも、聖人を聖人たらしめるための必然的条件であったと思われる。その伝承に共通するのは、東アジアの文献において聖人を語るための型式であり、その形式を基とした聖徳太子の〈聖人伝〉が本縁であったと考える。

注

1　聖徳太子を語ることが主題である上巻第四縁に願覚の説話が載る必然性は、火葬からの復活が片岡説話の尸解仙譚との共通性を持つ故に挿入されたため、とする新編全集の指摘がある（三九頁頭注）。
2　榎本福寿「聖徳太子の片岡遊行をめぐる日本書紀所伝の成りたち」（『古事記年報』四十九号、二〇〇七年一月）。
3　『上宮聖徳法王帝説』の引用は、家永三郎ほか校注『聖徳太子集』（日本思想大系2、岩波書店、一九七五年四月）に拠る。
4　前掲注（3）、補注四二五頁。
5　『上宮聖徳太子伝補闕記』の引用は、塙保己一編『群書類従・第五輯　系譜部　伝部　官職部』（続群書類従完成会、一九三〇年十一月）に拠る。
6　土橋寛『古代歌謡全注釈　日本書紀編』（角川書店、一九七六年八月）。
7　『日本往生極楽記』の引用は、井上光貞・大曾根章介校注『往生伝　法華験記』（日本思想大系7、岩波書店、一九七四年九月）に拠る。
8　前掲注（6）土橋寛に同じ。
9　中村啓信「片岡山説話の系譜」（『國學院雜誌』第九十巻第八号、一九八九年九月）。後、『日本書紀の基礎的研究』（高科書店、二〇〇〇年三月）に所収。
10　高壮至は『補闕記』に見える調使一族の資料が片岡説話の出典であると指摘する。高壮至「上代傳承試論—聖徳太子片岡説話をめぐって―」（『萬葉』第五十三号、一九六四年十月）。

11　時代を大きく下るが、『拾遺和歌集』は聖徳太子の巡遊にまつわる伝承の題詞と、太子の歌を載せている。題詞は「聖徳太子、高岡山辺道人の家におはしけるに、餓たる人、道のほとりに臥せり」となっており、巡遊を示す熟語は記されない。また地名も「高岡山」と大きく異なる。太子が飢人へ衣を与えた後に詠んだ歌は、「しなてるや片岡山に飯に餓へて臥せる旅人あはれ親なし」とあり、左注に「になれ〳〵けめや、さす竹のきねはやなき、飯に餓へて、臥せる旅人あはれ〳〵といふ歌也」と、日本書紀歌を分割して記す型式となっている。『拾遺和歌集』の引用は、小町谷照彦校注『拾遺和歌集』（新日本古典文学大系7、岩波書店、一九九〇年一月）に拠る。

12　他のテキストに見える聖徳太子伝承として、『聖徳太子伝暦』は『補闕記』と類似した記事を載せており、太子の巡遊行為は「巡看」と表記している。『今昔物語集』巻第十一「聖徳太子於此朝始弘仏法語第一」も聖徳太子が飢者と出会う説話を載せる。太子の巡行を記す場所は、底本に破損があり不明だが、説話後半部に「彼片岡山」と見える。太子の乗馬が飢者の前で止まる点、太子が紫の衣を与える点、飢者の棺が香しい匂いであった点において『補闕記』と類似するが、太子の詠歌は「志太弓留耶　加太乎加耶末尓　伊比尓宇恵弖　布世留太比々度　阿和連於耶那志」と、短歌に纏められている。

13　前掲注（10）高壮至に同じ。

14　「出遊」の語は二節で挙げた先行論が指摘するように、天子が国を巡り歩く記事「街巷平坦にして、人民充満す。観娯安楽なり。聖王出遊す」（『宋書』巻九十七、列傳第五十七）がある。また、幼い時分の李賢が「嘗て出遊し、一老人に逢ふ。鬚眉皓白なり。謂ひて曰はく、『我が年八十なり。士を観むこと多なり。未だ卿の如きは有らず。卿必ず台牧と為す。努力し之に勉めよ』と。」（『北史』巻五十九、列傳第四十七）との記事も見える。ここにおける李賢の出遊は老人と出逢い、彼から啓示を受けるために必要な行為といえる。※『宗書』、『北史』の引用は中華書局本に拠り、私に訓読を施した。

15　小島憲之「古事記の文學性」（『上代日本文學と中國文學　上―出典論を中心とする比較文學的考察―』塙書房、一九六二年九月）。

16　田村圓澄「聖徳太子片岡山飢者説話・慧慈悲歎説話考」（『仏教文学研究』三号、法蔵館、一九六五年十月）。
17　辰巳正明「山上の言説」（『万葉集と中国文学 第二』笠間叢書256、笠間書院、一九九三年五月）。
18　頼住光子「聖徳太子の片岡山説話についての一考察（日本思想学部会報告、第四回 国際日本学コンソーシアム）」（大学院教育改革支援プログラム「日本文化研究の国際的情報伝達スキルの育成」活動報告書 学内教育事業編、二〇一〇年三月）。
19　『雑阿含経』（『大正蔵』巻二、一六七a）に該当する。その他、『四分律』には「一者老。二者病。三者死。四者出家作沙門。」（『大正蔵』巻二二、七八三a）とあり、老、病、死、沙門を見た後、太子は悩みを抱いたという。
20　黒部通善「中国における仏伝文学」（『日本仏伝文学の研究』研究叢書79、和泉書院、一九八九年六月）。
21　『釈迦譜』の引用は『国訳一切経 和漢撰述部 史伝部六』（大東出版社、一九七九年十一月）に拠る。『大正蔵』（巻五十、六c―七a）に該当する。
22　『大正蔵』（巻五十、二一c）。
23　「幸行」の文字列は『日本書紀』に二例のみ見える。一は、大神神社での祝宴の後に崇神天皇が「即ち神宮の門を開きて幸行す。」（崇神紀八年冬十二月条）との例、二は、十市皇女が急病の後に薨去した記事に「不得幸行」（天武紀七年四月条）とあるのみである。しかし、管見によれば「遊観」は上代文献及び六国史において用例を見ないのであり、この語は仏典を意識した上での選択と考えられる。
24　『仏本行集経』は、隋の五八七年から五九一年に成立したとされる。
25　『仏本行集経』の引用は『国訳一切経 印度撰述部 本縁部一、二』（大東出版社、一九九四年六月）に拠る。用例7は『大正蔵』（巻三、七二〇a）に該当する。
26　『大正蔵』（巻三、七二〇a）。
27　『大正蔵』（巻三、七二三a）。
28　『大正蔵』（巻三、七二三b）。

29　『万葉集』巻十六の新田部親王への献歌「勝間田の池はわれ知る蓮無し然言ふ君が鬚無き如し」（三八三五）の左注には「新田部親王、堵の裏に出で遊び、勝間田の池を見まして、御心の中に感でませり。彼の池より還りて怜愛に忍びず。」とある。親王もまた「出遊」によって池を見、そこで御心に思うところが生じたという点は仏典における「出遊」とも共通点があるが、この歌に仏教的性質を見出せるか否かには問題が残るため、考察対象から除いた。

30　寺川眞知夫「上代説話の流れと『霊異記』の説話」（『日本国現報善悪霊異記の研究』研究叢書180、和泉書院、一九九六年三月）。

31　藏中しのぶ「和光同塵・奈良朝高僧伝の思想―『日本霊異記』行基説話化の背景―」（『奈良朝漢詩文の比較文学的研究』翰林書房、二〇〇三年七月）。

32　『梁高僧伝』の引用は『国訳一切経　和漢撰述部　史伝部七』（大東出版社、一九七九年十二月）に拠り、『大正蔵』該当箇所は用例9が（巻五十、三三八ａ）、用例10が（巻五十、三四七ｂ）である。

33　山口敦史「『日本霊異記』と「天台智者」―「神人」との問答と『涅槃宗要』―」（『日本霊異記と東アジアの仏教』笠間書院、二〇一三年二月）。

第二章　『霊異記』が語る行基伝——聖人の眼をめぐって——

はじめに

　奈良時代に活躍した僧行基は『続日本紀』によると、朝廷から怪しき宗教者とされて弾圧を受けたが、地方豪族の援助、民衆からの支持を得て寺院建立など社会事業の指揮をなしたという。そして、東大寺盧舎那仏造営を勧進し、僧の最高位である大僧正を受位される。このような史料から窺える行基像とは異なって、『霊異記』は行基の霊験伝承を収載しており、「天眼」（中巻第二十九縁）によって人々の罪と因果が解き明かされることを語る。この点から『霊異記』が語ろうとする行基像は、史料における行基とは異なり、彼が顕現せしめる霊験に眼目があるものと思われる。[★1]その行基の能力であり、因果を見通すとされる天眼（または「明眼」）は聖人としての能力の特化と考えられるが、なぜ『霊異記』が行基を語る上でこうした能力を有する聖人として語る必要があるのか。かかる視点の元、本章は『霊異記』が語る行基伝について考察するものである。

一　『霊異記』の行基説話と分類

まずは『霊異記』中で行基の名のみを記すものも含めて、関連する説話を全て挙げておく。

上巻第五縁「三宝を信敬しまつりて現報を得し縁」
中巻第二縁「烏の邪淫を見て世を厭ひ、善を修せし縁」
中巻第七縁「智者の変化の聖人を誹り妬みて、現に閻羅の闕に至り、地獄の苦を受けし縁」
中巻第八縁「蟹と蝦との命を贖ひて放生し、現報を得し縁」
中巻第十二縁「蟹と蝦との命を贖ひて放生し、現報に蟹に助けられし縁」
中巻第二十九縁「行基大徳の、天眼を放ち、女人の頭に猪の油を塗れるを視て、呵嘖せし縁」
中巻第三十縁「行基大徳、子を携ふる女人の過去の怨を視て、淵に投げしめ、異しき表を示しし縁」

上巻第五縁では、大部屋栖野古の蘇生譚として語られつつ、冥界において聖徳太子が聖武天皇として転生すること、行基が文殊師利菩薩の反化であることが記される。中巻第二縁では和泉国泉郡の大領である倭麻呂が出家して行基に師事する。この説話には、弟子の倭麻呂を偲んだ行基の詠歌がある。中巻第七縁は、智光法師が聖武天皇から重鎮される行基に嫉妬心を起こして彼を謗り、地獄で鉄の柱を抱き、肉を焼かれる苦しみを受けて自らの罪を恥じ入り、行基に謝罪をするという話である。行基は神通力で智光の心の内を知り、その罪を許すところから、行基の顕徳説話として理解されている。[★2] 中巻第八縁と第十二縁は、表題が記すように蟹（蛙）を助けるために蛇と婚姻の約束をした娘の話であり、蟹報恩の伝承を残した一連のグループと解されている。[★3] 両説話における行基は、娘からの相談に対して、蛇との婚姻を免れることはできないが五戒を保つように、と語るのみで直接、娘を助けるわけではない。中巻第二十九縁は表題の通り、行基の天眼によって女人の頭の猪の脂が血であると見抜き、中巻第三十縁は母子における過去の怨を行基が見抜いた話である。

以上、『霊異記』における行基説話を挙げて概観した。これらは行基顕徳説話としての要素を有する内容を持ち、また「菩薩」、「隠身の聖」などの尊称を記す。ただ中巻第二縁は、行基に対する尊称がなく、行基の徳や霊験が発揮されないとも読める説話である。さらに行基の詠歌を載せる点なども含め特異な内容である。この中巻第二縁については次章で論じる。

右のうち共通の特徴を持つ説話は、中巻第二十九縁と中巻第三十縁である。両説話は表題に「行基大徳」という行基への尊称を記し、行基が見た対象物の背後にある因果や、殺生を見抜く行為を「視る」と表記する。両説話の特徴から、『霊異記』が語る行基像は行基の眼による霊験を説くことに重きが置かれていると考えられる。よって、『霊異記』の行基像を考察するために両説話を中心に扱う。

A．行基大徳の、天眼《てんげん》を放ち、女人の頭に猪の油を塗れるを視て、呵嘖《かしやく》せし縁　第二十九

故き京の元興寺の村に、法会を厳《かざ》り備けて、行基大徳を請け奉り、七日法を説きき。是に道俗、皆集ひて法を聞く。聴衆の中に、一の女人有りき。髪に猪の油を塗り、中に居て法を聞きき。大徳見て、嘖《さきな》みて言はく、「我、甚だ臭きかな。彼の頭に血を蒙れる女は、遠く引き棄てよ」といふ。女大きに恥ぢ出で罷りき。凡夫の肉眼には是れ油の色なりといへども、聖人の明眼《みやうげん》には、見に宍《しし》の血と視たまふ。日本の国に於ては、是れ化身の聖なり。隠身の聖なり。

B．行基大徳、子を携ふる女人の過去の怨《うらみ》を視て、淵に投げしめ、異しき表を示しし縁　第三十

行基大徳は、難波の江を堀り開かしめて船津を造り、法を説き人を化しき。道俗貴賤、集《うごなは》り会ひて法を聞きき。爾の時に、河内国若江郡川派の里に、一の女人有りき。子を携へて法会に参ゐ往き、法を聞く。其の子、哭き譴《いさ》びて、法を聞かしめず。其の児は、年十余歳に至るまで、其の脚歩まず。哭き譴びて乳を飲み、物を噉《くら》ふこと間《あひだ》むこと無し。大徳告げて曰はく、「咄《や》、彼の嬢《をうな》人、其の汝が子を持ち出でて淵に捨てよ」といふ。衆人聞きて、当頭《つつめ》きて曰はく、「慈有る聖人、何の因縁を以てか、是く告ふこと有る」といふ。嬢《をみな》は、子の慈に依りて棄てざりき。猶し抱き持ちて、法を説くを聞く。明くる日復来り、子を携へて法を聞く。子猶し讟《かまかま》しく哭き、聴衆囂しきに障へられて、法を聞くことを得ず。大徳、嘖《いさ》びて言はく、「其の子を淵に投げよ」といふ。爾の母怪しびて、思ひ忍ぶること得ず、深き淵に擲《な》ぐ。児、更に水の上に浮き出で、足を踏み手を攢《す》り、目大きに瞻《まぼ》り暉《み》て、慷慨《ねた》みて曰はく、「惆《いた》きかな。今三年徴り食はむに」といふ。母怪しびて、更に会に入りて法を聞く。大徳問ひて言はく、「子を擲げ捨てつや」といふ。時に母答へて、具に上の事を陳ぶ。大徳告げて言はく、「汝、昔先の世に、彼が物を負ひて、償《つくの》ひ納めぬが故に、今子の形に成りて、債《もののかひ》を徴りて食ふなり。是れ昔の物主《ものぬし》なり」といふ。嗚呼恥しきかな。他の債を償はずして、寧ぞ死ぬべきや。後の世に必ず彼の報有らまくのみ。所以《そゑ》に出曜経に云はく、「他の一銭の塩の債を負ふが故に、牛に堕ち塩を負ひ駈《おひつか》はれて、主に力を償ふ」と者へるは、其れ斯れを謂ふなり。

中巻第二十九縁（以下、A）は、行基の法会を聞きに来た女人を通して、行基の霊験が聴衆に知られる話である。Aは「凡夫の肉眼」と「聖人の明眼」との対比によって行基に備わる眼の能力を示し、かかる能力を有するのは行基が日本国に現れた「化身の聖」、「隠身の聖」であるからとされる。これに続く中巻第三十縁（以下、B）では、行基が法会の参集者の中で、酷く泣く子を連れた母を見つける。行基は母親に、その子を淵に投げ棄てるように厳しく言い放つ。[★4] 法会の聴衆は「慈有る聖人」である行基が、子を捨てろとの命を言い放つことに訝しがる。しかし母が行基の言葉通りにすると、子は前世における母と自分との因縁を語り出す。前世での貸主の怨念が現世まで継続し、母子の関係となって債務を徴収していたのである。母の前世における罪は、行基の「過去の怨を視て」という行為によって明かされることになる。このように、ＡＢは行基の特殊な眼によって人々の背景にある罪を行基が露顕すると同時に、行基の並外れた異能と聖性を保証する説話であると位置づけられている。[★5] これについて八重樫直比古は「行基は不可視的な因果の網の目を見抜いてそれを自在に断ち切り、また予言をなす超人的能力を持つ者とされていたと考えられる。」と説き、この能力を有することを知らしめることこそが「超人的救済者と印象づけ広範な支持者を集める有力な手段ともなっていた」[★6] と述べる。そして、『続日本紀』行基弾圧記事の背景に民衆における行基の救世主たる姿が意図されていたことを指摘する。八重樫の述べるように、『続日本紀』によると、

1．方に今、小僧行基、并せて弟子等、街衢《がいく》に零畳《りやうでふ》して、妄に罪福を説き、朋党を合せ構へて、指臂《しひ》を焚き剝ぎ、門を歴て仮説して、強ひて餘の物を乞ひ、詐りて聖道と称して、百姓を妖惑す。道俗擾乱《ぜうらん》して、四民業を棄つ。

（『続日本紀』巻第七 元正天皇 養老元年四月記事）

とあり、行基は妖しげな仏教者として[★7] 危険視され、朝廷から弾圧を受けていた。朝廷の行基に対する眼差しは、民衆への強烈なカリスマ性と、それに伴って生じる扇動の危険性に向けられていた。民衆への強いアプローチ力は、行基の活動自体が菩薩行の実践[★8] であったことも併せ、行基の特異な姿を際立たせている。しかし、『続日本紀』の行基像とは異なり、『霊異記』説話の行基は「天眼」、「明眼」を持つ者とされ、個人に内在する罪を明かす僧として描かれている。このような行基像について米山孝子は、『梁高僧伝』巻九、十に見える神異篇の神通力を

持つ僧伝を通し、聖人である僧が保持する資質の一つが神通力であり、神異篇からの影響が行基説話にあることを指摘した。神通力は中国の神仙思想的、または道教的な思想と仏教思想とが混在した神異の力であり、民衆からの畏敬を得る力であるからこそ、行基に付与されたものであったという。★9 行基説話成立の背景に『梁高僧伝』からの影響を享受するものと目される点は、藏中しのぶの一連の論考においても首肯される。★10 その上で『霊異記』が、天眼や明眼、「視る」といった視覚的動作の叙述を重ねる文脈は、行基の聖人たる特質を示すものであるから、行基が天眼によって因果を見抜く意義を『霊異記』説話全体の構造の中で再考するべきである。そのため、「天眼」がいかなる力であったのか、仏典を通して考察してゆく。

二　聖人が備える天眼とその機能

本節では、仏典に見える天眼の例を通して、行基の霊験の在り方について考察してゆく。とりわけ、Bの評語で『出曜経』を引用していることから、『出曜経』を手がかりとしてその機能を検討する。★11

2.　悪を行ずれば、地獄に入り、善を修すれば、天に生ず。若し善道を修すれば無漏となり泥洹に入らん。昔、仏、羅閲城、迦蘭陀竹園の所に在せり。時に、彼の城中に疫気災害有り、毒出づること縦横にして人民の死亡するもの称限すべからず。世尊、天眼の清浄無瑕穢なるを以て、観たまふに、諸の悪を行ずる者は死して地獄に入れり。★12

（『出曜経』巻第二、無常品第一の二）

3.　昔、長者有り。屋舎を造立せり。春秋冬夏に各堂室を立つ。情に任せ、自ら用て禁戒を奉ぜざりき。歳三にも月六にも初めより制を防らず。財富無数なれども、慳貪にして施さず。亦沙門、婆羅門に給與せず。亦今世後世有るを信ぜず。放逸自恣、慳貪にして化し難し。道徳を識らず、無常を許せず。（中略）仏、天眼の清浄無瑕穢なるを以て、此の長者の卒かに便ち命終するを見たまへり。存在せし日、慈恩を衆生に加被すること有ること無く、但余の人民を労役すること有るのみ。

（『出曜経』巻第三、無常品第一の三）

4．婦の世を去りしを見、心迷ひ、意乱れ、遂に狂顛を致し、諸の街巷に遊び、怨を称へて行けり。「一に何ぞ酷毒なるや。殺鬼無道にして我が婦の命を害せり。亦是の諸人、宗族・五親、嫉妬心を懐き、各、斯の意を興し、我が婦を奪はんと欲せり。事の彰露せんことを恐れ、窃かに陰謀を共にし、中に我が婦を陥れぬ。」と。是の如く怨訴して日日に止まざりき。爾の時、世尊、天眼観の清浄無瑕穢なるを以て、此の男子の街巷に怨訴し、心意迷惑して、正真を識らざるを見たまへり。

（『出曜経』巻第四、欲品第二）

右の2から4には、仏在世時における衆生の因果・因縁や善行悪行の物語や偈が説かれている。2は仏の説く偈だけでは分かり難い部分を説話内容で補説している。この偈には、生前の善悪の行為によって地獄と天、いずれかに生まれるとある。善道を修めると、有漏の対である「無漏」なる汚れや煩悩の無い状態となって涅槃に入るという。仏在世時、羅閲城に疫病が蔓延して多くの人々が命を落とした。仏はその時「天眼の清浄無瑕穢」なる力によって、病で死んだ者達の死後の行く末において、悪行を犯した者は地獄に行くのを見た。この天眼は「超人的な眼。普通見えないものでも見る能力。あらゆるものを見通す能力。神聖な眼。肉眼と区別される透徹した尊い眼[★13]」と説明され、「無瑕穢」とは、宝石にきずやけがれの無い状態を指すことから、極めてけがれや傷が無く清浄な眼であり、その眼は神聖で超人的な能力で様々な物事を見通すのである。3の長者は、豊かな財力を保有するが慳貪な性格であり、沙門や婆羅門への布施をしなかった。また、輪廻転生の因果を信じず、道徳や無常に対する関心を持たない。仏の天眼は、この長者が命終するのを見て、生前の行いを知ることができるのである。

4では、ある男の妻（婦人）が命を落としてしまう。男は婦人の死によって心乱れて発狂し、何者かが婦人の命を奪う陰謀を企てたのだと思いこみ、深い怨念を抱くようになった。仏は男が「心意迷惑」となり、正真を認識できない精神状態であることを天眼によって見抜く。仏は「人、愛欲に貪著して、非法行を習へば、死の命に至るを観ず。命は久長たりと謂ふ」と頌を説く。男は婦人への愛によって間違った行いをして、その死に向き合わず、人間の命が永遠であると思い込んでしまう。この偈を聞いた者は「諸の塵垢尽き、法眼浄を得たり」と、心の汚れや塵が尽きて、法眼浄という真理を見ることの出来る眼を得たという。このように天眼は仏の備えた能力であると位置づけられ、天眼によって衆生の死後の姿、生前の悪行、精神の状態を見ることとは、こうした衆生の姿を他の衆生（他者）に知らしめることにも繋がるだろう。『出曜経』には天眼のほか、行基の有する「明眼」の例も三例あるが、明眼を持つ者は仏では無く「有智の士」である。以下にその例を挙げる。

5.「凡人は悪を為すも、自ら覚ること能はず。」とは凡夫愚人は恒に愚惑を懐きて、情を恣にして悪を為して、改更すること能はず。亦後に其の報を受くることを知らず。猶人有り。行いて山の嶮を過ぎるに、両辺、嶮峻なれば、眼を閉ぢて過り、身の危くして、或は命終を致すやも知らざるが如し。此の凡夫人も亦復是の如し。生盲無智なるも亦後に当に受くべき報を知らず。是の故に説いて曰く、「凡人は悪を為すも、自ら覚る能はず。」と。「愚痴、快意なるも、後に欝毒を受けん。」とは有智の士、明眼もて視瞻すること猶一趣の道に大火坑の有るが如し。　（『出曜経』巻第十一、行品第十）

これは凡人の愚痴なる姿と有智の人とを、登山の姿に重ねた物語である。凡人は険しい山道を歩く際、その恐怖から命の危険があるにも関わらず、眼を閉じて歩く。偈に説かれるように、凡人は自身の犯した悪行を覚えることができない。そのため、自身の内にある恐怖や怖れに対峙し得ない状況を、山道を歩くことに喩えて説く。

「生盲無智」とは、無智故に苦悩や悪行を認識することの出来ない状態である。それに対して有智の士とは、道の先の火坑を明眼によって見ることができる。有智の士が道の先に火坑があることを凡人に伝えても、凡人は愚痴故にその言葉を信じず「皆火坑に堕つ。痛を受くること甚だ苦しく、天に号んで、喚呼し、悔ゆるも亦及ぶこと無し。」と、苦痛を受ける。火坑に落ちることとは、人の諫めを聞かずに愚行を犯すことの譬喩である。現前の状況に目を背ける愚痴の者の行為は、一時の「快意」をもたらすが、後に苦痛や憂い、後悔を招くと説かれる。『出曜経』においての明眼とは、凡人の対比である有智の士が備える眼であり、悪行や愚痴なる心を見ることのできる眼である。それは神通力といった霊的な能力というよりも、悪心と対峙できる智慧を持った人間の眼であるといえよう。つまり『霊異記』の行基は、智慧によって人間の悪心を見破る力を持った菩薩として造型されているのである。では、『霊異記』の中で他に菩薩と称される僧らは、いかなる偉業や異能を持つものであるのか。

6．行者、神王の蹲《こむら》より縄を繋けて引き、願ひて昼夜に憩《イコ》ハズ。時に蹲より光を放ち、皇殿《おほとの》に至る。（中略）勅して得度を許したまひ、金鷲《こんす》を名とせり。彼の行《おこなひ》を誉めて、四事を供するに、乏しき時無し。世の人其の行を美め讃へて金鷲菩薩と称ふ。彼の光を放ちし執金剛神《しふこんがうじん》の像は、今、東大寺の羂索堂《けんさくだう》の北の戸に立てり。

（『霊異記』中巻第二十一縁、金鷲菩薩）

7．諾楽《なら》の宮に大八洲国《おほやしまのくに》御宇《をさ》めたまひし帝姫阿倍の天皇の御代に、紀伊国牟婁郡熊野の村に、永興《えいごう》禅師といふひと有りき。海辺の人を化しき。時の人其の行を貴ぶ。故に美めて菩薩と称ひき。天皇の城より南に有るが故に、号けて南菩薩と曰ひき。

（『霊異記』下巻第一縁、永興禅師）

8．生知り利口にして、自然に聡明なり。七歳より以前に、法華八十花厳を転読せり。黙然りて逗らず。終に出家を楽ひ、頭髪を剃除し、袈裟を著て、善を修し人を化す。（中略）諸の高名の智者怪しびて、一向に問ひ試む。尼終に屈せず。乃ち聖の化なることを知りて、更に名を立てて、舎利菩薩と号く。道俗帰敬して化主なりとす。
（『霊異記』下巻第十九縁、舎利菩薩）

9．昔諾楽の宮に二十五年天の下治めたまひし勝宝応真聖武太上天皇の御世に、又、同じ宮に九年天の下治めたまひし帝姫阿倍の天皇の御世に、彼の山に浄行の禅師有りて修行しき。其の名は寂仙《じやくせん》菩薩と為《い》へり。其の時の世の人道俗、彼の浄行を貴びしが故に、美めて菩薩と称ひき。
（『霊異記』下巻第三十九縁、寂仙菩薩）

6は、もと行者であった金鷲菩薩の説話である。金鷲は、日頃から執金剛像に願をかけて昼夜礼拝をしていた。ある時、金鷲の信心によって像の足が光を放ったのを聖武天皇が見つけ、彼の功徳を賞めて得度を許した。世間の人々が彼を菩薩と呼ぶ理由は、像に光を放たせるほどの信心と、その行いに対する敬意からである。7の永興禅師は、海辺の人々を教化しており、その行いを誉めて菩薩とよばれている。永興菩薩は『霊異記』下巻第二縁にも見え、そこでは病人に取り憑いた狐の霊を取り除く、咒による看病を行う禅師としても登場する。永興が菩薩と呼ばれるのは、民衆への教化活動と陀羅尼によって病者を看病する治癒者としての性格からであろう。8は、肉塊から出生した女子が尼となる説話である。この尼は法会に参与した際、講師である戒明から法会の場にいることを咎められるが、大乗の教えに則った偈で戒明の意見に反論をする。尼は智慧によって舎利菩薩と呼ばれ、道俗からも崇敬されたという（第二部第四章にて詳述）。9の寂仙が如何なる点において功徳を積み、特異な能力を有したかは彼の「浄行」でしか知られないが、死後に嵯峨天皇への転生を果たした点が菩薩の聖性を保証する。この金鷲、永興、尼、寂仙が菩薩と称される所以は、人々を教化すること、信心の強さ、侮蔑をする高僧を論破する智慧、天皇への転生であった。しかし、行基のように天眼を有する例は無い。これは各々の説話の機能性や、菩薩の特徴とも関係するが、行基がその眼によって民衆の背後にある因果の結果を見抜くことが聖人たる行基の役割であった。そしてもう一人、行基のように特殊な眼を有する聖人を他に求めれば、在俗でありながら仏教を広めた聖徳太子が挙げられるであろう。以下節を改めて、聖徳太子と行基との関係について考察する。

三　天眼の菩薩・通眼の聖人

聖人の備える「天眼」、「明眼」を持つ者として行基と聖徳太子とは共通性がある。『霊異記』上巻第四縁、上巻第五縁の聖徳太子説話を見ると、そこには聖徳太子と行基を関係させて語る意図がうかがえる。

10. 太子、衣を取りて著たまふ。有る臣の白して曰さく、「賤しき人に触れて穢れたる衣、何の乏《ともし》びにか更に著たまふ」とまうす。太子、「住《とど》めよ。汝は知らじ」と詔りたまふ。後に乞匃《かたゐ》の人他処《ことどころ》にして死ぬ。太子聞きて、使を遣はして殯《もがり》し、岡本の村の法林寺の東北の角に有る守部山に墓を作りて収め、名づけて入木墓と曰ふ。後に使を遣はし看しむるに、墓の口開かずして、入れし人无く、唯歌をのみ作り書きて墓の戸に立てたり。歌に言はく、

鵤《いかるが》の富の小川の絶えばこそわが大君の御名忘られめ

といふ。使還りて状を白す。太子聞き嘿然《もだあ》りて言はず。誠に知る、聖人《ひじり》は聖を知り、凡人《ただびと》は知らず。凡夫の肉眼には賤しき人と見え、聖人の通眼には隠身《いんじん》と見ゆと。斯れ奇《メヅラ》シク異しき事なり。（『霊異記』上巻第四縁）

右の上巻第四縁で、聖徳太子は縁あって宮から出て片岡村に遊観、幸行する。その時、太子は「毛有る乞匃」が病気を患って臥しているのを見つける。聖徳太子はその乞匃と語り、着ていた衣を脱いで覆う。後にこの乞匃が聖であることが明らかとなるのだが、乞匃に与えた衣を着る太子と、それを咎める従者の行動がその布石

となっている。「誠に知る」以下の文章で語られるように、乞匃が聖であることを見抜く通眼の聖人と、乞匃が賤しき乞食にしか見えない肉眼の従者との対比関係によって聖徳太子の聖性が示される。守屋俊彦は10の例から「行基がこの女人や子供の実体をみ通していたということは、行基が通眼の持主だったということになるだろう。そして、それがとりもなおさず、行基が高僧であることを語ることにもなるのである。★14」と述べている。天眼・通眼の持ち主であることが、自ずから智慧ある聖人であると語られる点、『霊異記』において眼の能力を有する菩薩が行基のみである点は前節で述べた。守屋の指摘どおり、『霊異記』にはこの両者を並べて聖人として語る意図があるだろう。そして行基と聖徳太子とは、上巻第五縁でより強固に結びつくものとして語られている。上巻第五縁「三宝を信敬しまつりて現報を得し縁」は、僧都であった大部屋栖野古の伝を伝えたものである。屋栖野古は聖徳太子が斑鳩の宮で身罷ったのを知ると、自ら出家を願うが天皇に許されなかった。このために屋栖野古は在俗のまま三宝を尊重した者として、賛曰で褒め称えられている。以下に掲載する場面は、屋栖野古が死去してから冥界を遊行して聖徳太子との邂逅を果たしたことを、妻に語る箇所である。

11. 逕ること三日にして、乃ち蘇《サ》メ甦《イ》キタリ。妻子に語りて曰はく、「五つの色の雲有り。霓《ニジ》の如くに北に度《わた》れり。其の雲の道よりして往くに、芳しきこと名香《みやうきやう》を雑《まじ》ふるが如し。観れば道の頭《ほとり》に黄金の山有り。即ち到れば面炫《カカヤ》ク。爰《ココ》ニ、薨《かく》りましし聖徳皇太子待ち立ちたまふ。共に山の頂に登る。其の金の山の頂に、一の比丘居り。太子、敬礼して曰さく、『是れは東の宮の童《ワラハ》ナリ。今より已後《のち》、逕ること八日にして、応に銛《ト》キ鋒《サキ》に逢はむ。願はくは仙薬を服せしめたまへ』とまうす。比丘、環《タマキ》ノ一つの玉を解きて授け、呑《ノ》ミ服せしめて、是の言を作さく、『南无妙徳菩薩と三遍誦礼《ずらい》せしめよ』といふ。彼れより罷《マカ》リ下る。皇太子言《のたま》はく、『速に家に還りて、仏を作る処を除へ。我悔過《けくわ》し畢らば、宮に還りて作らむ』とのたまふ。然して先の道を投《と》りて還

る。即ち見れば驚き蘇めたり」といふ。時の人名づけて、還り活きたる連の公と曰ふ。（中略）
今惟《おも》ひ推《たづ》ぬるに、逕ること八日にして、銛《と》き鋒《さき》に逢はむと者へるは、宗我入鹿の乱に当る。八日とは八年なり。妙徳菩薩とは文殊師利菩薩なりけり。一つの玉を服せしむと者へるは、難を免れしめむ薬なりけり。黄金の山とは五台山《ごだいせん》なり。東の宮とは日本の国なりけり。宮に還り、仏を作らむと者へるは、勝宝応真聖武大上天皇の日本の国に生まれたまひ、寺を作り、仏を作りたまふなりけり。爾の時に並に住む行基大徳は、文殊師利菩薩の反化なりけり。

（『霊異記』上巻第五縁）

屋栖野古は、冥界において黄金の山に行き当たり、その山で聖徳太子に出逢う。さらに、その山で比丘と出逢う。聖徳太子は比丘に屋栖野古を紹介し、比丘の持つ「環ノ一つの玉」を屋栖野古に仙薬として飲ませる。聖徳太子は、仏を作る場所を清掃するように命じ、自身はこれから悔過を行い、それを終えてから宮に還るのだと語る。冥界の黄金の山、比丘、そして屋栖野古に語った聖徳太子の言葉の意味について、「今惟ひ推ぬるに」以下で、それぞれの意味を解いている。屋栖野古の冥界遊行において聖徳太子と共に居た比丘は、実は文殊師利菩薩であり、聖武天皇は聖徳太子の転生であると解く。そして、冥界に住む文殊師利菩薩の反化が行基であると解く。

このように、上巻第四縁は聖徳太子が通眼を持つことが示され、続く第五縁は〈聖徳太子―転生―聖武天皇〉と〈文殊師利菩薩―行基（文殊師利菩薩の反化）〉であることが明かされてゆく。『霊異記』は世代を越えて連綿と聖人が日本国に登場していることを、聖徳太子・聖武天皇・行基の関係性において語るのである。★15 この三人の関係性を説話内部で位置づけた『霊異記』の態度について多田一臣は、

聖武を日本仏教の基を開いた聖徳太子の生まれ変わりと説くことでその超越性を称え、さらには民間仏教の偉大な指導者である行基との結びつきをそこに加えることで、聖武朝がまぎれもない聖代であることを高ら

かに宣言しようとしたのだと考えられる。★16
と述べ、『霊異記』説話全体に仏国土としての国家形成を理念とした、聖武朝讃美の構造があることを指摘した。この指摘は、中巻序文が「之が中に勝宝応真聖武大上天皇は、尤れて大仏を造り、長に法種を紹ぎ、顥髪を剃り、袈裟を著、戒を受け善を修し、正を以て民を治めたまひき。」と、聖武天皇の業績を記することからも首肯される。『霊異記』が聖武天皇ないし聖武朝を聖代としたことは、『霊異記』全体の構造において一貫性を持っている。★17『霊異記』は、仏法を広めた聖徳太子・彼の転生とされる聖武天皇・東大寺への勧進を行った行基といった三者が、日本を仏国土として形成する土壌を築いた聖人であり、彼らが仏縁にとって結びつきのあることを意図して語るのである。その中でも行基は、「菩薩の儀を密め」（『霊異記』中巻第七縁）た隠身の聖・文殊師利菩薩の反化であった。しかし、聖徳太子と異なり、行基は天眼によって因果や罪を暴く説話が語られることに注意しておきたい。それは三者の聖人の中で、行基の役割は罪を暴く者の位置にあるということである。かかる役割について参照すべきは、行基を誹る智光法師を主人公とした中巻第七縁である。

12. 智光大きに歎き、弟子に向ひて、具に閻羅の状を述ぶ。大きに懼り念ひて、大徳に向ひて誹り妬む心を挙せしことを言さむとおもふ。時に行基菩薩、難波に有りて、椅を渡し、江を堀り、船津を造らしむ。光が身漸く息まりて、菩薩の所に往く。菩薩見て、即ち神通を以て光が念ふ所を知り、咲を含みて愛しみて言はく、「何ぞ面《まのあたり》奉《うけたまは》ること罕《まれら》なりし」といふ。光、発露懺悔して曰はく、「智光、菩薩のみ所に、誹り妬む心を致して、是の言を作せり。『光は古徳の大僧、加以《しかのみならず》智光は生《うまれながら》知れり。行基沙弥は浅識の人にして、具戒を受けず。何の故にか天皇、唯行基をのみ誉めて智光を捨てたまふ』といひき。（中略）」といふ。行基大徳、顔を和げて嘿然り。亦更に白さく、「大徳の生れたまはむ処を見しに、黄金を以て宮を造れり」とまうす。

行基聞きて言はく、「歓ぼし、貴きかな」といふ。誠に知る、口は身を傷ふ災の門なり。（『霊異記』中巻第七縁）

智光は、聖武天皇からの信頼を受けて行基が大僧正となったことに嫉妬し、行基を誹謗する。★18 後日、智光は忽然と病死し、冥界で熱い鉄の柱を抱く刑を受けてから蘇る。智光は、冥界での様々な事柄を弟子に話し終えると「大徳に向ひて誹り妬む心」を起して、行基に謝罪をする。行基は「神通」（神通力）によって、智光の意思を悟り、その罪を許す。こうして智光は行基を誹謗したことで冥界へ趣き、自らの犯した罪を自覚するのである。その罪とは、菩薩たる行基を誹謗することと、嫉妬心によって自らを「智人」と自負する傲慢さである。右の説話は行基の天眼ではなく、神通力が記されている。しかし、智光を懺悔へと向かわせる役割が行基の徳としてあるだろう。智光はその後、行基を敬い聖人となり「智光大徳は、法を弘め教を伝へ、迷を化し正に趣かせ、白壁の天皇のみ世を以て、智嚢《ちなう》は日本の地を蛻《もぬ》け、奇神の知らざる堺に遷りき。」（中巻第七縁）とあって、仏法を広めて迷う者を正しい方向へと導いたと語られている。つまり、智光は自身の嫉妬や傲慢といった罪の心を自覚し、それによって「智光大徳」へと転じてゆくのであり、その契機が行基にあったということである。★19 前節で述べたように、天眼とは因果や衆生の隠れた罪や、その心の内を見通す能力であり、これによって彼らの罪や因果が露呈してゆく。この能力を有する行基に、衆生のうちに潜む罪を顕在化し、罪を為した人間の自覚を促す者としての役割があるのではないだろうか。★20 これは、聖徳太子とは異なる聖人としての役割である。『霊異記』の行基は、衆生が自身の罪を自覚し、善を修することへと向かわせるための役割を持つ聖人として位置付けられた存在なのである。

おわりに

本章では、『霊異記』に見える行基説話のうち、行基の能力である天眼を手がかりとして、聖人の持つ眼の能力を、聖徳太子の通眼をも踏まえながら考察した。聖徳太子は通眼を、行基は天眼を持ち、前者は飢人の真の姿を見抜き、後者は衆生の背後に隠された罪や因果を見抜いた。『霊異記』説話の骨子には、聖徳太子とその転生とされる聖武天皇、五台仙で聖徳太子と共に居た文殊師利菩薩の反化である行基という三者の聖人の関係性を通して聖武朝を賛美することにあったが、その中でも行基の聖人としての役割は、天眼によって衆生の罪を自覚させて修善へと導くことであったと考える。『霊異記』が行基を特別な僧として重要視することは、個々の説話叙述からも窺えるのであり、民衆に己の罪を自覚させ、罪における因果を教え諭す伝道師のような聖人として『霊異記』は行基を語るのである。

注

1　聖武天皇が行基へ寄せる信頼として「聖武天皇、威徳に感ずるが故に、重みし信じたまふ。」（『霊異記』中巻第七縁）とは記述されるものの、東大寺関連については記されない。

2　中田祝夫校注『日本霊異記』（新編日本古典文学全集10、一九九五年九月）一四四頁頭注。

3　寺川眞知夫「蟹報恩譚の形成」（『日本国現報善悪霊異記の研究』研究叢書180、和泉書院、一九九六年三月）。

4　中巻第三十縁の行基が淵に子を投げ捨てさせる行為について、水神の伝承との関わりを見る説として、守屋俊彦「日本霊異記中巻第三十縁考」（『日本霊異記論―神話と説話の間―』和泉選書17、和泉書院、一九八五年四月）、米山孝子「中巻第三十縁考・『子を淵に捨てる』説話の成立事情」（『行基説話の生成と展開』勉誠社、一九九六年六月）、藪敏晴「『日本霊異記』行基関連説話小考―水神零落譚試論―」（『説話文学研究』第二十七号、一九九二年六月）がある。

5　前掲注（4）守屋俊彦。

6　八重樫直比古「『日本霊異記』における因果の理法」（『古代の仏教と天皇―日本霊異記論』翰林書房、一九九四年十月）。

7　『続日本紀』行基弾圧記事の「指臂を焚き剝」ぐという行基の行為から、石母田正は行基とその集団を積極的に呪術集団として解釈した。しかし、後に二葉憲香がこの石母田説を恣意的な史料読解と強く批判する。行基集団の実態については不明と言わざるを得ないが、奇異な行為によって民衆へアプローチを行ったことは確実であろう。石母田正「国家と行基と人民」（『日本古代国家論―官僚制と法の問題―第一部』、岩波書店、一九七三年五月）、二葉憲香「行基集団の宗教社会的性格―石母田説批判―」（『龍谷史壇』第六六・六七号、一九七三年十二月）。

8　吉田靖雄「八世紀の菩薩僧と化主僧について（下）」（『續日本紀研究』第一七〇号、一九七三年十二月）。また、吉田靖雄「『日本霊異記』の行基と文殊菩薩」（『日本古代の菩薩と民衆』吉川弘文館、一九八八年七月）。

9　米山孝子「行基の神通力説話―その教理的・説話的遡源を考える―」（『行基説話の生成と展開』勉誠社、一九九六年六月）。

10　藏中しのぶ「『南天竺婆羅門僧正碑并序』の本文」、また、藏中しのぶ「和光同塵・奈良朝高僧伝の思想―『日本霊異記』行基説話化の背景―」ともに、藏中しのぶ『奈良朝漢詩文の比較文学的研究』（翰林書房、二〇〇三年七月）に所収。

11　『出曜経』の引用は、『諸経要集』『法苑珠林』からの孫引きであると指摘されるが、引用経典が明示されることは『霊異記』と『出曜経』との関係性を考察する上で看過すべきではないと考える。

12　『出曜経』の引用は、『国訳一切経 印度撰述部 本縁部十』（大東出版社、一九八四年二月）に拠る。掲出例は『大正蔵』では、2（巻四、六一九a）、3（同、六二三c―六二四a）、4（同、六三〇b）、5（同、六七一a）に該当する。

13　中村元『広説 佛教語大辞典』縮刷版（東京書籍、二〇一〇年七月）一二一三頁。

14　前掲注（4）守屋俊彦。

15　上巻第四縁の乞匂の実態が文殊師利菩薩であるとする伝承は『霊異記』から大きく時代を下る『倭歌作式』、『俊頼髄脳』において、聖徳太子詠歌の異伝として語られてゆく。出雲路修は、この伝承が上巻第四縁の背景としてあったことを想定して〈聖徳―文殊〉とし、〈聖〉と〈隠身の聖〉という対の関係性が聖武天皇と行基においても重なるものと指摘している。出雲路修「隠身の聖―《日本国現報善悪霊異記》の世界―」（『國語國文』第五十三巻 第七号、一九八四年七月）。

16　多田一臣校注『日本霊異記』上（ちくま学芸文庫、一九九七年十一月）八一頁補説。

17　中村生雄は、聖武天皇代における飢饉・疫病・権力闘争などの国家の揺らぎに対して、聖武が執政した仏教国家としての統治は「行基の〈カリスマ〉」に期待したものであったという。『霊異記』説話の上巻第五縁と中巻第三十縁に見られた行基と聖武天皇の結びつきを語ることを含め、行基の大仏勧進が当時の仏教動向、ひいては朝廷にとっても非常に重要な出来事であったことが看取される。中村生雄「行基と古代天皇制―行基の霊異神験と天皇カリスマの危機」（根本誠二編『論集奈良仏教三 奈良時代の僧侶と社会』雄山閣、一九九四年四月）。

18　中巻第七縁の類話は『今昔物語集』巻十一「行基菩薩学仏法導人語第二」に載る。こちらでは智光の前世である真福田丸が行基の前世である娘に恋心を抱くといった、両者の前世譚である真福田丸説話が付随しており、行基と智光の結びつきは前生の因縁としての様相を帯びて、後代において更に強固となっている。

19　智光法師が行基への謝罪を経て大徳となることは、僧の成長譚とも解せる。中巻第七縁の形成と智光の伝承について山口敦史は「表題にあるように、智光を主役とした〈伝〉が基盤にあるとも考えられる」との見解を示す。山口敦史「智光『般若心経述義』」（『日本霊異記と東アジアの仏教』笠間叢書378、笠間書院、二〇一三年二月）。

20　伊藤由希子は、行基について「普段は日常の背後にあるものをひとびとの意識にもたらす、いわば媒介者とも言うべき存在」と説き、行基が直接に衆生を救済する者ではないと位置づけている。伊藤由希子「「聖」と「凡人」」（『仏と天皇と「日本国」『日本霊異記』を読む』ぺりかん社、二〇一三年十二月）。

第三章　行基詠歌伝承と烏の形象

はじめに

『霊異記』には、歌を含み持つ説話が幾つか存在する。そこに見える歌は、事件の前兆を仄めかす童謡の如き歌と、上巻第二縁、上巻第四縁、中巻第二縁の説話に付随した歌とである。後者の歌々は『霊異記』に先行する『万葉集』、あるいは『日本書紀』等において類同性のある歌を見つけられるため、『霊異記』がそれら書物から歌を改編して説話に挿入したと説明されている。上巻第二縁の狐妻説話が後世の歴史書に採録された際、夫の詠歌は削除されている（第一部第二章参照）。テキストによって歌は不必要なものと判断される場合もあるが、『霊異記』は、そこに歌を求める必要性があったものと考えられる。[★1]

本章では行基説話の一つである中巻第二縁の歌が、説話内においていかなる意義を有するのかについて考察する。

一　行基の詠歌

本縁は以下に掲げる表題が示すように、「烏の邪淫」「世を厭ふ」「善を修す」の三つが説話全体を構成するキーワードと考えられる。烏の邪淫を見た血沼県主倭麻呂という男は世を厭い、出家して行基の弟子となるが、不幸にして行基に先立って死ぬ。そして倭麻呂の死後、彼の死を悲しんだ行基の歌が記される。最後に説話全体への評語が加えられて、出家した倭麻呂を讃える内容を記した「賛曰」に纏められている。本章では、説話の構成上から本縁をAからEまでの五段落に分けて掲げる。

烏の邪淫を見て　世を厭ひ、善を修せし縁　第二

A. 禅師信厳《しんごん》は、和泉国泉郡の大領、血沼県主《ちヌのあがたぬし》倭《やまと》麻呂《まろ》なり。聖武天皇の御世の人なりき。此の大領の家の門に大樹有りき。烏、巣を作り児を産み抱きて臥せりき。雄烏は遐邇《をちこち》に飛び行きて食を求《あさ》り、児を抱ける妻を養ひつ。食を求りて行ける頃に、他烏《あたしからす》、遞ニ《タガヒ》来りて婚ブ《ツル》。今の夫に奸ミ《カダ》婚びて、心に就きて共に高く空に翥《はふ》り、北を指して飛び、児を棄てて睠《かへり》みず。時に先の夫の烏、食物を哺《ふふ》み持ち来りて、見れば妻烏《めがらす》無し。時に児を慈び、抱き臥せりて、食物を求らずして数《シマタ》の日を経ぬ。大領見て、人をして樹に登り、其の巣を見しむるに、児を抱きて死にをり。大領見て、大きに悲しび、改心し、烏の邪婬を視て、世を厭ひ、家を出でぬ。妻子を離れ、官位を捨て、行基大徳に随ひて、善を修し道を求めき。名をば信厳と曰へり。但し要《かなら》ず語りて曰はく、「大徳と倶に死なむ。必ず当に同じく西方に往生せむ」といへり。

B. 大領の妻も亦血沼県主なり。大領捨つと者《い》へども、終に他心《あたしごころ》無く、心に慎ありて貞潔なり。爰に男子、

病を得て命終の時に臨みて、母に白して言はく、「母の乳を飲まば、我が命を延ぶべし」といふ。母、子の言に随ひ、乳を病める子に飲ましむ。子飲みて歎きて言はく、「噫呼、母の甜《アマ》キ乳を捨てて、我死なむか」といひて、即ち命終しぬ。然して大領の妻、死にし子に恋ひ、同じく共に家を出で、善法を修め習ひき。

C．信厳禅師、幸无く縁少なくして、行基大徳より先だちて命終しぬ。大徳哭き詠ヒ、歌を作りて曰はく、

烏といふ大をそ鳥のことをのめ共にといひて先だち去ぬる

D．夫《か》の大いなる炬《ひ》あらむとする時には、先づ蘭松を備く。雨降らむとする時には、兼ねて石坂潤ふ。烏の鄙ナル事を示て、領、道心を発しつ。先善の方便に、苦を見、道を悟ると者へるは、其れ斯れを謂ふなり。欲界雑類の鄙なる行是くの如し。厭ふ者は背き、愚なる者は貪《フケ》ル。

E．賛に曰はく、「可シくアルカナ、血沼県主の氏。烏の邪婬を瞰て、俗塵を厭ひ背けり。浮花の仮趣《けしゅ》にして、常に身を浄くし、修善に勤め、恵命を祈る。心に安養の期を剋《のぞ》み、是の世間を解脱せり。異に秀レニタル厭《えん》士《し》なり」と者へり。★2

A・Bは倭麻呂夫婦の出家までが語られる部分である。Aは妻烏の邪淫によって夫烏と児が死に、この顛末を見た倭麻呂は世を厭い、行基に師事し出家をして信厳禅師と戒名する。Bは倭麻呂から離縁された妻の出家であり、妻は男児の病死を機に「家を出で、善法を修め習ひき」と出家をする。Cは、信厳の死とその死を悲しんだ行基の歌を記す。Dは本縁への評語であり、物事には必ず前兆があることの例証を示す。「欲界雑類の鄙なる行」とは「烏の邪淫」であるだろうが、そこに象徴された世間の汚濁に気付いて世から背く者、私利私欲を貪る者との二者がおり、倭麻呂は前者であった。Eはその倭麻呂への賛である。先のD評語で示した欲界雑類である世間から脱して、「修善」に勤めて往生を遂げた信厳を、俗名であった頃の倭麻呂の名によって賞賛している。

本縁は烏の邪淫を契機として倭麻呂が出家を行うが、こうした出家のあり方を、松浦貞俊は「異様なこと」と指摘して、「それを景戒は、仏が方便に異事を示したものと解釈して、本篇を綴った[★3]」と、『霊異記』に異様な出家譚が収載された理由を編者景戒の解釈があっての事と解する。『霊異記』において出家動機を記す説話は他に、聖徳太子の死去を機とした太子の従者、大部屋栖野古（上巻第五縁）、「出家して仏法を修学せむ」と願った金鷲優婆塞（中巻第二十一縁）や、「七歳より以前に、法華八十花厳を転読せり。黙然りて逗らず。終に出家を楽ひ」といった、幼少より才智を見せた尼（下巻第十九縁）などがある。これらの出家動機は太子への忠義や仏道への帰依によるものであり、悪い事象を契機とした出家譚は異例といえる。信厳はその「世を厭ひ」という厭世的動機によって往生を遂げ、Eの賛曰は信厳を「異に秀レニタル」と賛する。しかし行基は「大徳哭き詠ヒ」と、賞賛されるべき信厳の死を泣き悲しむのである。この行基の悲しみと歌の詠出とは密接に関わると考えられる。

行基の歌について中田祝夫は、信厳が行基に交わした「要ず語りて（要語）」以下の内容から「死なばもろともにと言って約束したのに、信厳は先に死んだと、（愛情を含めて）恨んだもの[★4]」と解釈して、歌意と詠出動機に愛惜の意を見出した。行基は弟子に要語を破られ、先に往生を遂げられて泣き悲しむ。このために本縁は、行基の徳を示すことや行基の菩薩としての性質を示すものとは一見して捉えにくいのである。したがって、僧である行基の詠歌が本縁に何をもたらすものであったのかを検討すべきと考える。

二　烏の形象と歌の伝承

問題とする行基の歌を、以下に再掲する。

1．烏といふ大をそ鳥のことをのめ共にと言ひて先だち去ぬる　（『霊異記』中巻第二縁）

歌の三句目「ことをのめ」については真福寺本『霊異記』に「去止乎能米」とあるが、早くに狩谷棭斎の「疑ハ能美ノ之譌」★5や、鹿持雅澄の「米ノ字ハ未の誤ふるべし」★6といった誤脱の指摘がなされる。以降、現代の諸注釈の多くは「ことをのみ〔能未〕」と校訂して、限定の意（言葉だけ）と解釈している。★7また、来迎院本の発見当時、調査を行った小泉道は当該箇所については「のめ」と判断する。★8

一方、中巻の底本である真福寺本のまま解釈をする立場は、中田祝夫による講談社・旧全集・新編全集と、多田一臣のちくま学芸文庫であり、★9中田は「のめ」を「たのむ」の連用形で「あてにさせて」と解釈する。★10米山孝子は中田説を批判して「のみ」と改め、四段「祈む」の連用形で「見告げる」と解するものの、上代文献中に「祈む」の形で米山が提示する意味の例が無いことに疑問が残るために採用できない。★11本章では『霊異記』中・下巻の善本が真福寺本であることを重視し、ひとまず中田説に従いたい。下二句の「共にと言ひて先だち去ぬる」は「共に」との約束をしたにも関わらず、先に行かれて取り残されたということであり、散文部と照合すれば先に往生をした信厳を指す。★12

この歌は『万葉集』巻十四・三五二一番歌の東歌を援用しつつ、説話内容と首尾呼応させたものと屡々指摘されているように次に挙げた東歌の影響が詞章から見て取れる。★13

2．烏とふ大をそ鳥の真実にも来まさぬ君を児ろ来とそ鳴く　（巻十四、三五二一）

歌の意は、烏の「ころく」という鳴声が、あたかも自分の元へ恋人が来ることを鳴いて伝達しているように聞きなすが、★14「真実にも来まさぬ君」とあって実際に恋人は詠み手の元へ来なかったというものである。この東歌と行基の歌とは上二句の詞章を共通としつつも、二句目以降は歌の趣向が異なる。しかし詠み手が求める相手の不在と、烏への罵倒とにおいては共通する点を持つ。

この「大をそ鳥」とは「おほをそといふはからすはそら事をするゆへ也」（『万葉集佳詞』）など、古注釈は烏を実際には相手が来ないにも関わらず「ころく」と鳴く嘘つきの鳥と解釈してきた。[★15] しかし、「をそ」を嘘の意で採ることは上代特殊仮名遣いの点で問題があるために、「恋ふと言はばをそろとわれを思ほさむかも」（巻四・六五四）、「咲く花もをそろはうきを」（巻八・一五四八）の「をそろ（軽率）」から、[★16] 佐佐木評釈と武田全註釈以降の注釈書は軽率の意として採る。[★17]

『霊異記』の諸注釈では「大をそ」を「愚鈍・痴鳥」…（松浦読本・松浦註釋・旧大系）、「軽率（あわてもの）」…（朝日全書・角文・平凡社・対訳・古典集成・新大系・ちくま学芸文庫）、「大嘘つきの鳥」…（鹿持雅澄・旧全集・講談社・完訳・新編全集）と、解釈に揺れがあるものの、東歌と同様に軽率な鳥として理解するのが穏当といえる。『万葉集』には烏の鳴声を詠む歌として以下の例がある。

3．暁と夜烏鳴けどこの山上の木末の上はいまだ静けし　（巻七、一二六三）

4．朝烏早くな鳴きそわが背子が朝明の姿見れば悲しも　（巻十二、三〇九五）

3は夜明けに烏が暁を知らせるように鳴くが、山上の木末はまだ静かであることだと詠む。烏が夜明けを告げることは、男との逢瀬の時間が終わることである。そのために、烏が鳴いてはいるものの「いまだ静けし」と女は逢瀬の時間を引き延ばそうとする。4も明け方に鳴く烏の習性に寄せて詠まれるように、烏の鳴声は朝の訪れを告げるものであり、それは男女の逢瀬の時間が終わることでもあった。3、4はその鳴声によって逢瀬の時間を引き裂く烏として歌に詠まれており、東歌の烏もその鳴声によって批難される対象である。漢詩集において烏は孝養の鳥として登場するが、『万葉集』の烏はそれとは異なり、[★18] 鳴声によって男女の逢瀬を阻む要因として、またはその鳴声から嘘を告げるといった如くに忌まわしい鳥として詠まれているのである。鳴声によって逢瀬を阻む要因として、または、恋人の到来を期待させておきながらもそれが達成されない場合において、鳥の鳴声が歌の中に配置されている。行基の歌の烏も、『万葉集』に詠まれる忌まわしき悪鳥のイメージに寄せながら「ことをのめ共にと言ひて先だち去ぬる」と結ばれる。先述のように「ことをのめ」について現段階では明確な意味と解釈は見出せないが、「こと」とは、説話部において行基と共に死ぬとの約束をしたにも関わらず先に死んだ信厳の「言」を指しており、自ずと「先立ち去ぬる」対象は「共に」という約束を残して去った信厳となる。

約束をした言葉と現実との乖離を歌によって詠む例を確認したい。

5．忘れ草わが下紐に着けたれど醜の醜草言にしありけり　（巻四、七二七）

6．言のみを後も逢はむとねもころにわれを頼めて逢はざらむかも　（巻四、七四〇）

7．ありありて後も逢はむと言のみを堅め言ひつつ逢ふとは無しに　（巻十二、三一一三）

5は、恋の辛さを忘れられるという忘れ草を自分の下紐に結んだが、その名の通りに忘れられないことを憎んで「醜の醜草」と詠む。6は「後も逢はむ」という言葉だけで、逢瀬を遂げようとしない相手に対する不信感が示される。7は「逢ふとは無しに」から、実現しない逢瀬であったことが知られるのであり、逢瀬を約束したにも関わらず、それを実現させなかった相手への怨恨と批難とが込められている。5の「言にしありけり」は物の名とは反対に、その言葉のような効果を現実に得られなかったのであり、6、7の「言のみ」は相手からの言葉を頼りにしたものの、その言葉が現実に叶わなかった過去を回想する形で詠まれている。これらの歌には相手から発せられた逢瀬の言葉が「言のみ」であった過去や、たよりとした言葉に裏切られたことへの批難が込められているのである。

右の例を通して行基の歌を検討するに、行基は信厳の約束を頼りとしたにも関わらず、それが果たされない言葉となったことを愛惜の意を以て批難しているのである。批難の内実は「烏といふ大をそ鳥」と、悪鳥である烏に寄せて歌われるように、Ａ「烏の邪淫」の妻烏の行為と、先立った信厳とを重層させていると考えられる。妻烏は己の邪淫のために夫烏と児を捨て去ったように、信厳もまた妻子を捨てて出家をする。こうした信厳の行為は、出家の為とは雖も結果として妻烏と同じ行為になるだろう。従って「烏の邪淫」を見て出家をした倭麻呂も妻烏と同じであり、彼自身もまた「烏」＝「烏といふ大をそ鳥」なる者として位置づけられるのである。

以上、『万葉集』に見える類歌との比較を行ったが、「烏といふ大をそ鳥」の句を有する歌は後世の歌論書においても収載されており、ある程度の流伝や伝承を伴った句であると理解される。

8．　からすてふおほをそどりの心もてうつし人とはなになのるらむ

この歌は、伊勢の国の、郡司なりける者の家に、からすの、巣をくひて、こを生みて、あたためける程に、男がらす、人にうち殺されにけり。女がらす、こをあたためて、待ち居たりけるに、やや久しく、見えざりければ、あたためけるかひごを、捨てて、ただの男がらすを、まうけて、いまめかしく、うち具して、ありきければ、かのかひご、かへらで腐りにけり。それを見て、家のあるじの郡司、道心をおこして、法師になりにけり。それが心を、詠めるなり。おほをそ鳥といへるは、からす、ひとつの、名なり。★19

（源俊頼『俊頼髄脳』）

テキスト間で伝承に多少の相違はあるが、郡司の出家譚として伝わっていたようである。歌論書における初出は8の『俊頼髄脳』と思われ、説話の地が伊勢国に変わる。歌にまつわる烏についての由縁は類似しているものの、食べ物を求めて巣を出た「男がらす」が、出先で人に殺されてしまう点は『霊異記』と異なる。相手の烏が

帰って来なかったために「女がらす」は「かひご」を捨てて「ただの男がらす」と連れだってしまう。また『霊異記』との大きな相違点として、歌は伊勢の国の郡司が歌ったとされている。親に温めて貰えず、腐ってしまった卵を見た伊勢の郡司は道心を起こして法師となり、この歌を詠んだという。この伊勢の郡司は厭世的な事象を目にして出家をし、自身が感じた無常や厭世の心情を歌にしたことになる。この点、行基の歌が信厳にとっての出来事である「からす」のモチーフを仮借しながら「先立ち居ぬる」と、行基の視点によって結句へと向かうこととは異なる。藤原範兼による『和歌童蒙抄』も伊勢の郡司の出家譚と法師となった郡司の歌を載せており、俊頼とほぼ同様の記載である。しかし「からすてふおほよそどりのこゝろもてうつしひとゝはなにおもひけむ★20」と、結句を異にする。

9. からすてふおほをそどりの心もてうつし人とはなになのるらむ
或物には、伊勢の国の郡司の家に子うみたりける烏、をとこがらすのしに、ければこと烏をとこにして、子をあたためずしてくさらかしてけり。さればからすをばうきものにしてかくよめりと侍り。たゞしさせる証文も見えず。烏をば文には、貪欲又烏合之群などいひて、鳥のなかにこゝろ貪欲に非常なるものにいひならはしたれば、かくよめるにや。うつし人とはまさしき人といふ也。集には現人とかけり。★21
（藤原清輔『奥義抄』）

10. 奥義抄云《ニク》、如前。但《シ》させる証文ども見えず。烏をば文にも貪烏《タンヲウ》又烏合《カウ》之挙などいひて、鳥の中に心貪欲に非常なる物にいひならはしたれば、かく詠めるにや。うつし人とはまさしき人といふなり。集には現人と書けり。
今云《ク》、両抄大旨同《ジ》二無名抄《ニ》一。仍不《テ》レ書《カ》レ之《ヲ》。但考《シフルニ》二日本霊異記《ヲ》一云《ク》、子持ち烏の雄烏の死たるに、ほどなくことをとこをまうけて、あたゝめける卵子をうち捨てゝくさらかしたるにうむじて、和泉国掾出家して、行基菩薩の御弟子になりて、もろともに浄土に生まるべき由を契申せりけるが、さきにはかなく去りにければ、行基菩薩の詠み給へる。

　からすとふおほをそ鳥のことをみてともにといひて先立ちいぬる

この入道が法名は信教《イ厳》とぞいひける。付《テ》レ之《ニ》思《フニ》レ之《ヲ》、この歌を本文にてうつし人の歌は詠める歟。又和泉国の掾を伊勢国の郡司と書きたがへ、又この歌を現し人といひなしたるなるべし。★22　（顕昭『袖中抄』巻八）

　9の『奥義抄』も、伊勢の郡司の出家譚は同じだが、雌烏が他の烏に靡く行動について「うきもの」として歌を詠んだと記される。鳥の中でも烏は貪欲な性質であるため、このような歌に詠まれると捉えられている。こうした歌論書に『霊異記』が登場するのは、顕昭の『袖中抄』である。顕昭は『霊異記』を紹介して、「この歌を本文にてうつし人の歌は詠める歟」とし、『俊頼髄脳』などの歌論書における歌は、『霊異記』を下敷きとして翻案したものであるとの考えを述べている。

　以上の歌論書において確認できるのは、烏の邪淫によって道心を起こした郡司の出家譚が伊勢、和泉と場所を変化させつつも歌物語として纏まった形で伝わっていたということである。

　歌論書を通して見るに、歌は下句を異にするが「烏といふ大をそ鳥」は、烏の邪淫性や貪欲さを表象する句として認識されていたと考えられる。こうした歌の享受は、顕昭が『霊異記』の翻案と述べるものの、特徴的な相違点は道心を起こして出家した郡司が詠んだとされる点である。「烏といふおほをそ鳥」という歌句は、俗なる世間を形容する語であり、転じて厭世を呼び起こすための機能ともなる。そのため、邪淫行為を目撃したとされる郡司が歌うことによって、歌は厭世観に基づいた歌となるのである。

三　婆羅門僧正と行基との贈答歌

『霊異記』は行基を「文殊師利菩薩の反化」（上巻第五縁）や「内には菩薩の儀を密め、外には声聞の形を現す」（中巻第七縁）、「是れ化身の聖なり。隠身の聖なり」（中巻第二十九縁）と呼び、隠身の聖としての徳を備えた高僧として語る。また、母親に抱かれた赤子を見た行基が、その母子の前世の因縁を見る話（中巻第三十縁）から、行基に備わる霊験や異能を語る叙述の志向が窺える。しかし、本縁の行基はこのような姿から隔たり、弟子に先立たれて泣き悲しむ僧として登場する。この姿は、『霊異記』の行基像とは一線を画しているといえる。そこで、後代の作品であるものの、行基説話として著名な婆羅門との贈答歌を例として行基像を比較する。

11. また天皇東大寺を作りたまひて供養したまはむずるに、講師には行基菩薩を定めて宣旨を給ふに、「行基はそのことに堪へずはべり。外国より大師来たまふべし。それなむ仕るべき」と奏すれば、供養せむとするほどになりて、摂津国の難波の津に大師の迎へとて行く。すなはち公に申したてまつりて百僧を率ゐたり。ついでに行基は第百に当りたまへり。治部玄蕃雅楽司等を船に乗り加へて音楽を調へて往き向ふに、難波の津に至りて、見れば人もなし。行基閼伽《あか》一具を備へてその迎へに出しやる。花を盛り、香を焼きて、潮の上に浮かぶ。乱れ散ることなし。遙かに西の海に浮かび行きぬ。しばらくありて小船に乗りて波羅門僧正、名は菩提と云ふ僧来れり。閼伽またこの舟の前に浮かびて乱れずして帰り来れり。菩薩は南天竺より東大寺供養の日に遇はむとて南海より来れり。舟より浜に寄せて下りてたがひに手を取り、喜び咲めり。行基菩薩まづ歌を読みて曰はく、

霊山の釈迦の御前に契りてし真如朽ちせず逢ひ見つるかな

波羅門僧正歌を返して曰はく、

迦毗羅衛にともに契りしかひありて文殊の御貌逢ひ見つるかな

といひてともに京に上りたまひぬ。ここに知りぬ、行基はこれ文殊なりけりと。天平勝宝元年二月二日終はりぬ。時に年八十なり。居士小野仲広の撰の日本国名僧伝并びに僧景戒が造れる霊異記等に見えたり。[★23]

（『三宝絵詞』上巻）

聖武天皇は東大寺建立の大仏開眼供養の宣旨として行基を要請するが、行基は外国から大師がくることを予見し、宣旨の任をその大師にすべきと言う。そして、行基は百人の僧を率いて摂津国難波に大師を迎えにゆく。そこで南天竺から東大寺供養のために来日した婆羅門僧正菩提を迎える。行基と菩提は邂逅を互いに喜び、贈答歌へと展開する。行基の歌によってこの邂逅が前世、霊山の釈迦の前で交わした約束であり、二人の仏縁によって現世での再会が成立していることが知られる。そして、菩提の返歌は行基歌の三句目「契りてし」を受けながら、迦毗羅衛つまり天竺における約束の甲斐があって、文殊師利菩薩の御貌を見ることができたと詠む。釈迦が説法を説いた場所である霊山と、釈迦が誕生した迦毗羅衛という仏教の始発地を歌に詠み込んでいる。後世、この贈答歌は『拾遺和歌集』巻二十、哀傷部に題詞と歌のみが収載される。[★24]釈教歌の部立は『千載集』以降であるから、この二首は厳密には釈教歌とは言い得ないが、山田昭全の勅撰集釈教歌の分類に倣うならば、「仏教的述懐・詠歎の歌」[★25]に相当するものとも考えられる。行基文殊師利菩薩化身説は『霊異記』の時点で既に知られていたように、[★26]『三宝絵詞』も「行基はこれ文殊なりけり」と、行基が文殊の変化であることを明らかとする。この二人の出会いと贈答歌とは、多くの脚色を以て語られているが、[★27]こうした脚色を『三宝絵詞』は求めたのであろう。

本縁の行基の歌に『三宝絵詞』に見られるような仏教語は詠まれないものの、このような仏教歌謡としての萌芽的な要素を有するとも考えられる。しかし、『霊異記』の伝える行基の姿と詠歌とは、右のような釈教歌的性質が多く見られるものでも、文殊師利菩薩としての徳を顕すためのものでもない点に問題がある。本縁は、前節で確認したような歌論書の歌の厭世観とは対極ともいえる姿を描いている。『霊異記』においては高僧とされる行基がなぜ弟子の死によって泣き、歌の詠出へと展開するのかについて次節で検討する。

四　行基の嘆きと歌の意義

本縁は、弟子の死によって約束を反故とされたことで泣き悲しむ行基の歌で物語が終了するために、一見して行基の徳を顕すためのものとは言い難い。

歌の直前の文脈Cでは「信厳禅師、幸无く縁少なくして、行基大徳より先だちて命終しぬ。大徳哭き詠ヒ、歌を作りて曰はく」と行基の感情が「哭」で表現されており、信厳の死による悲しみから歌を詠んだことになる。

これと同様に、詠歌の主体者の心情が説話内の文脈に明示された後で、歌へと転ずる例としては『霊異記』上巻第二縁（本書第一部第二章）の狐妻と夫との離別における歌がある。

12．時に、彼の妻、紅の襴染《スソぞめ》の裳今の桃花の裳を云ふ。を著て窈窕《サ》ビて裳襴を引きつつ逝く。夫、去にし容を視て、恋ひて歌ひて曰はく、

恋は皆我が上に落ちぬたまかぎるはろかに見えて去にし子ゆゑに

といふ。故に其の相生ましめし子の名を岐都禰《きつね》と号く。

（『霊異記』上巻第二縁）

夫は、紅の裳を引いて去る妻の姿を見たことで「恋ひて」とあるように恋情が喚起されて歌へと展開している。散文部の夫の抱いた妻への「恋」と、歌の詞章「恋は皆」が対応しつつ、「はろか」や「去にし子」によって狐の妻がはるか遠くへ去ることを歌は示唆しているのである。この夫の歌を例に見れば、行基の感情を表現する「哭」や「詠」によって行基の歌が詠出されたといえる。この「詠」は雄略天皇から雷（雷神）を捉えることを命じられた少子部が死んだ際に用いられる。「然る後時に、栖軽卒せぬ。天皇勅して七日七夜留めたまひ、彼が忠信を詠ひ、雷の落ちし同じ処に彼の墓を作りたまひき。」（上巻第一縁）と栖軽の死を偲び、雄略天皇は彼の墓を造営したと説明されるように、行基の「詠」も死んだ信厳を偲ぶ意であるだろう。さらに「哭」に着目すれば、『霊異記』において泣く動作を意味する語「哭・啼・泣・涕」の中でも「哭」は顕著に用例が多い。その「哭」く対象は僧侶、在家者と様々であるが、ここでは仏在世時において仏が罪有るものを見て「哭」くという記述を挙げたい。

13．経に説きたまへるが如し。「昔、仏と阿難と、墓の辺よりして過ぎしに、夫と妻と二人、共に飲食を備けて、墓を祠りて慕ひ哭く。夫恋ひ、母啼き、妻詠ひ、姨泣く。仏、妻の哭くを聞き、音を出して嘆く。阿難白して言はく、『何の因縁を以てか、如来嘆きたまふ』とまうす。仏、阿難に告りたまはく、『是の女、先世に一の男子を産む。深く愛心を結び、口に其の子の閛《まら》を嗛《す》ふ。母三年を経て、儵倏《たちまち》に病を得、命終の時に臨み、子を撫で閛を唼ひて、斯く言ひき。『我、生々の世に常に生れて相はむ』といひて、隣家の女に生れ、終に子の妻と成り、自が夫の骨を祠りて、今慕ひ哭く。本末の事を知るが故に、我哭けらくのみ』とのたまへり」と者《のたま》へるは、其れ斯れを謂ふなり。（『霊異記』中巻第四十一縁）

13は蛇と女との異類婚姻譚に載る、出典の不明な経典からの引用部分である。仏と阿難は墓の前で泣く夫婦と会う。この夫婦は前世において母と息子の関係であり、前世で母（現世の妻）は息子（現世の夫）への愛執によって転生し、隣の家の女に生まれて成長した息子の妻となる。この夫婦の関係は前世での「愛心」の結果による悪因であり、前世で死んだ家族を偲んで二人は墓の前で泣いているのである。ここで、夫婦における愛執の因縁を知った仏は「音を出して嘆く」とある。『霊異記』には「和泉国の海中にして楽器の音声有りき。」（上巻第五縁）、「蘇《さ》めて弟子を喚ぶ。弟子音を聞き」（中巻第七縁）、「心経を誦ずる音、甚だ微妙にして、諸の道俗の為に愛楽せられき」（中巻第十九縁）の諸例があり、楽器の「音声」の他に人の声なども「音」と表記する。仏は夫婦の悪因について「本末の事を知るが故に、我哭けらくのみ」とあることから、ここにおいての「音」とは仏の悲しみと慟哭に伴った嘆きの音である。13の仏の「音」と本縁の行基の詠歌を同列に扱うことはできないが、悲しみにおける「哭」と音との関係性に注目したい。このような僧の「音」による営みが仏教説話に記されることの効果について、『梁高僧伝』安清の伝から確認する。

14．高曰く、「故に来りて相度す。何ぞ形を出さゞる」。神曰く、「形甚だ醜異なり、衆人必ず懼れん」。高曰く、「但出でよ、衆人怪まじ」と。神、床後より頭を出す。乃ち是大なる蟒なり、尾の長短を知らず。高の膝辺に至る。高之に向ひて梵語数番・讃唄数契す。蟒悲涙雨の如く、須臾にして還隠る。高即ち絹物を取り辞別して去る。舟侶帆を颺ぐるや、蟒復身を出し山に登りて望む。衆人手を挙げて然る後乃ち滅す。★28

（『梁高僧伝』巻第一、安清）

右は、高（安清）と前世で同学であった者との再会の場面である。しかし、再会した同学は高慢な性格から死後に「蟒」である蛇の身を受けて、蛇神として祀られていた。高は「之に向ひて梵語数番・讃唄数契す」と、蛇に向かって「讃唄」を歌う。後に蛇神は死に、高の前には蛇神の身を脱した少年（同学）が現れる。高は「梵語数番・讃唄数契」によって蛇神に涙を流させて、前世での罪による蛇神の身から同学を救う。この「讃唄」とは節をつけて経典の一節を歌う梵唄と解されており、★29高が讃唄によって蛇神を救済させたこと、つまり、歌による徳を『梁高僧伝』は記しているのである。同じく『梁高僧伝』巻第十三の経師篇は、転読や梵唄などを得意とする僧の伝記を収載する。そこには「夫れ聖人の楽を制する、其の徳四あり。天地を感ぜしめ、神明に通じ、万民を安んじ、生類を成すなり」★30と、聖人が音楽を制作するに四つの徳があると述べられている。音楽によって天地の神を感応させ、神明と通じるという。音楽を以て神をも感応させることができるのであり、韻律を伴った言葉は呪力として機能すると記述されているのである。右の安清伝における「梵語数番・讃唄数契」は蛇神を救済せしめた僧の偉業と霊験を語る意味づけがあるだろう。ではなぜ、僧に音や詠歌が必要とされたのだろうか。

15．夫れ音楽の感動は、古よりして然り。是を以て玄師の梵唱に、赤雁は愛して移らず。比丘の流響に、青鳥は悦びて翥ぶを忘る。（中略）鳥獣だも猶感を致す、況んや乃ち人神なる者をや。但、転読の懿たる、貴きは聲文両ながら得るに在り。若し唯聲のみにして文あらず、則ち道心以て生ずるを得る無く、若し唯文のみにして聲あらずば則ち俗情は以て入るを得る無し、故に経に「微妙の音を以て仏徳を歌歎す」と言ふ斯の謂なり。★31　（『梁高僧伝』巻第十三、経師篇）

15は、音楽が人に感動を与えることと、その機能について述べるものである。梵唱の巧みな者の声を赤雁は好んで他所に移ろうとはせず、比丘の流れるような響きの転読に青鳥は悦び飛ぶことを忘れる。このように鳥や獣も音楽に感動を覚えるのだから、人間や神ならば尚のことであるという。そして転読には「貴きは聲文両ながら得るに在り」と声と文章との両方を得ることが重要なのであるという。「唯聲のみにして文あらず」では道心の生じることが無く、その反対では「欲情」を持った人間、即ち衆生は経典の意を得難くなるという。さらに『無量寿経』を引用[★32]して韻律と経典の言葉の二つを重視すべきであることを述べる。『梁高僧伝』の記述から、僧が梵唄を歌う行為には韻律と経文の両者が必要であり、それは僧の徳であったことが理解される。

ここで本縁と行基の歌に立ち返って、行基が歌を歌うことの意義を考えてみたい。「烏の邪淫」を見て出家をした信厳が、その契機となった「烏」と同様に子を捨て、行基の元からも去ることになる。つまり「烏」は出家への機縁でもあると同時に信厳をもあらわす。だが、歌の後のD評語「烏の鄙ナル事を示て、領、道心を発しつ」やE賛曰「烏の邪婬を瞰て、俗塵を厭ひ背けり」は、「烏の邪淫」を見て厭世の心を起して出家をした信厳を賞賛する。その間に置かれるCの行基の嘆きとその歌は、死んで往生を遂げたと思しき信厳を嘆き悲しみ、そして散文部で叙述される悪しき烏を「烏といふ大をそ烏」として歌の内部で引き継ぐ。さらに「共にと言ひて」と、言葉の違約について恋歌の表現を用いて詰るのである。行基がこうした信厳への愛惜を歌として詠じることは、散文部で悪しき烏の行為であった「烏の邪淫」を、DEにおいてその邪淫こそが信厳の出家の機縁であったと保証する意味づけがあると考える。だが一方で「烏の邪淫」を契機として信厳に去られた妻と子とが存在するのであり、「烏といふ大をそ烏」の歌とは行基自身の悲しみでありながら、信厳に去られ子に先立たれた妻の悲しみをも表し、強調したものと考える。[★33]

おわりに

以上、本章は『霊異記』中巻第二縁が語る出家譚と死において、行基の歌が歌われる意義を説話と歌に見える「烏」を手がかりとして考察した。行基の歌と類句を持つ『万葉集』東歌は「烏」の詞章を共通とし、両歌は相手の不在を歌う。行基の歌は、恋歌の表現によって現実とは異なる結果の言葉、すなわち果たされなかった信厳の言葉を批難しているのである。最後、信厳に取り残される行基がその悲しみを詠歌によって表出することは、説話における抒情性と、韻律を必要とした僧の徳を表現するものであるだろう。散文部の「烏の邪淫」とは、世間における様々な人間の欲望を形象する言葉である。倭麻呂は「烏の邪淫」である世俗を厭うことによって出家の機縁を設けたのであり、この「烏」は出家・往生を遂げるための機縁であった。それと同時に、その機縁によって「烏」の住まう世間においては、家族との別離もまた生じるということを示すための歌であったと考える。

注

1　『霊異記』中巻第三十三縁、下巻第三十八縁。
2　新編全集は訓読文の本縁Aを「心に愍び（愍心）」とするが、真福寺本を「改」と認定して、本書では「改心」と改めた。
3　松浦貞俊校注『日本霊異記』（続日本古典読本2、日本評論社、一九四四年八月）。
4　中田祝夫校注『日本霊異記』（新編日本古典文学全集10、一九九五年九月）一二三頁頭注。
5　狩谷棭斎『日本靈異記攷證』（正宗敦夫ほか『狩谷棭斎全集二』日本古典全集刊行会、一九二六年一月）。
6　鹿持雅澄『南京遺響』（近藤瓶城編『続史籍集覧』第五冊、近藤出版部、一八九六年二月）。
7　この点、松浦註釋は『袖中抄』（巻八）が引く歌に合せて「ことを見て」と信厳が烏の邪淫の行為を見たと解釈する。
8　小泉道校注『日本霊異記』（新潮日本古典集成67、新潮社、一九八四年十二月）一一一頁頭注。来迎院本原装複製の当該箇所は「乃□」（□は破損）と判断したが破損が著しいため決定し難い。その他の諸本は、群書類従本「能米」、石塚龍麿本は「落字」とあり、「コトヲミテ」と傍書する。

9　多田一臣校注『日本霊異記』中（ちくま学芸文庫、一九九七年十二月）四五頁補説。
10　前掲注（4）一二三頁頭注。
11　米山孝子「中巻第二縁考・行基歌の解釈をめぐって」（『行基説話の生成と展開』勉誠社、一九九六年六月）。
12　歌の原型については小林真由美が詞章の「共にと言ひて」から、浄土願生の歌として解釈された結果、信厳の死に際した説話の文脈に挿入されたと指摘する。小林真由美「「烏といふ大をそ烏の」―『日本霊異記』中巻第二縁考―」（説話と説話文学の会編『説話論集 仏教と説話』第五集、清文堂、一九九六年八月）。
13　前掲注（8）、三八五頁付録において小泉は「内容からして純粋な信厳の死の追悼歌とはみられない。本話の冒頭の烏の話と首尾呼応させるべく、話のおちとして伝承の過程で付されたものであろう」と歌の形成過程を推定する。
14　近藤信義「音喩の構造」（『音喩論』おうふう、一九九七年十二月）。
15　その他、「大にきたなき烏」（『代匠記』初）や「大きにおそき烏」（『万葉集菅見』）、「大食烏」（『拾穂抄』）など、烏の生態に寄せて捉えられている。
16　佐佐木信綱『評釋萬葉集』巻五（『佐佐木信綱全集 第五巻』六興出版、一九五二年四月）三三一頁。
17　武田祐吉『増訂萬葉集全註釋』十巻（角川書店、一九五七年三月）三九七頁。
18　『性霊集』には「林烏猶反哺を知る」（巻八）や「智無き烏獺も亦親恩の孝を懐く」（巻八）とあるように、烏は孝養を知る鳥とされる。『霊異記』中巻第十縁の烏と本縁の烏も、漢詩文における烏の姿とは差異が見られる。『性霊集』の引用は、弘法大師空海全集編集委員会編『弘法大師空海全集 詩文篇二』第六巻（筑摩書房、一九八四年十一月）に拠る。
19　橋本不美男ほか校注『歌論集』（新編日本古典文学全集87、小学館、二〇〇二年一月）。
20　久曽神昇編『日本歌学大系』別巻一（風間書房、一九五九年六月）。
21　佐佐木信綱編『日本歌学大系』第一巻（風間書房、一九五七年三月）。
22　川村晃生『歌論歌学集成』第四巻（三弥井書店、二〇〇〇年三月）。

23　江口孝夫校注『三宝絵詞』上（現代思潮社、一九八二年一月）。
24　小町谷照彦校注『拾遺和歌集』（新日本古典文学大系7、一九九〇年一月）。
25　山田昭全は釈教歌を①法文歌、②仏事講会に取材した歌、③その他仏教的述懐・詠歎の歌、の三種に区分する。③を、「たとえば観音を拝んで、高野に参詣して、聖人と逢って、無常を歎じて、諸法の空なるを想いてなどのような詞書を有する作品をいう」と述べる。山田昭全「釈教歌の成立と展開」（伊藤博之ほか編『仏教文学講座　第4巻　和歌・連歌・俳諧』勉誠出版、一九九五年九月）。
26　吉田靖雄「『日本霊異記』の行基と文殊菩薩」（『日本古代の菩薩と民衆』吉川弘文館、一九八八年七月）。また、中国、朝鮮の東アジア仏教圏における文殊師利菩薩思想については、松本真輔「菩薩の化現・現相―中国五台山の文殊菩薩化現信仰と朝鮮王朝世祖代における如来・菩薩の現相―」（藤巻和宏編『聖地と聖人の東西―起源はいかに語られるか―』勉誠出版、二〇一一年八月）に詳しい。
27　米山孝子「婆羅門僧正との和歌贈答説話の生成」、前掲注（11）に所収。
28　『梁高僧伝』の引用は、『国訳一切経　和漢撰述部　史伝部七』（大東出版社、一九七九年十二月）に拠る。以下同じ。『大正蔵』（巻五十、三三二c）に該当する。
29　吉川忠夫・船山徹訳『高僧伝（一）』（岩波書店、二〇〇九年八月）。
30　『大正蔵』（巻五十、四一四c）。
31　『大正蔵』（巻五十、四一五a―四一五b）。
32　『無量寿経』の「以微妙音歌歎仏徳」（『大正蔵』巻十二、二七三c）に該当する。
33　『霊異記』下巻第八縁は「瑜伽論を写さむとし、願を発し未だ写さずして淹シク年を歴たり。家財漸く衰へ、生活くるに便無し。家を離れ妻子を捨て、道を修し祐を求めき。」と、瑜伽師地論を写経する願いが故に妻子を捨てた男の話である。男の行為は明確に妻子を「捨て」たと記述されるが、男の願が弥勒菩薩へ感応した霊験として纏められている。男の行為は「願主は下の苦縛の凡地に在りて、深く信じ祐を招くといふことを。」と、苦しみで縛られた人間の住む世界にありながらも信心によって写経を達成したと賞賛される。『霊異記』の態度として、親が子を捨てたとしても、その理由が仏道修行等であれば賞賛する型式を取るようである。

第四章　「外道」なる尼——女人菩薩説話の形成——

はじめに

『霊異記』には尼や在俗の女性信仰者の説話が数例あるが、本章で取り扱う下巻第十九縁はその中でも唯一、女が菩薩となったことが語られる説話である。

以下、本縁を挙げる。

A．　産み生せる肉団の作れる女子の善を修し人を化せし縁　第十九

肥後国八代郡豊服《ひごのくにやつしろのこほりとよぶく》の郷の人、豊服広公《とよぶくのひろぎみ》の妻懐《はら》任みて、宝亀の二年辛亥《かのとゐ》の冬の十一月十五日の寅の時に、一つの肉団《ししむら》を産み生しき。其の姿卵《かたちかひご》の如し。夫妻謂ひて祥《ヨキシルシ》に非じとして、笥《ヲケ》に入れて山の石の中に蔵め置く。七日逕て往きて見れば、肉団の殻《カヒコ》開きて、女子《をみな》を生めり。父母取りて、更に乳を哺めて養《ひだ》しき。見聞く人、合国《くにしかしながら》、奇《あや》しびずといふこと無かりき。八箇月経て、身俄《にはか》に長大《ひととな》り、頭と頸《くび》と成り合ひ、人に異りて頤《おとがひ》無し。身の長三尺五寸なり。生知《うまれながら》り利口にして、自然《うまれながら》に聡明なり。七歳より以前に、法華八十花厳を転読せり。黙然《もだぁ》りて逗《ほこ》らず。終に出家を楽《ねが》ひ、頭髪を剃除し、袈裟を著て、善を修し人を化す。人として信ぜず

といふこと無かりき。其の音《こゑ》多く出で、聞く人哀びを為す。其の体人に異り。閪《くぼ》無くして嫁ぐこと無し。唯し尿を出す竇《あな》有り。愚俗呰《あざけ》りて、号《な》をば猴聖《さるひじり》と曰ふ。

B．時に託磨郡の国分寺の僧、又豊前国宇佐郡の矢羽田の大神寺の僧二人、彼の尼を嫌みて言はく、「汝は是れ外道なり」といひて、哳《エツラカ》シ呰《あざけ》りて嬲《ナブ》ルに、神人空より降り、桙を以て僧を棠《ツ》かむとす。僧恐り叫びて終に死にき。

C．大安寺の僧戒明《かいみやう》大徳の、彼の筑紫の国府大国師に任けられし時に、宝亀の七八箇年の比頃《コロホヒ》ニ、肥前国佐賀郡の大領正七位上佐賀君児公、安居会を設く。戒明法師を請けて、八十花厳を講ぜしむる時に、彼の尼闕《か》かさずして、衆中に坐て聴きき。講師見て、呵嘖して言はく、「何くの尼ぞ、濫《みだりがは》しく交るは」といふ。尼答へて言はく、「仏は平等大悲なるが故に、一切衆生の為に、正教を流布したまふ。何の故にか別に我を制する」といふ。因りて偈を挙して問ふときに、講師、偈をもちて通ずること得ず。諸の高名の智者怪しびて、一向《ひたすら》に問ひ試む。尼終に屈せず。乃ち聖の化なることを知りて、更に名を立てて、舎利菩薩と号く。道俗帰敬して化主なりとす。

D．昔仏在世の時に、【1】舎衛城《しやゑじやう》の須達《すだつ》長者の女蘇曼《そまん》の生める卵十枚《かひごとをつづ》、開きて十男《とをたり》と成り、出家して皆羅漢果を得たりき。【2】迦毘羅衛城《かびらゑじやう》の長者の妻は、懐任して一つの肉団を生み、七日の頭ニ到りて、肉団開《ひら》敷きて、童子百有りき。一時に出家して、百人倶に阿羅漢果を得たりき。我が聖朝の弾圧する所の土《くに》に、是の善類有り。斯れも亦奇異しき事なり。

本章では説話の内容上、AからDの四段落に分けた。説話のAからCは「肉団」である肉塊から生まれた女子が尼となり、僧達との論争を経て「舎利菩薩」と称されるに到るまでの奇縁を語るものであり、その過程において肉塊からの異常出生、尼の誕生、僧と尼という仏教者同士の対立と神人の出現が語られてゆく。そして説話末尾Dでは印度撰述経典を引用して仏教的な奇瑞が「我が聖朝」である日本においても実在したということの証左とする。これには経典と『霊異記』とを比較させる明確な意図がある。引用した印度撰述経典は、生まれた十人乃至、百人の童子が羅漢果・阿羅漢果を得たとあるのに対し、本縁は女子が単独で生まれて、仏教者となる点に大きな意義があるものと考える（後述）。

本縁は、氏族伝承による説話形成の過程や、★1 東アジア圏の卵生神話や仏典との比較分析、★2 あるいは奈良仏教の三論宗と法相宗における対立状況の反映など★3 多角的に考察が積み重ねられてきた。近年では尼の身体は『法華経』変成男子の思想を体現する「女性でありながら菩薩として聖別する証」であり、「男女の差異をも無化」した菩薩であるという山本大介の見解がある。★4 山本が指摘するように、尼は女性器が欠如している。しかし、本縁表題が「女子」の語を明示している点は看過できない。その女子がA「袈裟を著て、善を修し人を化」して女の菩薩となることが本縁の主要なテーマと考えられる。そして、その尼が受ける奇瑞と迫害には特徴的な記述が多くあり、その一つとして「神人」の登場が挙げられる。

そこで本章では、肉塊から出生した女子が「外道」と罵詈されながらも、神人の守護を得て菩薩となった尼の奇異の分析を通して、『霊異記』において女が菩薩となる意義を明らかにしたい。

一　肉団からの異常出生

本縁の尼は、卵のような一つの肉団から出生したとある。この異常出生は人類誕生あるいは偉人誕生説話において特徴的に見られ、先行論においても大陸の卵生説話との関連が説かれる。★5 本縁の形成に東アジア圏の神話的思考ないし発想が影響を及ぼしていることは、Dに見える経典の引用態度から理解される。★6 その典拠としては『賢愚経』と『撰集百縁経』が指摘される。★7 本章においても両経典を確認しておきたい。

1. 懐妊し卵十枚を生む。卵後に開敷するに十の男児有り、形貌殊に好く人と異り有り。年遂に長大し勇健凡に非ず。然れども畋猟を喜び物の命を傷害す。其の母矜《あは》愍れみ教へて爾ること莫らしむ。（中略）仏、便ち允然《しかり》とし聴して道を為さしむ。鬚髮《しゅほっ》、自ら落ち法衣身に在り便ち沙門と成る。大業を精懃《つと》め尽く羅漢を得たり。★8

（『賢愚経』巻第十三　六十五　蘇曼女十子の品）

2. 其の婦、懐妊し、十月を足満して一の肉団を生む。時に、彼の長者、其の是くの如きを見て心に愁悩を懐き、謂うに非祥と為す。（中略）七日の頭に到り、肉団開敷して百の男児有り。端政にして殊特、世に希有とする所なり。（中略）法服身に著き、便ち沙門と成る。精懃し修習して阿羅漢果を得たり。★9

（『撰集百縁経』巻第七　現化品　百子、同時に産むの縁）

1『賢愚経』（本縁【1】に該当）では「卵十枚」から生まれた男児十人が羅漢となり、2『撰集百縁経』（本縁【2】に該当）では「一の肉団」から生まれた男児百人が阿羅漢果となる。1の男児は「物の命を傷害」する残忍な気性だが、母の「矜愍れみ」と仏の教えによって羅漢を得る。また、2は肉塊を生んだ事態を「非祥」として仏に訴える。本縁の出生の記述は「一つの肉団を産み生しき。其の姿卵の如し」であり、1「卵」、2「肉団」を折衷して表記し、2のように生んだ肉団を非祥とする点は共通する。また1は「形貌殊に好く」、2は「端政にして殊特」とあり、男児は極めて優れた容姿である。対して尼は容姿の特徴が仔細に記され、「頭と頸と成り合ひ」という頭と頸が繋がった状態で首が無く、背丈も低い。尼の容貌は極めて奇怪に描かれており、醜怪な容貌を印象付けられる。[★10]このように、男児は多人数で出生し、また『賢愚経』では仏や母の慈愛によって出家をする。対して本縁は女子一人が生まれて、『法華経』と『華厳経』を読誦する聡明さを持ち、自ら出家を志す。女子の出生は、経典における男児の異常出生を基盤としながら、男児とは対比的に描かれ、かつ経典を越える「善類」が「我が聖朝」に存在することを主張している。

神話において偉人誕生が異常出生によって語られることは、既に指摘があるように『三国遺事』にも見え、高句麗の始祖である朱蒙は卵から出生したと伝えられている。

3．因て孕むありて、一卵を生む。大きさ五升許なり。王、之を棄てて犬猪に与ふ。皆食らはず。又、之を路に棄つ。（中略）母、物を以て之を裹み、暖かき処に置くに、一児、殻を破りて出づる有り。[★11]

（『三国遺事』巻第一、高句麗）

朱蒙の母は日光に照らされると孕み、一つの卵を産む。父である金蛙王は卵を野や路に棄てるが、鳥獣はこれを食わずに避ける。その卵から生まれた朱蒙は特殊な能力によって高句麗を治める。また、新羅始祖である赫居世王は「紫卵」から生まれ、姿は「形儀端美」であったという。『三国遺事』の場合は、卵から生まれた特殊な人間が治世を執る。しかし本縁は仏教説話としての性質上、卵生は異能となり、「道俗」の帰敬する仏教者へと変貌している。『霊異記』は経典を対照として、大陸由来の卵生による異常出生を用いながらも、特異な身体の女子を誕生させる。そのため、Aで尼は愚俗から「猴聖」と呼ばれている。愚俗は尼の容姿を猿に譬え、尼の身体を嘲笑の対象とする。これに加え「其の体人に異り。閪無くして嫁ぐこと無し。唯し尿を出す竇有り」と、「閪」乃ち女性器が無く、婚姻が不可能であるという。養老令の僧尼令6取童子条で、「其れ尼は、婦女の情に願はむ者を取れ」[★12]と規程することを鑑みれば、尼は出生時から既に婚姻を可能としない身体であり、尼となるための資格を備えていることになる。

このように本縁は、性愛から逸脱した女子が菩薩に至る過程を語るのであるが、尼はAでの嘲笑に続き、Bでは二人の僧から外道と呼ばれて迫害を受ける。尼がなぜこうした迫害を受けるのか、またその尼を庇護する神人の登場がいかなる機能を持つものであるのか、改めて考えてみたい。

二　尼と神人

Bで尼は、国分寺の僧と矢羽田の大神寺の僧の二人から外道と呼ばれ迫害を受けるが、空から現れた神人によって助けられる。この神人がいかなる者であり、なぜ尼を援助するのか、まず『霊異記』の例をもとに検討してみたい。

4．時に閻羅王の使二人来りて光師を召す。西に向ひて往く。見れば前路に金の楼閣有り。「是は何の宮ぞ」と問ふ。答へて曰はく、「葦原の国にして名に聞えたる智者、何の故にか知らざる。当に知れ、行基菩薩将に来り生れたまはむ宮なり」といふ。其の門の左右に、神人二立ち、身に鉀鎧《よろひ》を著、額に緋の蘰を著けたり。（中略）宮の門に在る二人告げて言はく、「師を召す因縁は、葦原の国に有りて行基菩薩を誹謗る。其の罪を滅さむが為の故に、請け召すらくのみ。彼の菩薩は葦原の国を化し已りて、此の宮に生れむとす。今し来らむとする時の故に、待ち候ふなり（後略）」（『霊異記』中巻第七縁）

5．羊僧景戒、学ぶる所は天台智者の問術を得ず。悟る所は神人弁者の答術を得ず。是れ猶し螺《かひ》を以て海を酌み、管に因りて天を闚《み》るがごとし。（『霊異記』下巻序文）

4の智光（光師）は、聖武天皇からの信頼を受ける行基を妬み、彼を誹謗する。これによって突然病死し、智光は閻羅王の使に召されて「金の楼閣」に至る。その門前には武人の装飾をした神人が二人居る。神人の言葉によれば、智光が召された所以は、行基を誹謗した口業の罪に因るという。そして、行基は葦原の国に仏教を広め終えた後、この金の楼閣に生まれるのだという。智光は行基を謗った口業の罪によって冥界に召されて「熱き鉄の柱」を抱き、肉を焼かれるという罰を受ける。4の神人は、行基を誹謗した智光に苦痛を与える一方で、行基を守護する者として理解できる。これは、本縁の尼と神人と共通するあり方といえる。5は『霊異記』編纂の意図を記す下巻序文であり、編者自身の未熟さを「天台智者」と「神人弁者」との対比によって説明する。天台智者とは、天台宗開祖の智顗であり、神人弁者との問答とは『涅槃宗要』に依拠するとされる。[★13] 5の神人は、仏教の教理を備えた智顗と弁論を行う者であるから、数多の知識を有した者である。山口敦史は5の智顗と神人との問答に着目し、『霊異記』の神人は「仏法を守護する存在であると認識されていた」といい、さらに『梁高僧伝』や『続高僧伝』などの神人の例から、「古代東アジアの仏教的知性にとっては、『神人』は仏教の中国伝来という歴史的な時期に現れ、神秘的な奇瑞を人々にもたらす至高の存在だった」と指摘する。[★14] この指摘は本論において重要であると考えられる。山口の見解を踏まえつつさらに、神人の性質を考えるために『梁高僧伝』に見える神人の例を確認する。

6．忽ち一道人に逢ふ。年九十可、容服鹿素にして、神気儁遠なり。顗其の韻高なるを覚ると雖も、是れ神人なるを悟らず。[★15]（『梁高僧伝』巻第三、釈法顗）

7．翼、人を率ゐて山に入り、路に白蛇数十の、臥して行轍を遮るに値ふ。翼退いて所住に還り、遥に山霊を請じて其が為に礼懺し、乃ち神に謂ひて曰く、「吾、寺を造らんとて材を伐る。幸に願はくは共に功徳を為せ」

と。夜即ち夢に神人を見る。翼に告げて曰く、「法師既に三宝の為に須用ひば、特に相随喜す。但、余人をして妄りに伐る所あらしむる莫れ」と。明日更に往くに、路甚だ清夷なり。

（『梁高僧伝』巻第五、釈曇翼）

8．夜、神人を夢む。斌に謂ひて曰く、「汝の疑ふ所の義、遊方して自決せよ」と。是に於いて錫を振ひ衣を挟み、殊邦に道を問ふ。

（『梁高僧伝』巻第七、釈曇斌）

9．後、剡の白山の霊鷲寺に入る。未だ至らざるの夜、沙門僧緒、夢に神人を見る。朱旗素甲、山を満して出づ。緒その故を問ふ。答へて曰く、「法師当に入るべし、故に出でて奉迎す」と。明旦人を待つ。果して是れ柔至る。

（『梁高僧伝』巻第八、釈僧柔）

6の釈法顕は、簡素な服を纏っている老人を見かけるが、その老人は釈迦の十大弟子の「大迦葉」であると後に知ることになる。ここでは、老人の身なりをした聖人を神人と呼ぶ。7では釈曇翼が、山寺造営のため入山した時に、山道を蛇に妨害され難渋する。曇翼が神に懺悔をするとその夜の夢に神人が現れ、木を妄りに伐採せぬよう忠告をする。翌日、山の蛇は消えており、夢の神人は山の神の使いと理解できる。8の例も夢に神人が現れる例である。釈曇斌の悩みに神人は「遊方」して「疑ふ所の義」を自決するように導く。9は釈僧柔が「剡の白山の霊鷲寺」に至る前の夜、沙門僧緒が夢を見る。夢の中では山に多くの神人が居り、その神人の姿は「朱旗素甲」と赤い旗を持ち、鎧を着た姿であった。翌日、僧柔が霊鷲寺に至ったため、この夢は神人が僧柔を迎えていたのだったとわかる。このように、『梁高僧伝』の神人は老人や武人などの姿で現れて、志のある僧の援助をしていた。すなわち、神人とは仏の道を歩む者に対して援助や庇護を行う存在である。高僧の功績を記す僧伝に僧が神人から救済を得たと語るのは、仏法守護の任にある神人に選ばれた特別な仏道修行者という意味を僧に付与するためである。

梁の宝唱撰『比丘尼伝』は、中国で初めて出家した尼を始めとして、唐代における比丘尼全六十五人を収載し、尼となる女の出自の由来、その気質や能力の他、仏道における業績や活動等を伝記形式によって記す。[★16] 優秀な尼は『涅槃経』、『法華経』、『維摩経』等を講経するなど、その活動は男僧と大差はなかったとされる。[★17] しかし、尼の中には家族から出家を禁止されて、更には結婚を強いられる者も居た。巻一の安令首尼は、仏道を志して結婚を望まなかった。父から批難を受けるが、婦人の守るべき「三従」を拒否して仏道に精進する。また、巻一の僧基尼は決められた婚姻に逆らい、絶食をして己の信心を表明した。このように尼達は、結婚をして子を産むという儒教の道徳規範における女の役割を拒否する。[★18] 例えば、巻一の智賢尼は、黄老の信徒である杜覇という男に襲われそうになり、抵抗の末に傷を負ってしまった。これらは女性であるが故の苦難ともいえ、仏道修行が様々な外部的要因によって妨げられていたことが理解される。この『比丘尼伝』でも、神人は三例見える。[★19] 崇聖寺の僧敬尼（巻二）は、母が僧敬尼を妊娠している時、夢に神人が現れて母に八戒を命じる。そして生まれた子は「年五六歳に及びて、人の経を唄するを聞きて輒ち能く誦憶す。経数百巻を読み、妙解日深なり」[★20]と、若年にして経を暗唱し、数百巻もの経典を正しく理解する程の知恵を持ち、道俗から敬われる尼となった。この僧敬尼伝に現れる神人は、生まれてくる子が仏教者としての才知ある者として認め、母に伝える役割がある。類い希な智慧によって経典を理解するという性質は、本縁の尼とも通じる点である。[★21] また、浄秀尼（巻四）は七歳にして自ずから持斎して菜食を勧め、魚の命を放生して助ける仁慈ある尼であった。浄秀尼は、世間では神人と呼ばれる「馬先生」なる人物から「時に馬先生有り。世、神人と呼ぶなり。秀を見て記して言はく、此の尼は当に兜率に生るべし。」[★22]と、兜率天として生まれることを告げられる。ある僧が兜率天の宮に居る浄秀尼の夢を見、浄秀尼自身も臨終に際し「我、兜率天に升る。」と告げることから、浄秀尼が兜率天として転生できる程の徳を備えた人物であることが理解される。浄秀尼伝の神人は『梁高僧伝』や、『比丘尼伝』僧敬尼伝のような神人とは異なるが、浄秀尼の資質を見通すことの出来る人物といえる。このように、『比丘尼伝』においても神人の告知によって尼の仏教者としての資質が保証されてゆくのである。

さらに、神人は仏典のみならず道教・神仙思想の文献においても見られることを特徴とする。

10. 賊を捕へて賊のために傷つけられ、当時暫く死す。忽ち神人の薬を以てこれを救ふに遇ひて、便ち活く。★23

（『神仙伝』巻二、馬鳴生）

11. 神人曰く坐せ。吾れ将に汝に告げんとす。汝、仙骨あり、故に吾れに見ゆるを得るのみ。汝、今髄は満たず血は煖《あたた》からず。気少にして脳減じ、筋息《や》み肉沮《はば》む。故に薬を服し気を行るも、その力を得ざらん。

（『神仙伝』巻三、劉根）

10では、馬鳴生という男が賊に捉えられて殺されてしまう。しかし彼は神人の薬によって蘇生する。この神人は、仙薬を用いる仙人のような存在として描かれている。11は仙道を学んだ劉根という男が、役人に語った内容である。劉根が神人と逢うことが出来たのは劉根に仙骨があるためだと神人が語り、仙薬を授ける。神人は劉根にすぐれた仙人たる資質を見出すのである。『神仙伝』における神人とは、道教を伝道する師としての性格を持つ者であり、★24僧伝とは性格を異にするが、両テキストの神人は共通して、優れた者を見出し援助する霊験ある存在といえる。道仏が神人を共有するのは、何れにおいてもその道を修める者を援助し庇護するところにあり、道仏の混在した神人の姿を窺うことが出来よう。★25

以上のように、『霊異記』は東アジア仏教において聖人とされる神人の姿を踏襲していた。用例4の神人が金の楼閣にて行基が転生するのを待つのは、葦原の国を教化した菩薩たる行基を庇護するためであるといえる。神人の庇護は、『梁高僧伝』においては男の僧だけであるが、『比丘尼伝』においては女子や尼に対して仏教者としての資質を告げ、保証する者として位置づけられる。本縁の神人の行動は直接的に尼を庇護する者であり、他の僧から迫害を受ける尼の資質を保証する役割を担っている。ただ、本縁の神人が『梁高僧伝』や『比丘尼伝』と異なるのは、Ｂの僧達への強い攻撃性である。ここでの迫害と、後の菩薩への変容は、尼が外道と称される点と密接に関係するものと考えられる。そこで、次節では尼が外道と呼ばれることの問題を取り上げる。

三　外道なる尼

本縁に見える外道という語は、一般的には仏教以外の修行者、またはその信奉者を指す仏教者側からの視点を持った言葉である。しかし、Ｂの二人の僧が仏教信奉者である尼を外道と呼ぶことは、尼をそれとは異なる存在と認識するためであろう。これは、仏教が外道をいかに捉えていたのかという問題になる。外道の語は『霊異記』において、本縁の他は次の一例のみである。

12. 所以に十輪経に云はく、「薝蔔《ぜんぷく》の花は萎ると雖も、猶し諸の花に勝り、破戒の諸の比丘は、猶し諸の外道に勝る。出家の人の過を説くは、若しは破戒、若しは持戒も、若しは有戒、若しは無戒も、若しは過有る、若しは過無きも、説く者は万億の仏身の血を出すに過ぎたり」とのたまへり。（『霊異記』下巻第三十三縁）

乞食の僧は貴人から迫害を受け、その男から呪文を唱えるように脅迫され、やむなく呪文を唱えて男を殺してしまう。この説話は、僧の戒律における殺人の可否が問題とされ、『十輪経』（『大方広十輪経』）の偈、さらにこの箇所の疏を引用して、僧の無罪や過失の放免についてを説く。[★26]『十輪経』では「薝蔔の花」と「諸の花」を対句とし、戒律を破ったとしても、「比丘」（蒼蔔の花）のほうが残虐な「外道」（諸の花）よりも勝るという。これは外道を、仏の真理を知らない無智なる者と見做す仏教者側の態度である。この態度は、梁の武皇帝が仏法に帰依するという勅文に、「大経の中、道を説くに九十六種有り。唯だ仏の一道のみ、是れ正道に於てす。其の余の九十五種は、皆な是れ外道なり。」（『弁正論』巻九）[★27]とあり、九十六種の道とは仏の在世時から存在する外道九十五種と仏の教えである正道（一種）とを合わせた数である。仏の教えは唯一つであり、他の教えは「諸の花」の如く数多でも外道の教えとされる。また、『弘明集』巻七に説かれる「外道」は「公には聖術に因り、私には淫乱を行ふ」[★28]者とされ、仏教者の姿を借りた愚行の者を外道と呼ぶ。このような例から、Bの僧が尼を外道と罵詈するのは、尼が仏教者の姿を借りて、正道から外れた教えを説く者と認識したためであろう。

本縁Cの戒明も、法会を聞きに来た尼を「何くの尼ぞ、濫しく交るは」と排除する。これを吉田一彦は、戒明が尼を「異形の民間宗教者、非正統的なあやしげな仏教者」[★29]として批判したのだと述べる。これは先の外道とも通じるものであり、僧綱に管理された僧等から見れば、僧綱に所属しない尼はあやしげな宗教者、正道を脅かす因子とも捉えられる。また田中貴子は、身体異常は前世での罪業が原因であるという仏教的宿業観から、戒明が尼の身体を罪の象徴と捉えたためと指摘する。[★30]何れにしても他の僧は、尼が僧綱に所属しない仏教者であることや、その身体性から尼を排除するのである。

『霊異記』において僧が批判を受けるといった類型には、智光法師に誹りを受けた行基の話がある（前掲用例4）。河野貴美子は4の例を挙げて、『霊異記』で「菩薩」と「聖」が同一人物に使用されるのは行基と本縁の尼のみであるため、尼は行基に連なる仏教者として位置すると論じる。[★31]行基は「変化の聖人」（前掲用例4表題）というように仏が姿を変えた者と称され、『霊異記』は行基を聖人として重要視している。このような行基像の参考として『続日本紀』記事の行基伝を挙げる。

13．方に今、小僧行基、并せて弟子等、街衢《がいく》に零畳《りやうでふ》して、妄に罪福を説き、朋党を合せ構へて、指臂《しひ》を焚き剝ぎ、門を歴て仮説して、強ひて餘の物を乞ひ、詐りて聖道と称して、百姓を妖惑す。道俗擾乱《ぜうらん》して、四民業を棄つ。　（『続日本紀』巻第七　元正天皇　養老元年四月記事）

14．二月丁酉、大僧正行基和尚遷化す。和尚は薬師寺の僧なり。（中略）既にして都鄙を周遊して衆生を教化す。道俗化《おもぶけ》を慕ひて追従する者、動すれば千を以て数ふ。（中略）和尚、霊異神験、類に触れて多し。時の人号けて行基菩薩と曰ふ。　（『続日本紀』巻第十七　聖武天皇　天平勝宝元年二月記事）

13で、行基は聖道を称して百姓を妖惑する怪しき小僧として記述される。しかし、行基の活動は民衆の信仰を強く集める結果となる。それによって大仏造立の勧進に起用された後の14は、行基遷化の記事であり「大僧正行基和尚」と称される。13の記事が養老僧尼令1観玄象条の「凡そ僧尼、上づかた玄象を観、假つて災祥を説き、語国家に及び、百姓を妖惑し、并せて兵書を習ひ読み（後略）」に基づくものであることは知られている。同じく僧尼令5非寺院条では、寺院外での教化活動の禁止が掲げられており、行基の活動は令に抵触する。周知のように、奈良時代の仏教政策は得度制の励行に勤め、私度僧の盛行を抑止したのであり、行基弾圧記事は官許を得ない私度僧の濫行を取り締まるための方針が背景にある。[★32] 僧尼の統制に関する詔は、右に挙げた養老年間以降に幾度も発布され、『続日本紀』には本縁の尼が活動していた宝亀七、八年頃に「諸国の名帳、計会するに由無し。望み請はくは、重ねて所由に仰せて住処に在りや不やといふ状を陳べしめむことを。然れば官僧已に明にして私度自ら止まむ」（光仁天皇　宝亀十年八月記事）と、私度僧を取り締まる詔が見える。また同年九月には「僧尼の名、多く死ぬる者を冒し、心に姧偽を挟みて憲章を犯し乱す。就中、頗る智行の輩有り。」（光仁天皇　宝亀十年九月記事）

と、私度僧のみならず官僧の濫行を戒める詔を発布し、[33]僧や教団内の清浄化に勤めた。[34]このように、律令制下において私度僧・官僧共に行動が問題視されていたのであり、尼が受けた「外道」の言葉の背景には、僧による濫行の状況が関係しているだろう。その一方で、私度僧であった行基は都鄙を巡り衆生を教化し、その教化活動によって多くの信仰者を獲得したのであり、批難を受けた僧が「菩薩」たる者へと転身した事例をここに見ることができる。『霊異記』説話と『続日本紀』の記事を直接的に繋げることはできないが、『霊異記』の行基も智光からの誹謗を受けるものの、神人の守護を受けて菩薩と呼ばれる。このように、尼と行基とは共通した性質を有すると理解できる。

尼は「舎利菩薩」との呼称を持つが、Cでは菩薩の他に「聖の化」、「化主」と呼ばれている。聖の化は本縁のみの語で、それだけに尼に冠されることは重要である。化主について吉田靖雄は、鑑真、最澄が化主と称されたのは、利他行とその広範囲における活動によるものであり、化主は菩薩と同じ性質を持った異称であるとしている。[35]『霊異記』には文殊師利菩薩の反化とされる行基の他、世の人に菩薩と呼ばれる金鷲（中巻第二十一縁）、海辺の人を教化し、病者の看病をする永興禅師（下巻第一・二縁）、道俗から浄行を貴ばれた寂仙禅師（下巻第三十九縁）らが菩薩の呼称を有する。彼らの特徴は民衆教化に勤めて、道俗からの敬慕を集めた菩薩であった。『霊異記』は私度にあって一心に仏道を求める者に「隠身の聖」の姿を見出す。[36]しかし、菩薩と同時に化主の呼称を持つ者は尼のみである。これは、「道俗帰敬して化主なりとす」とあるように、民間への教化に努めた結果としての称号といえる。また「聖の化」は、『霊異記』中巻第八縁の、蟹と蛙の報恩譚に見える。熱心な仏教徒である娘が、蛇と婚姻の約束をしてしまう。娘は「画問邇麻呂《ゑどひのにまろ》」という老人から蟹を買い取るが、その老人は「耆は是れ聖の化」とあり、聖人が化けた聖の化であった。本縁の尼も、猴聖、外道と呼んだ外部者からの卑しめを覆すように、C以下からの呼称を舎利菩薩、化主、聖の化と強調する。これは、菩薩としての資質を備えた尼の実態が顕現したことを表しているといえる。この尼の資質を保証し、尼を外道と見做す僧達の攻撃から尼を守るのが、僧伝における神人である。男性僧からの批難に対して、神人の庇護を語ることで尼が菩薩であることを示す。この尼によって「仏は平等大悲なるが故に、一切衆生の為に、正教を流布したまふ」との平等大悲の一乗思想が、正式な僧綱に所属する高僧ではなく、特異な出自と身体を持つ女の菩薩という極端な存在によって成されることが重要な点である。外道と呼ばれた尼が菩薩へと逆転することによって、戒明やBの僧達の特権的な姿勢を暴いているといえ、尼によって仏の真理の一道（正道）が明らかとなることを本縁は示している。神人がBの僧を攻撃する所以は、女の菩薩である尼の性質を保証するためである。それは、智光法師に誹謗を受けた行基を金の楼閣で待つ神人の例と同様に、『霊異記』は行基も尼も、共に神人からの守護を受ける菩薩として位置づけるのである。男の菩薩である行基と、女でありながら菩薩となった舎利菩薩の誕生という、男女の菩薩を『霊異記』は語るのである。

おわりに

本章は、『霊異記』下巻第十九縁の女子の異常出生と、その女子が尼となり、僧達から外道との迫害を受けつつも、神人からの援助によって菩薩へと成長することの意義を考察した。

この異常出生は、阿羅漢誕生を語る印度撰述経典を引用し、さらに大陸由来の卵生による偉人誕生神話のモチーフを踏襲していた。そして、尼を庇護する神人は、中国撰述経典の僧伝において仏教庇護の役割を持つ援助者であり、仏教者の資質を保証する者であった。『霊異記』において庇護を受ける菩薩は行基と尼のみである。これは、『霊異記』が男女両者の菩薩像を創出し、聖人として位置付けたものと考えられる。このように本縁は、東アジア圏の神話や経典に拠りながら、「聖朝」である日本国に女の菩薩が顕現したことを強調して語る。異常出生を由来に持ち、経典や神話の典拠を有した女であることが、聖朝に誕生した女の菩薩を語るために必要な要素であった。そのために尼は肉塊という混沌から誕生し、その異常性によって聖性が保証されている。説話のCでは尼を誹謗する権威主義的な僧達と、「平等大悲」を説く尼との対立が見て取れるのであり、僧達こそが外道であると転換させるために、尼には強烈な出自と異能が付与されたのであろう。

本縁は、智慧によって悟りを得た女の菩薩を僧伝形式によって語るものであった。行基の対となる尼として舎利菩薩は位置づけられているのである。

注

1　守屋俊彦「日本霊異記下巻第十九縁考」（日本霊異記研究会編『日本霊異記の世界』三弥井選書10、三弥井書店、一九八二年六月）。守屋は『三国遺事』に見える卵生説話を九州の氏族が享受したとする。

2　齊藤静隆「『日本霊異記』下巻第十九縁についての一考察―上代説話の伝流の可能性―」（『國學院雑誌』第八十八巻第六号、一九八七年六月）。河野貴美子「『日本霊異記』下巻第十九縁の考察―大陸の伝承の影響と『霊異記』への編纂過程―」（『和漢比較文学』第二十二号、一九九九年二月）。

3　寺川眞知夫「大安寺関係説話」（『日本国現報善悪霊異記の研究』研究叢書180、和泉書院、一九九六年三月）、松本信道「『霊異記』下巻十九縁の再検討―その史実と虚構―」（『駒澤大學文學部研究紀要』第五十三号、一九九五年三月）、山口敦史「日

本霊異記の筑紫説話―下巻第十九縁をめぐって―」（林田正男編『筑紫古典文学の世界　上代・中古』おうふう、一九九七年九月）、松本信道「『霊異記』下巻第十九縁補考」（『駒澤大学 佛教文學研究』第八号、二〇〇五年三月）。

4　山本大介「『日本霊異記』下巻第十九縁と『変成男子』の論理」（『古代文学』第四十七号、二〇〇八年三月）。また、永藤靖も尼の身体性について「身体的障害は、聖なる病、男となる病」と指摘する。永藤靖「聖なる病あるいは女性の身体性について―『日本霊異記』下巻・第一九縁をめぐって―」（『古代仏教説話の方法―霊異記から験記へ―』三弥井書店、二〇〇三年三月）。

5　前掲注（2）河野貴美子は人間が肉塊を生み、棄てるといったモチーフを持つ中国の龍母伝承を挙げて「中国の伝承世界に広く存する話型、発想といったもの自体」が日本に伝流したと指摘する。

6　説話形成の過程について最近では、編者景戒が肥後国の異常出生を報告した解文（本縁Aに該当）を入手し、引用経典を参照して「肉団」の語を選択し、その上に本縁C部分を統合したと推定する水口幹記の論がある。水口幹記「『日本霊異記』下巻第十九縁の構成と成立―「産み生せる肉団の作れる女子」は、なぜ「女子」なのか―」（『藤女子大学 国文学雑誌』九十一、九十二合併号、二〇一五年三月）。

7　早くに狩谷棭斎が『日本靈異記攷證』（正宗敦夫ほか編『狩谷棭斎全集二』日本古典全集刊行会、一九二六年一月）にて『撰集百縁経』を指摘し、松浦貞俊が『賢愚経』と『撰集百縁経』を挙げて『霊異記』と「直接的な交渉がある様に見える」（『日本國現報善悪靈異記註釋』大東文化大学東洋研究所叢書9、一九七三年六月）と示唆した。

8　『賢愚経』の引用は『国訳一切経 印度撰述部 本縁部七』（大東出版社、一九三〇年三月）に拠る。『大正蔵』（巻四、四四〇c―四四一b）に該当する。

9　『撰集百縁経』の引用は、『新国訳大蔵経 本縁部二』（大蔵出版、一九九三年十二月）に拠るが、私的に改めた箇所がある。掲載箇所は『大正蔵』（四巻、二三七a）に該当する。

10　『撰集百縁経』には比丘尼の異常出生譚も幾つかあるが、巻八「白浄比丘尼」の出生が「端政にして殊妙、白浄の衣有りて身を裹みて生まれる。」（『大正蔵』巻四、二三九ｂ）であるように肉塊や卵からの出生では無く、尼等は端正な容貌として生まれる。本縁のような異形の尼は見られない。

11　『三国遺事』の引用は、『国訳一切経　和漢撰述部　史伝部十』（大東出版社、一九八〇年一月）に拠る。『大正蔵』（巻四十九、九六三ｃ）に該当する。

12　養老令文は、井上光貞・関晃・土田直鎮・青木和夫校注『律令』（日本思想大系3、岩波書店、一九七六年十二月）に拠る。番号、条文名も同書に倣った。

13　出雲路修校注『日本霊異記』（新日本古典文学大系30、岩波書店、一九九六年十二月）一二八頁脚注。

14　山口敦史「『日本霊異記』と「天台智者」―「神人」との問答と『涅槃宗要』―」（『日本霊異記と東アジアの仏教』笠間叢書378、笠間書院、二〇一三年二月）。

15　『梁高僧伝』の引用は、『国訳一切経　和漢撰述部　史伝部七』（大東出版社、一九七九年十二月）に拠る。『大正蔵』は用例6（『大正蔵』巻五十、三三八ａ）、用例7（同、三五五ｃ）、用例8（同、三七三ａ）、用例9（同、三七八ｃ）に該当する。

16　『比丘尼伝』の成立や受容等については、鈴木啓造「傳釋寶唱撰比丘尼傳に関する疑義」（『史観』第八十九冊、一九七四年三月）、山路芳範「義楚六帖引用典籍考二―尼高僧伝（比丘尼伝）について―」（『印度學佛教學研究』第四十巻第二号、一九九二年三月）、梁音「宝唱撰『比丘尼伝』訳注稿（一）」（『桜花学園大学保育学部研究紀要』第三号、二〇〇五年三月）を参照した。

17　竺沙雅章「中国における尼僧教団の成立と発展」（大隅和雄・西口順子編『シリーズ女性と仏教3　信心と供養』平凡社、一九八九年十月）。

18　名前のみを挙げた尼の伝は「偽趙建賢寺安令首尼伝二」（『大正蔵』巻五十、九三五ａ）、「延興寺僧基尼伝八」（同、九三六ａ）、「司州西寺智賢伝尼三」（同、九三五ａ）に該当する。

19　掲載外の例に「輒見神人。為沙門形。満於室内」（『大正蔵』巻五十、九三六ｂ）がある。

20　『大正蔵』（巻五十、九四二a―九四二b）。『比丘尼伝』の訓読は筆者試訓。

21　勝浦令子は、中国において比丘尼の教学的活動が評価されており、孝謙・称徳代の仏教政策は中国の影響を受けていたという。しかしそれ以降は、僧尼の地位格差によって尼の活動が停滞してゆくと述べた。本縁年代の宝亀年間は尼の地位低下が指摘される頃であるため、舎利菩薩が華厳教学に長けていたと記す点は、尼を巡る環境と関わるとも考えられる。勝浦令子「東アジアの尼の成立事情と活動内容」及び、「八世紀における僧と尼―僧尼の公的把握の構造的差異―」（『日本古代の僧尼と社会』吉川弘文館、二〇〇〇年十一月）。

22　『大正蔵』（巻五十、九四五a）。

23　『神仙伝』の引用は、福井康順校注『神仙伝』（中国古典新書、明徳出版社、一九八三年十一月）に拠る。

24　土屋昌明「仙伝文学と道教」（野口鐵郎編『講座道教 道教と中国思想』巻四、雄山閣、二〇〇〇年八月）。

25　神人は日本の文献にも『日本書紀』に「天地混成る時に、始めに神人有り。」（神代巻第一段、一書第三）と見え、ここでの神人は「可美葦牙彦舅尊」である。正文は『三五歴記』の盤古神話を典拠として「渾沌にして鶏子の如く」とあり、天地と陰陽が分れずに渾沌とした状態を卵に譬喩する。神人は、こうした神話的な歴史叙述の場面においても現れる特殊な存在といえる。

26　説話に引用される『大方広十輪経』は『大正蔵』（巻十三、六九四b）に該当する。

27　『弁正論』の引用は、『国訳一切経 和漢撰述部 護教部四』（大東出版社、一九八〇年九月）に拠る。『大正蔵』（巻五十二、五四九c）に該当する。

28　『弘明集』の引用は、『国訳一切経 和漢撰述部 護教部一』（大東出版社、一九八二年四月）に拠る。『大正蔵』（巻五十二、四六b）に該当する。

29　吉田一彦「『日本霊異記』を題材に」（光華女子大学　光華女子短期大学　真宗文化研究所編『日本史の中の女性と仏教』法蔵館、一九九九年十一月）。

30 田中貴子「尼と仏教―『日本霊異記』の世界から」(『駒澤大學 佛教文学研究』第八巻、二〇〇五年三月)。前世の因果と現世の身体との関連性でいえば、『霊異記』下巻第二十四縁は天竺王が修行僧の活動を妨げた罪により、死後「白き猴」の身に転生する。王の行為は「善道を修するを妨ぐる儻は、獼猴と成る報を得む」とあり、尼への蔑称「猴聖」は「えせ聖人」(旧大系)や、姿形が猿に近似するため(古典集成・新大系)とも指摘されるが、仏道を妨げた報いの罪が転生後の身体に影響するとも考えられる。

31 前掲注(2)河野貴美子。

32 井上光貞「律令的国家仏教の形成」(『日本古代の国家と仏教』岩波書店、一九七一年一月)。

33 本郷真紹は天平期の聖武天皇による仏教興隆政策によって多くの僧が得度したが、その政策が官僧の質を低下させることに繋がったと指摘する。本郷真紹「律令国家と僧尼集団―国家仏教から教団仏教へ―」(『律令国家仏教の研究』法蔵館、二〇〇五年三月)。

34 井上光貞「律令的国家仏教の変革」、前掲注(32)に所収。

35 吉田靖雄「八世紀の菩薩僧と化主僧について(下)」(『續日本紀研究』第一七〇号、一九七三年十二月)。

36 多田一臣「『日本霊異記』の撰述と景戒」(『古代国家の文学―日本霊異記とその周辺』三弥井選書17、三弥井書店、一九八八年一月)。

終章　編者景戒の夢見と『日本霊異記』説話との関係性

一　『霊異記』下巻第三十八縁——二つの夢見と夢解——

これまで本書は、『霊異記』説話の罪業の姿、罪を救う聖人が説話の中でいかに形象化されてきたのかという問題について、個々の説話を通じて論じてきた。序章で述べたように、この終章では編者景戒の体験が説話の一つとして記される下巻第三十八縁「災と善との表相先づ現れて、而る後に其の災と善との答を被りし縁」（以下、当該縁）の夢見の体験とそれに対する思考が、『霊異記』説話と深く関わることを述べたい。その意図は、『霊異記』を一つの書物として捉える際、下巻第三十八縁が個々の集蔵された説話と関連するものであろう、と想定するからである。

景戒の二つの夢見は、彼の慚愧によって起こる。一つ目は、延暦六年の夢で乞食僧に化した観音が現れる内容であり、二つ目は、延暦七年の夢で、死んだ自身を火で焼くという内容である。前者の延暦六年の夢は、慚愧という自己内省によって起こる観音菩薩との邂逅と救済への啓示である。また後者の延暦七年の夢は、自己の姿を見つめる、すなわち自己の罪や姿を認識する行為であると考える。先に結論を述べれば、『霊異記』の編纂年代と密接に関わる下巻第三十八縁の二つの夢には、罪業における自己認識（延暦七年の夢）、救済者たる聖人の姿を語る志向（延暦六年の夢）があるものと考える。

『霊異記』の成立年代は明確でないものの、下巻序文と下巻第三十八縁に延暦六年の日付が見えることから、この頃には『霊異記』の原形といえるものが纏められていたといわれる。出雲路修は上中下巻の説話配列の順序に「説話の連鎖」[★1]関係を見出し、連鎖関連が認められる説話を〈幹説話〉、連鎖関係の見えない説話を〈枝説話〉、と規定した。その上で『霊異記』には延暦六年時段階の原撰部と、延暦六年以後に増補された追補部とがあることを述べた。出雲路の説によれば、下巻第三十八縁は増補部〈枝説話〉に当たるという。★2 下巻第三十八縁は、景戒自身の述懐と彼が見た二つの夢とが語られる自伝的性格の強い縁であり、他の説話と比べて異質ながらも、編者の思想や志向を看取するためには極めて重要な説話といえる。★3

当該縁は、善悪の表相が現実として起こる場合、その前兆が必ずあることを記す。そして、聖武天皇の遺詔から政変へと展開する。聖武天皇の死後、藤原仲麻呂は天皇の「朕が子阿倍の内親王と道祖の親王との二人を以て、天の下を治めしめむと欲ほす」という勅命と、「祈の御酒《ウケヒ》」との遺詔によって、道祖の親王を太子とした。しかし天平宝字元年、孝謙天皇によって道祖の親王は廃太子にされて獄中死をする。さらに、藤原仲麻呂の乱において連座した長屋王の子である黄文の王、道祖王の兄である塩焼の王とその一族が討たれ、仲麻呂自身と彼の一族も殺される。当該縁は聖武天皇死後の孝謙天皇と道鏡における政変の歴史、その政変事件の前に国内で流行し歌われたという歌々を載せている。説話冒頭には「夫れ善と悪との表相の現れむとする時には、彼の善厲の表相に、先づ兼ねて物の形を作し、天の下の国を周リ行キて、歌咏ヒて之を示す。」とあり、善悪に関わる事件が起きる前には、物の形によってその前兆とされる事物や事象が現れると説く。このような意識は、『霊異記』が現報・善報・悪報を語る中で一貫して描かれてきたことである。聖武天皇死後の政変から、桓武天皇代延暦四年の藤原宇合の孫、藤原種継の死までの歴史を「表相」または「表答」という言葉によって叙述する。この延暦四年の種継の死については以下のように記されており、種継暗殺の表相は、月光が消えたことによって事件以前に表れていたのだと述べている。

延暦四年の藤原種継の死と表相及び延暦六年の景戒の慚愧　下巻第三十八縁

次の年乙丑《きのとうし》の年の秋の九月十五日の夜に、竟夜《よもすがら》月の面黒く、光消え失せて空闇《くら》かりき。同じ月の二十三日の亥《ゐ》の時に、式部卿正三位藤原朝臣種継《たねつぐ》、長岡の宮の嶋町に於きて、近衛の舎人《とねり》雄鹿《ヲジカの》宿禰《すくね》木積《こづみ》、波々岐《ははき》将丸《のもちまろ》の為に射死《ころ》されき。彼の月の光の失せしは、是れ種継の卿の死に亡せむ表相なりけり。同じ天皇の御世の延暦の六年丁卯《ひのとう》の秋の九月朔の四日甲寅《きのえとら》の日の酉《とり》の時に、僧景戒、慚愧《ざんき》の心を発し、憂愁《うれ》へ嗟《ナゲ》キテ言はく、「嗚呼恥しきかな、羞《ヤサ》シきかな。世に生れて命を活き、身を存《ながら》ふることに便無し。等流果《とうるくわ》に引かるるが故に、愛《あい》網《まう》の業を結び、煩悩に纏はれて、生死を継ぎ、八方に馳せて、以て生ける身を炬《こが》す。俗家に居て、妻子を蓄へ、養ふに物無く、菜食も無く塩も無し。衣も無く薪《たきぎ》も無し。毎《つね》に万《よろづ》の物無くして、思ひ愁へて、我が心安くあらず。昼も復飢ゑ寒ゆ。夜も復飢ゑ寒ゆ。我、先の世に布施の行を修せずありき。鄙《とひと》なるかな我が心。微《いや》しきかな我が行」といふ。

種継暗殺の表相に続けて記されるのは、延暦六年に起こした景戒の「慚愧の心」と、自身の生活や状況である。景戒は妻子を得たことを、愛網によって為した業であると思う。それであるのに、妻子を養うための食料や衣、薪も十分でないことを嘆く。自身の生活上の困苦の所以を「先の世」、つまり前世において布施の行を修めなかったことが原因であると考察し、前世から引き継がれた自身の心と行為とをいやしく思うのである。そして、その夜に夢を見る。

二　延暦六年の夢

かつて当該縁は、景戒の出自や経歴を推定する材料として論じられてきた経緯がある。一九三八年刊行の『国訳一切経』（和漢撰述部、史伝部二十四）は高瀬承厳校注『日本霊異記』を収録する。その解題で高瀬承厳は、景戒の出家年代を推定し、延暦七年時の火に焼かれる夢が出家の契機となったと述べる。[★4]この指摘以後、一九五〇年代は景戒の経歴と関連させた疑義が活発となる。武田祐吉は、延暦十四年に景戒が伝灯住位を得たことから、少なくとも夢が官位を得る栄転を暗示させるものという。[★5]続く益田勝実は、延暦六年の夢から出家を決意して私度僧となったと見る。[★6]これらの論は、景戒の出家年代を想定し、出家後に『霊異記』が編纂されたとしており、編者の文筆態度と編纂状況について関連させる立場の論である。当該縁の夢見に、『霊異記』作品内部から考察を加えた嚆矢は福島行一である。福島は延暦七年の夢で景戒が火で焼かれることと、玄奘三蔵の弟子である道照法師（上巻第二十二縁、第二十八縁）が火葬をされることが同じ位相にあると指摘する。つまり、夢中にて同様の体験をしたことによる景戒の感慨を当該縁に見るのである。[★7]このように、それまでは景戒の夢と景戒個人の生活との結びつきから説かれていたが、一九五九年の福島論により、編者の意識や思想性との関連から論じられる方向性が示された。

延暦六年の夢　下巻第三十八縁

然して寝《ネ》テアル子《ね》の時に、夢に見る。乞食者《こつじきしや》、景戒が家に来りて、経を誦して教化して云はく、「上品《じやうぼん》の善功徳を修すれば、一丈七尺の長身を得む。下品《げぼん》の善功徳を修すれば、一丈の身を得む」といふ。爰《ここ》に景戒聞きて、頭を廻らして乞人《こつにん》を睠《み》れば、紀伊国《きのくに》名草郡《なくさのこほり》の部内楠見《くすみ》の粟の村に有りし沙弥《しやみ》鏡日《きやうにち》なり。徐《やや》く就きて見れば、其の沙弥の前に、長さ二丈許、広さ一尺許の板の札《フミタ》有り。彼の札に、一丈七尺と一丈との印あり。景戒見て問ふ、「斯は是れ上品と下品との善功徳を修する人の身の印なりや」といふ。答ふらく、「唯《うけたまは》る、然《しか》なり」といふ。爰に景戒慚愧《ざんき》の心を発して、弾指《だんし》して言はく、「上品下品の善を修すれば、身の長きを得ること、是くの如くに有り。我、先に唯下品の善功徳をだにも修めず。故に我、身を受くること唯五尺余有らくのみ。鄙《とひと》なるかな」といひて、弾指し悔い愁ふ。側《かたはら》に有る人、聞きて皆言はく、「嗚呼《ああ》当《あた》れるかな」といふ。即ち景戒、炊《カシ》カむとすルニ、白米《しらげよね》半升許を擎《ささ》げ、彼の乞者《こつしや》に施《せ》す。彼の乞者呪願《じゆぐわん》して受け、立ちどころに書巻を出し、景戒に授けて言はく、「此の書を写し取れ。人を度せむに勝れたる書なり」といふ。景戒之を見れば、言の如く能き書の諸教要集《しよけうえうしふ》なり。爰に景戒愁へて、「紙無きを何にせむ」といふ。乞者の沙弥、又、本垢《ほご》を出し、景戒に授けて言はく、「斯れに写さむかな。我、他の処に往き、乞食して還り来らむ」といふ。然して札《ふみた》と書と弁せ置きて去る。爰に景戒言はく、「斯の沙弥、常は乞食する人に非ず。何の故にか乞食する」といふ。有る人答へて言はく、「子数多《アマタ》有り。養はむに物無く、乞食して養ふなり」といふ。

この夢には、景戒の知人であるという沙弥鏡日が登場する。彼は善功徳の有無が身長の高低に関わることを語り、上品の善功徳には一丈七尺の長身を得て、下品の善功徳には一丈の身長を得るという。景戒はその言葉を聞き、慚愧の心を起こして弾指する。そして自身の背丈の低さは、前世における善功徳の不足によるものと考え至る。鏡日は人を救い導くに優れた書物である「諸教要集」と、書写するための本垢を出して書き写すように言い渡す。そして、また乞食行を終えたら戻ることを告げて去る。鏡日が乞食行をする理由については、その夢に現れた人々が、彼には子が沢山居るので養うためにしているのだと語る。以下がこの夢に対する夢解の記述である。

延暦六年の夢解　下巻第三十八縁

夢の答詳《あきら》かならず。唯《ただ》し聖示《しやうじ》ならむかと疑へり。沙弥は観音の変化ならむ。何を以ての故にとならば、未だ具戒を受けぬを、名《なづ》けて沙弥とす。観音も亦爾《またしか》なり。正覚《しやうがく》を成ずと雖《いへど》も、有情《うじやう》を饒益《ねうやく》せむが故に、因位《いんゐ》に居たまふ。

乞食すとは、普門《ふもん》の三十三身を示すなり。上品の一丈七尺とは、浄土の万徳の因果なり。一丈をば果数とす。円満するが故になり。七尺をば因数とす。満たぬが故になり。下品一丈とは、人天有漏《にんてんうろ》の苦果なり。慙愧の心を発し、弾指し恥ぢ愁ふとは、本《もと》より種子《しゆじ》有りて、智行《ちぎやう》を加へ行へば、遠く前の罪を滅《ほろぼ》し、長《とこしへ》に後の善を得るなり。慙愧する者は鬢髪《びんぱつ》を剃除《ていぢよ》し、袈裟《けさ》を披著《き》る。弾指する者は、罪を滅し、福を得るなり。我、身を受くること唯《ただ》五尺余にのみ有りとは、五尺とは五趣の因果なり。余とは不定の種性《しゆじやう》にして、心を廻《めぐ》らして大に向ふなり。何を以ての故にとならば、尺に非ず、丈に非ず、数定まらぬが故になり。又、五道の因と為るなり。白米《しらげよね》を擎《ささ》げて乞者に献るとは、大白牛車《だいびやくごしや》を得むが為に、願《ぐわん》を発《おこ》し、仏を造り、大乗を写し改め、懃《ねもころ》に善因を修するなり。乞食咒願《じゆぐわん》して受くとは、観音の願ふ所に応じたまふなり。書を授くとは、新に種子を重ね、行人《ぎやうにん》の宗智《しゆうち》を加ふるなり。本垢《ほご》を授くとは、過去の時に、本より善種子の菩提《ぼだい》有りて、覆《おほ》はれて久しく形を現《あらは》さずして、善法を修するに由りて、後に得べきが故になり。我、他《ひと》の処に往き、乞食して還り来らむとは、他の処に住き乞食をするとは、観音の無縁《むえん》の大悲、法界に馳せて有情《うじやう》を救ひたまふなり。還り来らむとは、景戒が願ふ所畢《をは》らむときには、福徳智恵を得しめむとなり。常は乞食する人に非ずとは、景戒の願を発さぬ時は、感ずる所無きなり。何の故にか乞食するとは、今願ふ所に応じて、漸《やや》くに始めて福来るなり。子多数《あまた》有りとは、化する所の衆生なり。養ひの物無しとは、種性無き衆生は、成仏せしむる因無きなり。乞食して養ふとは、人天の種子を得るなり。

景戒は、夢の詳細は不明というものの夢に現れた鏡日は「観音の変化」であり、夢は観音からの「聖示」であると考える。吉祥天女（中巻第十三縁）、猴の身を受けた社の神（下巻第二十四縁）など、神仏との交感は夢において為される。当時、夢の中は神や仏からの言葉を受け取る場として理解されていたのであり、景戒もまた自身の夢に観音が顕現し、何らかの教えを自身に授けたと認識したのである。夢において鏡日は、乞食を終えてから再び戻ると告げた。景戒はこの行為を「観音の無縁の大悲」であると考える。その観音の施しが法界に広まり、「有情」である衆生への救済が広がることを確信する。以上のように、夢の中で景戒は全ての衆生を救済する「観音の無縁の大悲」を目にすることになる。

菊池良一は[★8]、長大な夢解に記載されている「本有種子」、「新熏種子」、「無漏種子」などの語から、景戒が所属した薬師寺の法相宗唯識教学の思想が基盤にあると指摘した[★9]。その一方、景戒における唯識思想の基盤を認めつつ、沙弥鏡日を「観音の変化」と解釈することに大きな意味を見出す論が提出されてきた。藤森賢一は、前掲の福島論における延暦七年の火葬の夢が道照への憧憬の表出であるという指摘を踏まえつつ、道照よりも「景戒の行基讃仰[★10]の意識」があると想定している。これは行基が朝廷から大僧正の位を授けられたこと、長命であったこと、死後遺言によって火葬に付されたこと等による。行基は「文殊師利菩薩の反化」（上巻第五縁）とされ、人間でありながら実体は菩薩であるという、『霊異記』説話全体に関わる「隠身の聖」の性質を持つ。藤森が当該縁を理解する方法として行基説話を用いた点は示唆的といえ、行基に関わる「隠身の聖」と『霊異記』の思想性とは、以降頻繁に論じられることとなる。[★11] さらにこの問題は、夢の直前にある景戒自身の「慚愧」を発起とする内省的な行為との関わりから指摘されてゆく。慚愧と夢の発生との関係について、入部正純は当該縁の慚愧―夢見―観音という構造は『霊異記』における「霊験譚の形式と基本的な同質性」[★12] を持つと論じ、沙弥鏡日を「隠身の聖」、「変化の聖人」そのものであろうと指摘した。つまり、延暦六年の夢は観音信仰が基盤にあり、『霊異記』全体で主張される隠身の聖説話と基盤を同じくするというのである。序章でも述べたが、中井真孝も同様の立場によって説話の構造を「成仏の因なき無性衆生を救済するために神通力によって化身を応現する『隠身の聖』[★13]」の姿を示すものであると看取する。

以上のように延暦六年の夢見は、景戒の慚愧を発端とした観音信仰への展開と、[★14]『霊異記』説話の重要なモチーフの一つである「隠身の聖」との関わりが指摘される。ここで「観音の変化」と啓示とが重要となるのは、観音への信仰に景戒の願が求められる点にあるだろう。この点を、示せば以下のようになる。

1a「斯れに写さむかな。我、他の処に往き、乞食して還り来らむ」といふ。

↓夢解

1b「乞食して還り来らむとは、他の処に往き乞食するとは、観音の無縁の大悲、法界に馳せて有情を救ひたまふなり。」「還り来らむとは、景戒が願ふ所畢らむときには、福徳智恵を得しめむとなり。」

右の1aは夢の内容の抜粋であり、1bはそれに対する景戒の夢解である。鏡日の乞食行について、1bでは「観音の無縁の大悲」が世界に広く伝わり、有情の者を救済すると景戒は考える。そして、鏡日が普段は乞食を

する僧でない点については、

2a「常は乞食する人に非ず。」

←夢解

2b「常は乞食する人に非ずとは、景戒の願を発さぬ時は、感ずる所無きなり。」

と解釈しており、ここにおける「感ずる所」とは「願」に対応する観音との感応の意味であろう。『霊異記』では善行や信仰心の称賛として「是に知る、感応の道諒に虚しからぬことを。」（上巻第八縁）、「僧の感ずる画女すら尚し哀形に応へき。何に況《いはむ》や是の菩薩にして応へたまはざらむや。」（上巻第十七縁）、「誠に知る、大乗不思議の力を示して、願主が至深の信心を試みたまへりといふことを。」（中巻第六縁）、「心を至して発願すれば、願として得ずといふこと無きことを。」（下巻第十一縁）、「誠に知る、観音の徳力と盲人の深信となることを。」（下巻第十二縁）と、必至の願の力によって感応を得ることを語る。先行論において、ここに観音との関わりを見定めるのは、各説話の評語にある「願」の機能から見ても首肯されるのであり、必至の願においては救済が発生するという構造が窺える。[★15] 次の例、夢の3aでは

3a「有る人答へて言はく、『子数多有り。養はむに物無く、乞食して養ふなり』といふ。」

←夢解

3b「子多数有りとは、化する所の衆生なり。養ひの物無しとは、種性無き衆生は、成仏せしむる因無きなり。乞食して養ふとは、人天の種子を得るなり。」

と、鏡日の乞食行の理由が明かされる。鏡日は観音の変化であるから、彼の子とは未だ悟りを得ない有情の衆生と解す。そして鏡日の乞食行とは、「人天の種子」へと衆生を導く要因を与えるためと解する。景戒はこの観音

の行為が「観音の無縁の大悲」であるとして有情を救うと夢解したのである。つまり、衆生の「願」に応じて顕現する観音の慈悲が夢に現れたと夢解し、自身の夢を聖示として認識したと考えられる。景戒にとっては「慚愧」を端緒として起こる観音との感応であった。衆生の願や信心において現れる「観音の変化」を、景戒は聖人の姿として夢解し、当該縁に記したのである。先述のように、菩薩や観音でありながら人間の身に変化して現れる聖人を、『霊異記』は「隠身の聖」として語るため、当該縁もそのような聖人の姿を語るための志向を共通するものと考える。従って、当該縁は景戒自身が体験した聖人の救済を記し、伝えるための説話であると同時に、★16『霊異記』における〈聖人伝〉の一形態と捉える。

景戒の慚愧は、仏教的因果律によって「先の世」に考えを廻らせ、自身に内在する業を感得する。この認識は観音の変化との邂逅によって更に深化し、観音が衆生を救う心である「無縁の大悲」を見るに至る。

延暦六年の夢は、自身の業を自覚する契機でありながら、聖人と出逢う宗教的体験であった。この「隠身の聖」が衆生を救うという志向性は、個別の『霊異記』説話においても反映されているものと考えるのである。その上で考察すべきは、〈聖人伝〉を希求する心的要因と、罪業を見つめる自己との関連性である。次節では延暦七年の夢見を通して罪業とその自覚について検討する。

三　延暦七年の夢

本節では、延暦七年の夢を中心に扱った論を概観する。以下、延暦七年の夢と後の出来事に関する記述を挙げる。

延暦七年の夢　下巻第三十八縁

又、僧景戒が夢に見る事、延暦の七年の戊辰《つちのえたつ》の春の三月十七日乙丑《きのとうし》の夜に夢に見る。景戒が身死ぬる時に、薪を積みて死ぬる身を焼く。爰に景戒が魂神《たましひ》、身を焼く辺《ほとり》に立ちて見れば、意《こころ》の如く焼けぬなり。即ち自ら楉《しもと》を取り、焼かるる己《おのれ》が身を策棠《ツ》キ、挽《カナふくし》に串《クスぬ》キ、返し焼く。先に焼く他人に云ひ教へて言はく、「我が如くに能《よ》く焼け」といふ。己が身の脚膝節《あしひざふし》の骨、臂《カヒナ》・頭《かしら》、皆焼かれて断れ落つ。爰に景戒が神識《たましひ》、声を出して叫ぶ。側に有る人の耳に、口を当てて叫びぬ。遺言を教へ語るに、彼の語り言ふ音《こゑ》、空しくして聞かれずあれば、彼の人答へず。爰に景戒惟《おも》ひ忖《はか》らく、死にし人の神《たましひ》は音無きが故に、我が叫ぶ語《こと》の音も聞えぬなりけり。

延暦七年の夢解　下巻第三十八縁

夢の答来らず。唯惟《ただおも》へり、若しは長命を得むか、若しは官位を得むか。今より已後《のち》、夢に見し答を待ちて知らまくのみとおもふ。然して延暦の十四年乙亥《きのとゐ》の冬の十二月三十日に、景戒伝灯住位《でんとうぢゆうゐ》を得たり。

延暦七年の夢見において景戒は死んでおり、その肉体を焼かれるという凄惨な場面から始まる。この時、景戒は自身の死に対して疑問を持たず、「魂神」という意識状態で自身の身が焼かれる状況を静観している。肉体は「意の如く焼けぬなり」と、あまり火が通らず、景戒は楉を取って身を突き刺したり返したりする。足、手、頭の順に焼かれ、身体の各々が分断すると、それまで静観していた景戒は生者の耳に向かって遺言を伝えるために叫ぶ。しかし、死人である自身の叫びは生者には伝わらないと知る。この景戒の「魂（魂神・神識）」による声の叫びが恐怖によるものか否か、文脈から断定できないが、自身の身体が焼け落ちてゆく様に対して発せられる。

延暦六年の長大な夢解と比較して、七年の夢解はあまりに短い。また、景戒は六年の夢を「聖示」と解していたが、この夢については「長命」もしくは「官位」の獲得を予見しながらも、「夢に見し答を待ちて知らまくのみとおもふ」と、夢の答となる現実の到来を望み、解釈を保留とする。

延暦七年の夢見の先行論として、火葬に付された聖人達（行基・道照・願覚）への憧憬によって、自身の夢を吉夢と解した説や[★17]、火に焼かれる夢の思想背景について捜索する論がある。[★18]

本書が視点とする、景戒の自伝と自己内省との関わりからは、まず多田一臣の論が挙げられる。「景戒の火葬の夢――「分身」論のために――」は、「魂神」と「景戒が神識」の語に着目する。多田は『類聚名義抄』[★19]に見られる「神」・「識」の「タマシヒ」の訓と、上代文献における魂と心との例を通して、この場面に遊離魂の観念を指摘し、「おのれの死体を焼く魂のありかたは、もうひとりの自分、すなわち『分身』としての自己を象徴する」[★20]と述べた。多田論が発表された前年に辰巳正明は「憶良を読む――六朝士大夫と憶良――」[★21]で、山上憶良作歌における自己内省を発起とした文筆の述作について論じた。この時期は、上代文献において個人の自覚や意識がいかに文芸として発展したのかといった問題が挙がった。この視点の方向性としては、先掲の多田論による日本古来の観念を和文脈の上から理解する方向性と、中国文学の思想を背景として、自己内省の述作態度が成立したと見る、辰巳正明による比較分析の方法の二方向が提示されている。[★22]後者、辰巳の中国比較文学の方法と視点を受け、山口敦史は六朝士大夫の述作態度である「自己省察」を通して、『霊異記』序文の啓蒙的性格を指摘する。そして、『霊異記』は六朝士大夫、そして彼らに影響を受けた憶良らに見える自己内省意識を文芸とする伝統の系譜上にあると論じた。[★23]夢見について山口は、『梁高僧伝』に焼身供養の行があることを指摘し、「理念の上では中国六朝思想の士大夫の捨身の思想を反映している。そして、その捨身の方法として焼身供養を用いた[★24]」と述べるように、当該縁に内省意識を看取している。武田比呂男は、景戒の夢見が「宗教的な自己の内面的覚醒の契機」[25]であり、その宗教的実践行為による「実践者のテキスト」が『霊異記』であると論じた。[26]夢見は、自己の死・肉体と「神識（魂神）」との分断・生者と死者の分断という象徴的な内容によって記され、説話の叙述において《肉体である自己》・《肉体を見据える意識のみの自己》・《その両方を見る夢見の視点の自己》の三つの自己が重複して語られている。自己の分断により、片方の自己を捉えざるを得ない状況へと展開してゆくのであり、自己内省や個人の意識を先行論が主眼とする理由はそこにあるものと思われる。火で己の身を燃やす行為は肉体の焼失を意味するが、魂の不滅を語るように、精神は不変のものとして理解しているのである。そして、この人間の精神・魂を「神識」という語で表現することに注意すべきである。この神識は漢訳仏典において特徴的な語であり、人間の業や因縁と深く関わるものである。この語の『霊異記』内の用例は、当該縁と本書第一部第三章で取り上げた「女人大きなる蛇に婚せられ、薬の力に頼りて、命を全くすること得し縁」に見える。

然して三年経て、彼の嬢、復蛇に婚せられて死にき。愛心深く入りて、死に別るる時に、夫妻と父母子を恋ひて、是の言を作ししく、「我死にて復の世に必ず復相はむ」といひき。其の神識は、業の因縁に従ふ。或いは蛇馬牛犬鳥等に生れ、先の悪契に由りては、蛇と為りて愛婚《くながひ》し、或いは怪しき畜生とも為る。

（『霊異記』中巻第四十一縁）

ここでは、蛇との婚姻は娘の愛心が原因で、それによって引き起こされたものであると説明しており、「神識」が人間の「業」と強く結びつくものであることが知られる。この説話から、人間の神識（魂）が欲望を司る業と有機的に関連していることが理解される。つまり、人間の神識によって種々の「業の因縁」が生じてゆくのである（これについては第一部第三章にて詳述した）。その因縁は神識によって善因・悪因何れかの可能性を有する。個人の内に潜む業を認識することは、自分の存在と世界とを結びつける問題であるから、第四十一縁はその自己認識において神識が重要なのだと説く。このように、人間が為す罪業と神識の関係性は、『霊異記』が一貫して説く現報・善悪と深く関わるものであり、欲望と対峙するための問題は、自己への認識を不可避とすることをここでは示しているのである。延暦七年の夢見における内面的な性質は、この説話を通じても明らかである。

以上、ここまで景戒自伝の延暦六年と七年の夢見を通して、編者景戒の体験における思想が、説話集編纂に関与していることを述べた。先行論が個人の内面性を当該縁に読み取ろうとする姿勢は、『霊異記』を文学作品たらしめる一つの試みでもあるだろう。よって本書においても、編者景戒の体験を記した下巻第三十八縁に、罪業における自己認識（延暦七年の夢）、救済者たる聖人の姿を語る志向（延暦六年の夢）があると想定し、その志向性に関わる個々の説話を検討し、その性格と位置づけを行ってきたのである。最後に、本書で述べてきた内容・各章の結論について解説し、今後の課題にも触れて全体のまとめとしたい。

四　本書各論の結論

本書は『霊異記』において、人々がどのように罪業と向き合ったのかを考察することを目的とした。そのため第一部は、人間の罪業を形象する言葉や主題に着目し、罪業への自覚と救済について検討した。第二部は、『霊異記』がいかなる〈聖人伝〉を語り、その姿を形象したのか考察した。その考察の結論は以下の通りである。

第一部「罪業の形象」では、愛欲がもたらす異類婚姻譚、人間の愛といった執着心から生まれる因業、宿業の病について扱い、説話において罪業がいかに形象されたのか論じた。

第一章　「狐妻説話における主題――愛欲の表現と異類婚姻譚――」

本章は上巻第二縁の、男と狐との婚姻を語る説話の意義について考察した。第二縁は狐との婚姻に対し、恋愛描写を以て叙情的に描いていた。しかし『捜神記』、『太平広記』において狐は美女や丈夫へと変じ、人間の男女を誑かし、仏教を侮蔑する悪しき獣として位置付けられている。その点において、『古事記』上巻の豊玉毘売との婚姻譚や、中巻崇神記の意富多々泥古出自譚のような、氏族の優位性や正当性を主張する話とは異なるのである。これは獣との婚姻に対する隠れた欲望が顕在化した結果の説話叙述であると考えられる。人間でない者に対し愛欲を抱くという点では、吉祥天女へ愛欲を抱いた優婆塞（中巻第十三縁）の場合も同様である。本来ならば優婆塞の行為は戒律への抵触となるが、吉祥天女への熱心な信仰によって生じた奇縁として賞賛されており、ここでの愛欲は信仰心の賜物と述べているのである。そこにはやはり人間の愛欲に対する肯定的な姿勢がうかがえる。上巻第二縁は異類婚であるが故に、夫婦の別離と歌によって物語は閉じる。夫婦は破綻を迎えるものの愛欲への戒めでは語り切れない相対する恋情、つまり他者への欲望と罪業の問題を抱えていると考えられる。これは編者景戒が、「愛網の業」（下巻第三十八縁）を為したと述べることも含め、仏道修行における戒律と愛欲という問題に関わるものである。

第二章　「狐妻説話における恋歌――「窈窕裳襴引逝也」との関係を通して――」

前章で述べたように、上巻第二縁は狐と人間との婚姻を恋愛描写を以て語る。特にその中心となっていたのは、別離の場面と男の恋歌である。本章では、別離場面の散文部の文脈と、恋歌の表現との関係性について考察し、歌の持つ意義について論じた。狐の妻が淑やかに赤い裳裾を引いて去る「窈窕裳襴引逝也」という描写は、漢籍由来の表現である。「窈窕」が用いられるのは上品な振る舞いの女であり、転じて男の視点による姿形の美しい女を評する語であった。また『万葉集』に詠まれる赤裳は男の目に赤裳の女が映る事で、女への恋心を惹起する表現であることが知られる。この点から上巻第二縁は、狐の妻を漢籍や『万葉集』における理想的な美女の姿として表現することで美しく描こうという意図を持つことが理解される。一方、夫の歌は『万葉集』と類歌の関係にある。両歌は「玉かぎる」の語を共有しつつ、去りゆく相手を「はろか」（『霊異記』）、「ほのか」（『万葉集』）に見たと詠む。「ほのか」は一瞬の間や朧気に見た姿であり、実態としての姿が不確かな様子を表す語である。しかし「はろか」に見ることとは、隔絶された距離に存する対象、異界の場所を見る行為と考えられる。つまり夫の詠歌とは、恋心に苛まれる自らの姿を詠みながら、はるか異界に去る妻を想念しているのである。『霊異記』は異類婚姻譚の定型である婚姻破綻の場面に敢て恋歌を載せる。「はろか」の語によって人間と異類との隔絶を示しながらも、夫の詠歌は物語を潤沢なものとして昇華させている。歌は『万葉集』と類歌関係にあることから、狐との悪縁による邪淫譚として排除しきれない、悲恋の物語として語ろうとする志向の結果であるだろう。『万葉集』は題詞や左注によって、歌の背後に付随した伝承を語るのであるが、『霊異記』は仏教説話の中に歌を必須としたのである。『霊異記』説話と歌の機能については、記紀歌謡等を参照とした広範囲に渉る説話と歌への考察や、仏典における詠歌の意義等を考察する必要があるだろう。ただ当該の上巻第二縁についていえば、散文のみでは成し得なかった夫の慕情と物語の余韻を残すことが出来ている。

第三章　「「愛心深入」における女の因業」

中巻第四十一縁は、蛇と娘との異類婚姻譚として解されてきた。特に、三輪山説話との比較、蛇神の零落化などによって説明されているが、蛇婿入りの型式を踏んで記されているとはいえない。本章では死に際した娘の

「愛心深入」という心情と娘の「神識」との関連、及び「我が意夢の如くにありき」という言葉の意味について漢訳仏典を通した読解を試みた。『霊異記』中の夢とは、夢によって自身の罪を示され、また夢は神仏からの啓示を受ける交感の場所であった。このために娘の「夢の如く」とは、夢中において仏からの言葉や啓示を感得できない結果であったと位置付ける。これは善珠の『本願薬師経鈔』や『瑜伽論記』、『出曜経』において、仏が衆生の「神識」へ働きかけることに対して、応じることの出来ない者も存在することと繋がる。それら衆生は「罪垢深固」であるために、神識の改善が困難であるとされていた。このため、神識が改善し得ないのは、娘の「愛心深入」という心的作用によるものであったと考えられる。娘はその愛心ゆえに諸悪を引き起こし、愛執によって二度も蛇と交わるのである。この「愛心」の問題は説話後半部にも共通する。前世における息子への深い愛心により、輪廻を果たして息子と結ばれる母や、父の息子に対する「重愛」も、時として奇異な因縁となることを示している。説話内で過剰な執着心や強い想いによる感情を全て「愛」と記していることは、愛という人間本来の感情・衝動・欲求が、様々な悪縁の種であると示しているのであろう。上巻第二縁の異類婚に、愛欲に対する自己認識への言及は見られなかったが、中巻第四十一縁は仏教思想を援用し、自己の「愛」が悪因へと結びつくことを、異類婚の姿に形象して語るのである。

第四章　「婬泆なる慈母――子の孝養における救済――」

『霊異記』に語られる母親の多くは、律令社会の規範の中で生き、我が子を慈しむ母である。しかし、下巻第十六縁の母親は、「天骨婬泆」なる淫蕩な性質によって育児放棄をした母である。だが子は母を恨まず、むしろ「慈母」と呼ぶ。これについて子から親への孝養という視点から考察した。母の婬泆は養老律令に抵触する罪である。同様に養老律令における懲罰の対象である、中巻第三縁の「悪逆」の息子も死の報いを受ける。しかし両者はその後、肉親からの供養を受ける。悪逆の息子の救済は語られないが、婬泆の母は救済が明示される点に、『霊異記』の孝養の絶対性があるものと思われる。そこで本章では『霊異記』の孝養説話の背景に『父母恩重経』を想定し、経典に見られる母子の恩愛の姿を通して孝養と仏教との融合を確認した。このような婬泆なる母の罪に対しても、供養によって救済するという孝養の姿勢が求められているのである。婬泆の母を地獄から救済し、慈母へと転換させることは、即ち子の孝養として理解し得る問題である。婬泆の母を主題としたのは、婬や愛がタブーとされる中においても猶、それを求める人間の心を『霊異記』が正面から捉えたためであろう。当時の女は、夫に仕えて貞節に生きることが求められた。『万葉集』には種々、男の訪れが無いことを嘆く女の歌が載るように、女が自らの意思によって愛を得ることは困難であり、ましてや、子を捨ててまで性愛を求める母の物語は異常ともいえる。この母の行為は、律令規範下において罰せられ、社会秩序からも排除される女である。そうした意思を持った者が母であったことは、仏教経典が慈母を求めることと反する点でもある。慈母であるべき母の愛欲を、『霊異記』は徹底的に批難してはいないことに留意すべきだろう。これは、東アジア仏教文化圏における〈慈母〉の姿と、社会的な実態としての母や女の性質とも関わる問題である。婬泆の母を救済するというモチーフは儒教において重視された孝養のモチーフを取り込んだ結果であった。その上で『霊異記』は、婬泆の罪を犯した母の罪の自己認識を契機としながら、その罪有る者をいかに他者が許し、救うかといった問題を語るものと考える。

第五章　「盲目説話の感応と形象——古代東アジア圏における信仰と奇瑞——」

『霊異記』には、病者が諸仏への信仰を契機としてその病を治癒する説話が数話見える。これらの説話は、病苦に起因した衆庶の信仰を獲得するための機能があるものと考えられる。『霊異記』は病治癒において「願」という行為を必須とするのであり、「願」によって諸仏との感応を語る。この方法について、下巻第十一縁の宿業によって盲目となった母の開眼譚を中心に、『郷歌』、『雑宝蔵経』など東アジア圏を視野に入れた母子の盲目説話を取り上げ、それらに共通する感応の様相とそれを語る手法を論じた。『郷歌』の場合、千手観音への帰依と呪歌によって子の盲目が治る。主題の類似性を抱えつつ、諸仏への感応の方法を異にする。『雑宝蔵経』は仏への称名によって治癒を得る。その点『霊異記』は、病者の深い信心の願、それに憐れみを覚えた人間の介在があり、そこから罪を滅するための周囲の働きかけを要している。つまり、これらの救済を語る上で『霊異記』は他者を媒介とした感応の方法を必須とする。『霊異記』の病治癒譚は漢訳仏典の世界における信仰の様相を基盤とし、種々の経典の効能を記しながら、諸仏への至心とそれに心動かされた周囲の人々の援助を媒介させる展開を形成していた。つまるところ『霊異記』は読経や信心による霊験の享受を本願としてはいるが、人間の行為による善行を推奨しているのである。『霊異記』は、懲罰的な説話を多く収載するものの、病治癒説話においては、人間の持つ善なる心を一心に信じる編者の信念ともいうべき語りが看取されるのである。

第六章「宿業の病と無縁の大悲」

下巻第三十四縁の巨勢呰女は、宿業の病によって首に大瓜ほどの腫れ物が出来る病に罹る。本章は前章に引き続いて宿業の病を取り上げ、宿業における救済の構造を評語における「無縁大悲」と「無相妙智」の語から論じた。「宿業の病」は『霊異記』に三例見え、病者は疾患の具体的な原因を知り得ぬまま、自身の身体的な疾患が仏教的転生観の中で展開した結果と自覚する。そこでは、病症を機縁として仏道を修し、苦痛の救済を来世に求めてゆくのである。漢訳仏典において、「無縁大悲」とは罪障に関わりなく全ての衆生へ施される仏の慈悲である。そして「無縁大悲」と対句の関係である「無相妙智」は用例が少ないものの、差別等の問題を無効とした仏の智慧であると考えられる。下巻第三十四縁は、行者忠仙が呰女に対して起こした大悲が語られているが、忠仙においても呰女との出会いを契機として発願に至るのであり、罪あるものと、それを救う仏教者との相互関係が見て取れる。これは、一方的な病者への救済ではなく、修行者が病者と関わることによって生じる心が「無縁大悲」という衆生に対する絶対的な慈悲心になることを示しているのである。この「無縁大悲」は下巻第三十八縁の延暦六年の夢に記される。景戒は夢解によって「観音の無縁の大悲」が、観音による分け隔てない慈悲の心であると解する。行者忠仙が巨勢呰女に対して起した無縁の大悲の心は、救済の一助となる慈悲の心である。仏典において病気や身体の不具は、病者自身の過去の因業に拠るものと説かれている。こうした思想背景を持ちつつ『霊異記』は、単に罪人の罪を滅することではなく、様々な人々との共生によって、それぞれの人間が救済を得ることを目的としたのではないだろうか。病者への差別的言説は近代にまで継続し、特に身体的な特徴の疾患は社会から放逐され、流浪の参詣や、隔離を強いられることとなった。忠仙の登場は、仏教が医療と密接に関わっていた当時の社会背景を反映しているが、説話の発願は人間の共生における救済が描かれている。宿業という不可視の罪を背負う者を差別せず、共生の道を模索するための側面があるのではないか。下巻第三十四縁と景戒自伝の第三十八縁に共通して用いられている「無縁大悲」という語は、衆生救済の思想の意図を持つ語であると論じた。本章で取り上げた宿業と救済に介在する者は行者忠仙であるが、このような罪業の救済を担う聖人の形を記す説話への姿勢があるものと考える。

第二部　「〈聖人伝〉の形象」では、『霊異記』に見える聖人の姿がいかに描かれてゆくのか、他の文献に記載された内容との比較を通して『霊異記』の語る〈聖人伝〉の特質について論じた。

第一章　「聖徳太子の片岡説話――「出遊」に見える〈聖人伝〉の系譜――」

上巻第四縁の聖徳太子片岡説話における太子の「遊観」の行為を通して、『霊異記』の聖徳太子伝承と、聖人を語る型について論じた。『霊異記』の聖徳太子は遊観・幸行し、村の路の側に臥せる「毛有る乞匂」を発見する。太子と乞匂との出逢いにおいて、聖徳太子は通眼によって乞匂を隠身の聖であると見抜くのであり、君子たる仁慈を持ち、通眼の能力を有する聖人として造形されている。本章では、聖徳太子が片岡へ「遊観」、「幸行」したと示すことに注目した。そこで『万葉集』（巻三・四一五）の、聖徳太子詠挽歌の題詞に見える「出遊」や他のテキストに見える聖徳太子伝承を比較し、聖人が様々な土地を経巡ることの意義を求めた。釈迦の事績を語る仏伝である『釈迦譜』では、出家前の釈迦が東西南北の門から「出遊」（「遊観」）し、老人・病人・死人を見つけることを記す。釈迦はそこで人間が生きる上で不可避なあらゆる苦悩と直面するのである。聖人となる者は、土地を巡ることによって特殊な人物と出逢うことが約束されているのであり、『霊異記』の聖徳太子伝承は釈迦の出家譚を踏まえているのであると考える。『万葉集』の聖徳太子の挽歌も、太子の出遊を記し、歌が路傍に死す旅人の家族（妹）との別れを哀傷することにおいて、同じ位相にあると考えられる。『霊異記』も『万葉集』も、聖徳太子は乞匂や死人に対して慈悲を向ける。これは、釈迦の出家譚の追体験であり、聖人を聖人たらしめる有徳の君子としての必然的条件であった。『霊異記』には、日本国から誕生した仏教的聖人の仏伝を語ろうとする意図がある。それを東アジアにおける聖人を語る伝の形式で叙したものが聖徳太子の〈聖人伝〉であるだろう。

第二章　「『霊異記』が語る行基伝――聖人の眼をめぐって――」

前章で述べた聖徳太子伝承の在りようは、『霊異記』の日本における仏教的歴史認識が示されているといえる。そして聖徳太子と同等に、行基説話も重要な位置にある。本章は中巻第二十九縁、第三十縁の行基説話を中心に取り上げながら、『霊異記』の語る行基伝について論じた。両説話は、行基の能力である「天眼」・「明眼」という因果を見抜く力によって解き明かされる民衆の罪や業の物語を記すのである。『出曜経』には、天眼とは仏の備える能力とされる。また、明眼とは、凡人の対比である有智の人が備える眼であり、悪行や愚痴なる心を見ることのできる眼である。それは神通力といった霊的な能力というよりも、悪心と対峙できる智慧の心をもつ人間の眼であった。聖徳太子もこのような「眼」を持つ者として挙げられる。『霊異記』は聖徳太子と聖武天皇、行基を結びつけ、仏法を広めた聖徳太子、東大寺建立事業を為した聖武天皇、東大寺の勧進をなした行基の三者を、日本を仏国土として形成する国家を築いた聖人として位置付けている。その中で行基は、天眼によって衆生の罪を曝し、内に潜む罪を露呈し、罪を為した人間の自覚を促す者としての役割を持つ。『霊異記』が行基を特別な僧として重要視することは、個々の説話叙述からも窺えるのであり、『霊異記』は行基を、民衆に己の罪を自覚させ、罪における因果を教え諭す伝道師のような聖人として語る。『霊異記』の語る仏教的な歴史叙述については、行基を聖武天皇との前縁を暗に示すことや、下巻第三十九縁の禅師寂仙の嵯峨天皇への転生譚から窺えるように、仏教と王権との関係性を常に重視している。

第三章　「行基詠歌伝承と鳥の形象」

本章は前章に引き続いて、行基説話の一つである中巻第二縁を取り上げた。中巻第二縁は信厳（倭麻呂）の出家、妻の出家、息子の死、信厳の死といったように、出家と死が重層的に語られながら信厳の死に及んで泣き悲しむ行基の歌で物語を閉じる。中巻第二縁の行基は、威厳や霊威による衆生救済の聖人とは異なり、弟子の死を嘆くといったように行基の感情が描かれている点に特徴がある。このため本章では、僧である行基の詠歌がもたらす歌の機能を考察した。『万葉集』で「言のみ」や、「言にしありけり」と歌われる例をみると、「言のみ」とは相手からの言葉を頼りにしたものの、その言葉が現実に叶わなかった過去を回想して嘆くという意味を持つ。これらは、逢瀬の言葉が「言のみ」であった過去と、逢瀬への期待を裏切られたことへの批難が込められていた。これにより行基の歌は、信厳の約束を愛惜の意を以て批難しているのである。そして、批難の内実は悪鳥である烏に寄せて歌われており、「烏の邪淫」という妻烏の行為と、自分の元から先立った信厳とを重層させているのである。後世に成立した『三宝絵詞』に所収する、行基と婆羅門僧正の贈答歌と説話においては、歌が僧の徳や威光を語るための材料となっている。また『梁高僧伝』巻十三には梵唱における音楽の感動を記すように、僧が梵唄を歌うことには韻律と経文の両者が必要であり、それは僧の徳を示すことであった。『霊異記』にも、読経の美しさを閻羅王に賞賛された在家信徒の女の読経は、妙音にして道俗から愛されたとあり（中巻第十九縁）、次章で取り上げた舎利菩薩の読経も聞く人に哀れみをもたらしたとある。このような韻律に対する意識があったと考えられる。『霊異記』説話に賛はあるものの、仏の教えや仏徳を讃えるための偈頌などの韻文は記されない。しかし説話と歌とを併せ持つ縁があるように、説話中の物語を歌によって表している。説話における韻文の挿入といった点については、中国の偈頌との比較を視野に入れた研究が今後の『霊異記』研究には必要であると考えられる。

第四章 「「外道」なる尼──女人菩薩説話の形成──」

本章では、『霊異記』で唯一の女身の菩薩の説話（下巻第十九縁）を取り上げ、異常出生モチーフや、舎利菩薩が様々な僧から誹謗を受ける点と、そこに救済者として訪れる神人の存在に注目し、女人のまま菩薩となった舎利菩薩の説話の形成について論じたものである。下巻第十九縁の典拠と指摘される『賢愚経』、『撰集百縁経』といった経典では男児が多産して阿羅漢となる。一方『霊異記』は女子が一人生まれて菩薩へと転じるように、経典を越える「善類」が「我が聖朝」に存在することを主張している。この女子は尼となり、二人の僧から外道と呼ばれて迫害を受ける。菩薩たる資質を持つ尼への迫害と、尼を庇護する神人とが、庇護と庇護者の関係性であることを、『霊異記』内の神人の例、さらに『比丘尼伝』、『梁高僧伝』、『神仙伝』から考察した。その結果、『霊異記』は東アジア仏教における聖人である神人の姿を踏襲していると考えられる。特に『比丘尼伝』には、女が仏道修行をする上での困難の他、神人が尼の聖性を保証する夢見が示されたように、舎利菩薩を庇護する神人もこうした仏法守護者の系譜上に位置する者と考えられる。下巻第十九縁は、東アジア圏の神話や経典に拠りながら、「聖朝」である日本国に女の菩薩が顕現したことを強調して語る。権威主義的な教義を転換させるための強烈な出自と異能が尼には付与されていたのであり、女の菩薩を語る上での必要な要素であったと考えられる。下巻第十九縁は、智慧によって悟りを得た女の菩薩を僧伝形式によって語る説話であり、行基の対となる聖人として舎利菩薩は位置づけられていると考える。

以上が本書の全十章の結論である。本書は『霊異記』の作品論的読解を試み、愛欲がもたらす罪業と、その罪業を救済するための因子である自己や他者、救済者たる聖人の伝承について考察した。

『霊異記』は文学研究よりも仏教学、思想史学、歴史学、国語学等の隣接分野で研究が進展してきた経緯がある。それは、日本文学の分野において『霊異記』は漢土の説話集に倣って編纂した未成熟のテキストという評価を受けた過去が要因としてあるだろう。だが、『霊異記』は漢訳仏典の語や教理の深淵に、人間の心の様相を求めたのである。奈良末期から平安朝前期において、自己の精神と罪業との関係性を考究した痕跡を残す『霊異記』

を文学の研究対象とする意義はここにあると考える。従って、本書は下巻第三十八縁における延暦七年の夢に自己内省的側面を見て取り、罪業に関わる人間の心性が、個々の説話と有機的に関連してゆくと想定した。そして、テキストの外部的思想（漢訳仏典・仏教思想）と、テキストの内部的思想（『霊異記』の叙述）との連動を捉えることを目的とした。積極的に東アジアの仏教説話や漢訳仏典とを比較して個々の説話を考察し、それと同時に『霊異記』内部の文脈や語りの様相を通して、一貫したテキスト内部の認識像を捉えた。かかる視点における本書の意義は、『霊異記』内部の説話文脈と外部の思想性との連関によって紡ぎ出される『霊異記』の文学的営為を考察し、罪業に対峙する人間の精神の在り方を示す『霊異記』の作品論的読解にあると考える。編者景戒の知的水準値の想定とも関わるが、比較文学の手法による研究は、『霊異記』説話に見える表現に着目し、その分析を通して如何に読み解けるのかという試みである。

今後も『霊異記』説話を理解するためには、中国や韓国といった東アジア仏教文化圏の文献や資料などを用いた研究が必要となるだろう。この点において、本書に残された課題は多くある。儒教、道教との信仰の混在を見極めながら、仏教への信仰と『霊異記』に描かれた人々の心性について考察することは今後の課題である。さらに、仏教思想と人間の心性における物語・説話などの生成の関係を考察することも今後の目的としたい。

注

1　出雲路修「《日本国現報善悪霊異記》の編纂意識（上）」（『國語國文』第四十二巻一号、一九七三年一月）、出雲路修「《日本国現報善悪霊異記》の編纂意識下）」（『國語國文』第四十二巻二号、一九七三年二月）。

2　前掲注（1）にて、出雲路は〈幹説話〉が日本仏教史の構築を目指して編纂されたのに対し、〈枝説話〉は「〈アヤシ〉の世界の構築」を目指した説話群であるという。出雲路の分類でいえば、本書で取り上げた上巻（第二縁）、中巻（第二縁、第二十九縁、第四十一縁）、下巻（第十一縁、第十六縁、第三十四縁）は〈枝説話〉に含まれ、上巻第四縁は〈幹説話〉と分類される。本書は個々の説話に〈アヤシ〉の世界を積極的に見出す立場はとらない。ただ、本書で取り上げた説話が〈幹説話〉から外れるのであるとすれば、むしろこうした〈枝説話〉を収載する点にこそ仏教説話集としての『霊異記』の特質があると考えられる。

3　山口敦史は、「説話中の人物の内的感情と撰述者景戒の内的感情（制作動機）は、共通の地盤（貧→罪の自覚→恥・慚愧→善行・仏道への帰依）を持っているのではないかとも考えられる。（中略）それは、《撰述者》の《自己体験》として提示することの効果を意図していたのではないか。」と、第三十八縁と個別説話との関連に慚愧といった自己認識があることを指摘する。「『日本霊異記』の「貧窮」について」（『日本霊異記と東アジアの仏教』（笠間叢書378、笠間書院、二〇一三年二月）。

4　『国訳一切経 和漢撰述部 史伝部二十四』（大東出版社、一九三八年十二月）。

5　武田祐吉校註『日本霊異記』（日本古典全書、朝日新聞社、一九五〇年九月）。

6　益田勝実「古代説話文学」（『岩波講座 日本文学史』第一巻、岩波書店、一九五八年八月）。

7　福島行一「日本霊異記に表れた景戒の考え方」（久松潜一編『平安文学　研究と資料　源氏物語を中心に』国文学論叢第三輯、至文堂、一九五九年十一月）。また、福島行一「日本霊異記下巻第三十八縁に就て」（『芸文研究』十号、一九六〇年六月）。

8　菊地良一「『霊異記』下巻第三十八話について―「本有種子」「新薫種子」等―」（『國文學 解釈と教材の研究』第十三巻 第十号、一九六八年八月）。

9　菊地良一の論が提出された一九六八年以後、唯識思想からの指摘は暫く無かったが、師茂樹「五姓各別説と観音の夢―『日本霊異記』下巻第三十八縁の読解の試み―」（『佛教史學研究』第五十巻二号、二〇〇八年三月）、山本大介「不定姓と景戒―『日本霊異記』下巻第三十八縁と五姓各別説をめぐって―」（山口敦史編『聖典と注釈―仏典注釈から見る古代―』武蔵野書院、二〇一一年十一月）、など、近年では積極的に唯識教学の視点から観音の夢について考察する立場もある。

10　藤森賢一「焔に向って―霊異記下巻第三十八縁考―」(『岡大国文論稿』第二号、一九七四年三月)。
11　出雲路修「隠身の聖―《日本国現報善悪霊異記》の世界―」(『國語國文』第五十三巻第七号、一九八四年七月)。
12　入部正純「景戒の考え方―『霊異記』下巻第三八縁の「夢」を通して―」(『文藝論叢』第十一号、一九七八年九月)。
13　中井真孝「古代における救済とその論理―とくに『日本霊異記』の場合―」(日本宗教史研究会編『日本宗教史研究』第四号、法蔵館、一九七四年四月)。
14　中村史「『日本霊異記』下巻第三十八縁に於ける景戒の観音悔過体験」(『論究日本文學』第五十八号、一九九三年五月)。
15　多田一臣「『日本霊異記』撰者景戒について」(『古代国家の文学　日本霊異記とその周辺』三弥井選書17、三弥井書店、一九八八年一月)。
16　寺川眞知夫「景戒の夢解と仏性の認識―原撰時から増補時への認識の深まり―」(坂本信幸ほか編『論集　古代の歌と説話』和泉書院、一九九一年十一月。後、『日本国現報善悪霊異記の研究』研究叢書180、和泉書院、一九九六年三月)に所収。
17　前掲注(7)福島行一。小泉道は福島、藤森両論の説を踏まえつつ、火葬の後に復活した、「聖の反化」である僧願覚(上巻第四縁)を合せて、火葬された聖人の聖性を希求したと述べた。小泉道校注『日本霊異記』(新潮日本古典集成67、新潮社、一九八四年十二月)三〇八頁頭注。また、駒木敏「『日本霊異記』の自伝―二つの夢―」(『日本文学』第三十巻第二号、一九八一年二月)も、火葬を受ける聖人の説話にこそ景戒の理想があると論じる。
18　守屋俊彦は、中巻第七縁の智光が死に際して、自身の身を火葬にしてはならないと弟子に告げる例から、仏教的な火葬と火葬を避ける土俗的な信仰とが『霊異記』には混在し、未整理の状態だったものという。「焼くことなかれ―霊異記下三十八の夢についての再説―」(『甲南国文』第二十二号、一九七五年三月)。後、『続　日本霊異記の研究』(三弥井書店、一九七八年十一月)に所収。他に、夢解が中国の夢占いの書物である『夢解書』の利用を背景とする説に、中前正志「火葬と火解と夢解―『日本霊異記』の一問題―」(『花園大学研究紀要』第二十一号、一九九〇年三月)が挙がる。
19　観智院本『類聚名義抄』「神」(法下、二表)、「識」(法上、二十五裏)。天理図書館善本叢書『類聚名義抄　観智院本　法』(八木書店、一九七六年十一月）。

20　多田一臣「景戒の火葬の夢―「分身」論のために―」（『日本文学』第三十八巻第五号、一九八九年五月）。

21　辰巳正明「憶良を読む―六朝士大夫と憶良―」（『上代文学』第六十号、一九八八年四月）。後、「六朝士大夫と憶良」と改題し、『万葉集と中国文学　第二』（笠間叢書256、笠間書院、一九九三年五月）に所収。

22　さらに宗教学の方面からは、中村生雄が宗教的なイニシエーション体験として捉え、景戒の慚愧を「回心」と定義する。中村生雄「景戒の回心と『日本霊異記』」（『文学』四十八号、一九八〇年一月）。

23　山口敦史「『日本霊異記』と中国六朝思想―悔過・懺悔・慚愧―」（『日本文学論集』第十四、一九九〇年三月）。また、「自叙と内省―『日本霊異記』における景戒―」（『九州大谷研究紀要』二〇〇〇年三月）。何れも、山口敦史『日本霊異記と東アジアの仏教』（笠間叢書378、笠間書院、二〇一三年二月）に所収。

24　山口敦史「日本霊異記と中国仏教―下巻第三十八縁をめぐって―」（『上代文学』第六十六号、一九九一年四月）。後、「景戒の夢と焼身」と改題し、前掲注（3）に所収。山口は延暦七年の夢を自己省察としての焼身の方法であると解して、この夢を「『日本霊異記』全体を統御する理念を反映するものとして、考える必要を感じる。」と述べる。

25　武田比呂男「景戒の夢解き 実践者のテキストとしての『日本霊異記』」（古代文学会編『祭儀と言説―生成の〈現場〉へ』森話社、一九九九年十二月）。

26　景戒の宗教的実践行と論じる論に、渡部亮一「奇事の配置―『日本霊異記』を書くという実践」（『古代文学』第四十三号、二〇〇三年四月）、渡部亮一「「知る」者たちのテキスト―『日本霊異記』―」（『日本文学』第五十四巻五号、二〇〇五年五月）、山本大介「「安楽国」と「日本国」―『日本霊異記』における天皇と自土意識―」（『古代文学』第四十九号、二〇一〇年三月）がある。

初出論文一覧

既発表論文を本書に掲載するにあたり、加筆修正をした。

序章

書き下ろし

第一部　罪業の形象

第一章　狐妻説話における主題——愛欲の表現と異類婚姻譚——

書き下ろし

第二章　狐妻説話における恋歌——「窈窕裳襴引逝也」との関係を通して——

原題「『日本霊異記』「狐為レ妻令レ生レ子縁」の歌——「窈窕裳襴引逝也」との関係——」（『日本文学論究』第七十冊、二〇一一年三月）

第三章「愛心深入」における女の因業

原題「「愛心深入」における女の因業——『日本霊異記』中巻第四十一縁——」（『古代文学』第五十二号、二〇一三年三月）

第四章　婬泆なる慈母——子の孝養における救済——

原題「婬泆なる慈母——『日本霊異記』下巻第十六縁考——」（『國學院雑誌』第一一六巻第十号、二〇一五年十月）

第五章　盲目説話の感応と形象——古代東アジア圏における信仰と奇瑞——

原題「『日本霊異記』における盲目譚――古代東アジア圏の信仰と感応――」(『東アジア文化研究』第一号、二〇一六年一月)

第六章　宿業の病と無縁の大悲

原題「宿業の病と無縁大悲――『日本霊異記』下巻第三十四縁――」(『東アジア比較文化研究』第十四号、二〇一五年六月)

第二部　〈聖人伝〉の形象

第一章　聖徳太子の片岡説話――「出遊」に見える〈聖人伝〉の系譜――

原題「聖徳太子の片岡説話伝承――『日本霊異記』と『万葉集』における聖徳太子像をめぐって――」(『日本文学論究』第七十四冊、二〇一五年三月)

第二章　『霊異記』が語る行基伝――聖人の眼をめぐって――

書き下ろし

第三章　行基詠歌伝承と烏の形象

原題「行基の歌――『日本霊異記』中巻第二縁――」(『古代文学』第五十四号、二〇一五年三月)

第四章　「外道」なる尼――女人菩薩説話の形成――

原題「「外道」なる尼――『日本霊異記』下巻第十九縁をめぐって――」(『日本文学』第六十五巻第二号、二〇一六年二月)

終章

書き下ろし

あとがき

本書『日本霊異記の罪業と救済の形象』は、説話のうちにある人間の心性を、罪業と救済という観点から論じ、『日本霊異記』の文学性を追究したものである。本書では言及できなかった点、説明や考察の拙い点など多く存する。御批正を乞う次第である。

國學院大學大学院に入学した当初、何事も至らなさすぎる私に対して、辰巳正明先生は根気強く丁寧に指導してくださった。先生からのご教示により、『霊異記』の背後に広がる東アジア典籍の豊かな世界を知ることが出来た。辰巳先生との出逢いは仏典との出逢いであり、私の研究を方向付ける契機となった。本書第一部第三章「「愛心深入」における女の因業」は、後期課程一年生の時の学会発表を基としている。経疏が構築した思索の楼閣に引き摺り込まれた結果であると同時に、博士論文の大きな軸ともなった。

ただこの時期は、研究室や自分の研究から離れていた。あの頃の記憶の大概は夜だ。特に思い出すのは、仕事を終えてから向かった夜の國學院大學図書館である。そこは、学問や研究が絶えず行われている場所だ。窓から漏れる灯り。真夜中の海で漂流物となっていた折、あれは決して消えない灯台の光のように私の心を照らした。そして、研究に対する信念、自信を積み重ねることを放棄していた自分の弱さを自覚するに至った。

辰巳先生には、先生のご退官の年まで御指導を賜った。それまで、このように多くのご心配とご迷惑をおかけした。谷口雅博先生には、博士論文を成稿するまでに何度も御指導を頂いた。谷口先生には、私が学部生の頃からお世話になっている。振り返ってみると、当時の私は扱いに困るタイプの学生だったと思う。さらに、ここには書き尽くせない程、谷口先生にはご心配をおかけしたと痛感している。

本書は平成二十七年に國學院大學へ提出した課程博士論文を基としている。学位審査主査の谷口雅博先生、副査の土佐秀里先生、山口敦史先生に深く御礼申し上げる。副査の先生方からは本書を加筆・修正する上での有益なアドバイスやご指摘を賜った。

刊行にあたっては、國學院大學から平成二十八年度課程博士論文刊行助成を頂戴した。國學院大學と、刊行をお引き受けくださった笠間書院の池田圭子社長、橋本孝編集長、編集をご担当くださった重光徹氏に深く御礼申し上げる。

本書校正は、修士課程からの同期で、現在の職場の同僚でもある小野諒巳氏、後輩の髙橋俊之氏、鶉橋辰成氏にお願いした。皆それぞれ研究や仕事で忙しいにもかかわらず、細かい所まで何度も校正をして頂いた。國學院大學助教の鈴木道代氏からは、内容に関して丁寧なアドバイスを賜った。感謝申し上げる。

そして、國學院大學の有志によって平成二十五年から行っている「日本霊異記研究会」の活動は、私に様々な視点を与えてくれている。自分一人ではやろうとも思わなかったことだらけだ。会の発起人であり、会長の井上隼人氏に感謝申し上げる。

学会、仏典注釈の会等でお会いする方々からは、研究に対する御意見や刺激を頂いている。多くの方々からのご厚意によって、私の研究及び本書ができあがっているのだと感じ入る。高校時代からの友人達にも、この場を借りて感謝を伝えたい。論中で、愛は避けるべきもの…などと述べたが、私にとっては愛あってこその文学研究だ。

本書が辰巳先生と谷口先生の学恩に報いることが出来たかどうか少し心許ないものの、今現在の自分の成長、成果として表明したい。今回の研究をまとめたことで更に知りたいこと、見たい世界が現れた。自分の気持ちが向うままに歩みを進みたい。

平成二十九年一月

大塚千紗子

著者略歴

大塚　千紗子（おおつか・ちさこ）

Otsuka Chisako

1986年　東京都に生まれる
2009年　和洋女子大学人文学部日本文学科　卒業
2016年　國學院大學大学院文学研究科文学専攻博士課程後期　修了
　　　　学位取得　博士（文学・國學院大學）
　　　　現在、國學院大學兼任講師

著書に『古事記歌謡注釈　歌謡の理論から読み解く古代歌謡の全貌』（共著、辰巳正明監修、新典社、2014年）など。

日本霊異記《にほんりょういき》の罪業《ざいごう》と救済《きゅうさい》の形象《けいしょう》

2017年（平成29）2月28日　初版第1刷発行

著　者　大塚千紗子

装　幀　笠間書院装幀室
発行者　池　田　圭　子

発行所　有限会社 **笠間書院**
〒101-0064　東京都千代田区猿楽町2-2-3
☎03-3295-1331　FAX03-3294-0996
振替00110-1-56002

ISBN978-4-305-70835-9　組版：ステラ　印刷／製本：モリモト印刷
落丁・乱丁本はお取りかえいたします。　（本文用紙：中性紙使用）
出版目録は上記住所までご請求下さい。http://kasamashoin.jp/

書名索引

ア行
阿毘達磨俱舎論　*137*
延喜式　*39, 47*
奥義抄　*192, 193*

カ行
観世音経　*90, 123, 130*
観音三昧経　*123, 130, 142*
観無量寿経　*100, 136*
憍慢経　*13*
玉台新詠　*56, 57*
俱舎論記　*137*
弘明集　*109, 155, 216*
賢愚経　*26, 208, 209, 221, 248*
孝経　*102*
高僧伝（梁高僧伝）　*25, 26, 28, 159〜161, 170, 171, 198〜200, 211, 212, 214, 215, 238, 248, 249*
古事記　*21, 42, 43, 48, 65, 66, 240*
狐媚記　*48*
金剛般若経　*90, 115, 116, 123, 130*
金剛般若経旨賛　*144*
今昔物語集　*120, 127, 128, 163, 183*

サ行
三国遺事　*128, 209, 220*
三宝絵詞　*195, 196, 248*
詩経　*54, 56*
四分律　*164*
春秋左氏伝　*101*
拾遺和歌集　*163, 195*
袖中抄　*193, 201*
出曜経　*81, 84, 85, 86, 169, 171〜174, 182, 242, 247*
上宮聖徳法王帝説　*150, 151, 153*
上宮聖徳太子伝補闕記　*150, 153, 154, 162*
浄土三部経音義集　*126*
成唯識論　*84*
成唯識論了義燈　*84*
諸経要集　*182*
性霊集　*202*
続日本紀　*78, 113, 126, 131, 166, 170, 182, 217, 218*
心経（般若心経）　*123, 129, 198*
神仙伝　*214, 249*
説文解字　*53, 54*
説文解字注　*54*
千載集　*195*
撰集百縁経　*26, 208, 221, 248*
千手千眼観世音菩薩広大円満無礙大悲心陀羅尼経（千手陀羅尼）　*30, 90, 116, 123, 127, 130, 131, 142*
千手千眼観世音菩薩治病合薬経　*127*
雑阿含経　*155*
増一阿含経　*97*
宋書　*163*
捜神記　*20, 37, 38, 240*
像法決疑経　*19*
雑宝蔵経　*23, 120〜122, 244*
続高僧伝　*211*

タ行
大乗入道次第開決　*144*
大智度論　*19, 136, 137*
太平広記　*20, 38〜40, 240*
大般涅槃経　*14, 19, 213*
大般若波羅密多経　*137, 138*
大方広十輪経　*215*
大方広仏華厳経　*138, 209*
大方広仏華厳経捜玄分斉通智方軌　*138*
大方等大集経　*19, 97*
俊頼髄脳　*182, 191, 193*

ナ行
日摩尼手　*115, 116, 119, 120*
日本往生極楽記　*151, 152, 154*
日本後紀　*125, 128*
日本書紀　*43, 149〜151, 153, 154, 163, 164, 184, 223*
任氏伝　*48*

涅槃宗要　*211*

ハ行
比丘尼伝　*26, 213～215, 249*
郷歌　*23, 117～120, 122, 125, 128, 244*
扶桑略記　*50～52*
仏説盂蘭盆経　*104*
仏説罪業応報教化地獄経　*143*
仏説父母恩重経　*102～104, 106, 243*
仏本行集経　*84, 85, 157～159, 161*
風土記
　　肥前国風土記　*48*
　　常陸国風土記　*48*
弁正論　*216*
法苑珠林　*182*
方広経　*19, 123, 124, 130, 132, 133*
北史　*163*
法華経（法花経）　*45, 207, 209, 213*
本願薬師経鈔　*79～81, 242*
梵網経古迹記　*19*

マ行
摩訶般若波羅密経　*137*
万葉集　*5, 21, 24, 26, 51, 53, 54, 58, 59, 62～64, 66, 95, 153～155, 159, 161, 165, 184, 188～191, 200, 241, 243, 246, 247*
水鏡　*51, 52*
妙法蓮華経玄義　*136, 137*
名山記　*39*
文選　*54～56*

ヤ行
薬師琉璃光如来本願功徳経（薬師経）　*78～80, 90, 113, 114, 117, 123, 130*
維摩経　*213*
瑜伽師地論　*100, 203*
瑜伽論記　*80, 81*
養老令文　*96, 209*

ラ行
令義解　*97*
梁高僧伝→高僧伝
理惑論　*109*
類聚名義抄　*77, 237*
論語　*102*

ワ行
倭歌作式　*182*
和歌童蒙抄　*192*

事項索引

ア
愛業　*87*
愛執　*86, 198, 242*
愛心　*22, 70, 73, 74, 82〜87, 198, 238, 242*
「愛心深入」　*22, 70, 72〜74, 82, 86, 87, 242*
愛網の業　*4, 5, 16, 20, 27, 36, 37, 140, 240*
愛欲の結果　*21*
愛欲の姿　*6*
愛欲の母　*22*
「赤裳」　*21, 50, 52, 54, 59, 240, 241*
悪因　*7, 16, 37, 107, 198, 238, 242*
哀れみ（憐れみ）の心　*106, 118, 124, 130, 133, 137, 141, 144, 244, 248*

イ
異形の尼　*26, 222*
育児放棄　*6, 11, 22, 94, 105, 243*
一闡提　*14*
医薬や医療を求める　*117*
異様な出家譚　*187*
医療施設　*133*
医療と密接に関わる　*245*
異類婚姻譚　*20, 21, 33, 35, 43, 45, 46, 48, 49, 51, 53, 67, 70, 72, 197, 239〜242*
「姪泆」　*23, 92, 95〜98, 107, 108, 242, 243*
姪泆の母を地獄から救済する　*107*
印度撰述経典　*25, 26, 207*
韻律と経文　*200, 248*

ウ
歌の機能　*242, 248*

エ
詠歌　*26, 35, 49〜51, 66, 154, 163, 167, 168, 183, 184, 187, 196, 198, 199, 201, 241, 247*
永興　*41, 174, 175, 218*
厭世　*16, 187, 192, 193, 196, 200*
閻羅王　*10, 18, 29, 76, 89, 211, 248*
延暦七年の夢　*226, 229, 232, 235〜237, 239, 250, 253*
延暦六年　*23, 130, 139, 227*
延暦六年の夢　*12, 15, 141, 226, 228, 231, 233, 235, 237, 239, 245*

オ
王権　*247*
王権始祖神話　*43*
大部屋栖野古　*167, 177, 178, 187*
大をそ鳥　*189, 191, 193, 200*
苧環型神婚説話　*43*
音楽　*199, 248*
隠身の聖　*15, 16, 25, 148, 168, 169, 179, 183, 194, 218, 233, 235, 246*
怨念　*41, 135, 141, 170, 173*
女の菩薩　*26, 207, 220, 249*
怨病　*130, 133〜136, 141*

カ
戒律　*44, 99, 215, 216, 240*
火葬　*162, 229, 232, 237, 252*
片岡説話　*24, 25, 147〜149, 152, 153, 155, 159, 162, 163, 246*
烏の邪淫　*185〜187, 191, 193, 200, 201*
狩谷棭斎　*29, 51, 72, 73, 89, 108, 126, 134, 142, 188, 221*
歌論書　*26, 191, 193, 196*
漢籍の影響　*40, 154*
感応譚　*23, 111, 125, 126*
感応を形象　*113*
観音との感応　*112, 234, 235*
観音の慈悲　*15, 119, 235*
観音の変化　*15, 232, 233〜235*
観音の無縁の大悲　*15, 24, 140, 141, 232, 233, 235, 245*
桓武天皇　*227*
漢訳仏典　*23, 97, 104, 117, 125, 127,*

148, 154, 238, 242, 244, 245, 249, 250

キ
吉志火麻呂　99
狐妻説話　20, 33, 46, 49, 184, 240
狐妻の赤裳　32
狐の怪異　39, 40, 46
狐の邪淫　41
救済の形象化　20
救済の象徴　16
救済の方法　16, 133
行基説話　25, 26, 167, 168, 171, 181, 184, 194, 233, 246
行基像　25, 166, 168, 170, 194, 216
行基伝　25, 166, 217, 247
行基伝承　6, 26
行基の眼　168, 175
行基菩薩　16
行者忠仙　24, 106, 124, 130, 131, 138, 139, 141, 245
経典引用　10, 13, 14, 19, 24, 70, 73, 197, 207, 208, 219

ク
日下部真刀自　99, 109
供養　11, 40, 92, 94, 99, 101, 104, 105, 110, 135, 160, 195, 238, 243
君子　56, 148, 150, 246

ケ
景戒　4, 5, 8, 12, 14～16, 24, 46, 76, 77, 124, 139～141, 144, 187, 221, 226～230, 232～239, 241, 245, 250～253
形象　4, 6, 7, 16, 20, 23, 25, 27, 86, 88, 113, 201, 240, 243, 244, 246, 247
化主　218, 219
外道　26, 27, 207, 210, 215, 216, 218～220, 249
現世利益　116, 120, 131, 133
顕徳説話　167, 168

コ
恋歌　21, 26, 37, 49, 67, 200, 201, 240, 241
恋心　6, 21, 45, 61, 62, 67, 241
業の因縁　16, 22, 77, 82, 238
孝養思想　100
孝養譚　92, 121
孝養と仏教との融合　243
孝養の必然性　100
五教　101, 102
「哭」　196～198
巨勢呰女　23, 106, 124, 130, 133, 138, 139, 141, 244, 245
「ことをのめ」と「ことをのみ」　188
子の孝養による救済　22, 101, 106, 107, 243
「魂神」　76, 78, 236～238
金鷲　174, 175, 187, 218

サ
妻子　26, 99, 101, 103, 139, 140, 191, 203, 228
猴聖　209, 218, 224
慚愧（慙愧）　4, 140, 226, 228, 230, 233, 235

シ
志怪小説　38, 58
尸解仙譚　147, 148, 150, 151, 162
事件の前兆　6, 184
自己内省　13, 226, 237, 238, 250
自己認識　5, 13, 16, 23, 108, 226, 239, 242, 243, 251
始祖伝承　20, 26, 33, 35, 41, 43, 45, 51, 52
私度僧　8, 217, 218, 229
慈母　22, 92, 95, 98, 99, 104, 107, 109, 242, 243
慈母の規範から逸脱し罰を受ける母　98
邪淫　9, 20～22, 33, 35, 43
邪淫性　39, 41, 46, 66, 98～100, 107, 183, 186, 187, 191, 193, 200, 201, 241
釈迦の出家　155, 159, 161, 162, 246
釈教歌　195, 196, 203
寂仙　175, 218, 247
寂林　22, 75, 94, 104～106
沙弥鏡日　15, 76, 140, 230～235
沙門　157, 164, 172, 212
舎利菩薩　26, 27, 144, 175, 206, 218～220, 223, 248, 249

儒教的君主像　*154*
儒教と仏教の対立　*102*
宿業　*11, 12, 18, 23, 24, 27, 82, 106, 112, 122〜125, 127, 129〜133, 135, 136, 141, 143, 216, 244, 245*
宿業の病　*6, 12, 16, 23, 119, 124, 141, 239, 244*
衆生救済　*141, 245*
衆生救済の思想　*141, 245*
出家譚　*155, 157, 159, 161, 162, 187, 191〜193, 200, 246*
出典不明の経典　*24, 70, 130, 177*
「出遊」　*24, 25, 153〜155, 157〜159, 161, 163, 165, 246*
聖徳太子信仰　*150*
聖徳太子像　*148, 153, 155*
聖徳太子伝承　*6, 24, 153, 154, 159, 161〜163, 246*
聖徳太子の偉業　*147*
聖武朝讃美の構造　*179, 181*
聖武天皇　*126, 167, 175, 178〜181, 183, 195, 211, 224, 227, 247*
「諸教要集」　*76, 230*
信厳禅師　*26, 186〜188, 190〜192, 196, 197, 200〜202, 247, 248*
「神識」　*22, 72, 76〜82, 86, 87, 89, 236〜239, 242*
身体的特徴　*151*
身体的な病　*23, 24, 114, 245*
神通力　*15, 39, 158, 167, 171, 174, 180, 233, 247*
神人　*26, 160, 161, 207, 210〜215, 218, 219, 223, 248, 249*
神仏　*22, 232, 242*

セ
性愛から逸脱した女子　*210*
性愛を求める母　*243*
聖示　*140, 141, 232, 235, 237*
聖人伝　*6, 20, 25, 27, 28, 161, 162, 235, 240, 245, 246*
聖人の姿　*6, 16, 20, 24, 28, 226, 235, 239, 246*
聖人の説話　*6, 252*
聖人の話型　*148*
聖人を語る　*162, 246*
生盲無智　*174*
絶対的な慈悲心　*139, 141, 245*
説話叙述　*6, 22, 25, 148, 181, 240, 247*
善悪の表層　*227*
善珠　*79〜81, 86, 242*
千手観音　*23, 90, 116, 118〜120, 125, 127, 244*

ソ
疏　*84, 215*
僧伝形式　*159, 220, 249*
贈答歌　*26, 151, 194, 195, 248*
僧尼　*217, 223*
僧尼令　*209, 217*
僧への迫害　*10, 13, 17, 18, 28, 131, 142, 207, 210, 215, 219*
僧への誹謗　*4, 7〜11, 17, 28, 180, 211, 218〜220*

タ
高橋連東人　*105*
田中真人広虫女　*10, 12, 76, 89*
陀羅尼　*30, 41, 131, 175*
男女間の性愛　*5*
男女の逢瀬　*62, 189*

チ
智光　*10, 11, 167, 179, 180, 183, 211, 216, 218, 219, 252*
乳　*11, 22, 75, 95, 99, 100, 103〜105, 107, 109*
血沼県主倭麻呂（信厳禅師）　*100, 101, 167, 185〜187, 191, 201, 247*
中国撰述経典　*25, 104, 142, 219*
中国仏教史　*159*
長歌　*150, 151*

ツ
通眼　*25, 148, 177, 178, 181, 246*
罪と業　*6, 16, 20*
罪の自覚　*11〜13, 24, 25, 77, 106, 107, 124, 180, 181, 235, 240, 247, 251*
罪の自己認識　*23, 108, 226, 239, 244*
罪を暴く者　*179*
罪を救う者　*27*
罪を許す者　*94, 98, 99*

テ
天眼　*25, 166, 168, 170, 171～173, 175 ～177, 179～181, 247*
天骨　*95, 96*
「天骨姪泆」　*92, 94, 95, 98, 99, 108, 242*
天台宗　*14, 15, 211*
天台智者　*15, 211*

ト
道場法師系説話群　*35, 36*
特異な人物　*149, 154*
特別な人物　*151*

ナ
内省意識　*238*
内省の認識　*13*
奈良時代の仏教　*217*

ニ
『日本霊異記』
上巻
　序文　*7, 8, 124*
　2縁　*33, 34, 50, 196*
　4縁　*147, 148, 176*
　5縁　*167, 177, 178, 187, 198, 232*
　8縁　*123, 132, 234*
　16縁　*96*
　17縁　*234*
　22縁　*229*
　23縁　*99, 100*
　24縁　*100*
　28縁　*229*
　31縁　*83*
中巻
　序文　*179*
　2縁　*100, 167, 185, 186*
　3縁　*98, 99*
　4縁　*36*
　6縁　*234*
　7縁　*167, 179, 180, 198, 210*
　8縁　*167*
　11縁　*95*
　12縁　*167*
　13縁　*44, 74, 232*
　15縁　*105*
　19縁　*198*
　21縁　*117, 174, 187, 218*
　22縁　*13, 14*
　27縁　*36*
　29縁　*167, 168*
　30縁　*167～169*
　31縁　*117*
　35縁　*96*
　40縁　*134*
　41縁　*44, 70～72, 197, 238*
下巻
　序文　*15, 210*
　1縁　*174, 218*
　2縁　*41, 134, 135, 218*
　8縁　*100, 203*
　11縁　*112, 132*
　12縁　*115, 234*
　15縁　*95, 96*
　16縁　*75, 93, 94, 135*
　18縁　*45, 83*
　19縁　*174, 175, 187, 205, 206*
　21縁　*115, 116*
　24縁　*232*
　26縁　*75*
　33縁　*96, 215*
　34縁　*106, 123, 129, 130*
　38縁　*4, 15, 75, 76, 139, 140, 228 ～232, 236*
　39縁　*175*
『日本霊異記』原撰部・追補部説　*14, 227*
『日本霊異記』説話の歌の機能　*241*
『日本霊異記』の救済観念　*29*
『日本霊異記』の罪業観　*8, 9, 27*
『日本霊異記』の作品論的読解　*249, 250*
『日本霊異記』の志向　*6, 37*
『日本霊異記』の文学性　*51, 239*
『日本霊異記』の文学的意義　*4, 250*
『日本霊異記』の文学的営為　*250*
『日本霊異記』の文学的志向　*52*
『日本霊異記』の編纂　*15, 226, 229*
人間の欲望　*5, 7, 16, 46, 67, 201*

ハ
母親像　*22, 92, 94*

母親の強烈な性愛と死　*92*
母親の姿　*92*
母の慈しみ　*107*
母の淫蕩　*107*
母の救済　*22*
母の苦痛　*11, 95*
母の授乳　*104*
母の罪　*22, 94, 98, 104, 105, 107, 243*
母を許す　*22, 101, 107*
「はろか」　*21, 60, 62, 63, 67, 196, 241*
「はろはろ」　*61, 64, 66*
婆羅門　*14, 26, 172, 194, 195, 248*
婆羅門僧正菩提遷那　*26, 194, 195, 248*
反歌　*151*

ヒ
東アジア　*22, 23, 37, 107, 111, 117, 120, 125, 126, 162, 203, 207, 208, 214, 220, 243, 244, 246, 249, 250*
東アジア仏教圏　*22, 23, 37, 107, 111, 117, 120, 125, 126, 203, 207, 208, 220, 243, 244, 249, 250*
比丘尼　*213, 221, 223*
非仏教的な説話　*33, 52*
表相　*6, 227, 228*
平等大悲　*144, 219, 220*

フ
不孝説話　*92, 100, 101, 223*
仏教戒律の五逆　*99*
仏教歌謡　*196*
仏教経典　*7, 116, 243*
仏教思想　*83, 129, 155, 171, 242, 250*
仏教者　*14, 16, 25, 26, 36, 37, 40, 75, 81, 82, 90, 103, 131, 139, 170, 207, 209, 213～216, 220, 245*
仏教説話集　*4, 7, 20, 29, 37, 49, 251*
仏教的因果　*5, 9, 35, 235*
仏教的宿業観　*216*
仏教と王権　*247*
仏教との対立　*102*
仏典の影響　*7, 23, 28, 102, 104, 110, 120, 128, 154, 159, 171, 208*
仏道修行　*12, 23, 100, 124, 130, 204, 212, 213, 241, 249*
仏罰　*127, 142*
仏法　*13, 14, 28, 96, 137, 138, 147, 160, 179, 180, 216, 247*
父母への報恩　*103*

へ
蛇との婚姻　*6, 22, 43, 44, 74, 87, 91, 168, 238*
変成男子　*207*

ホ
母性の欠落　*22*
母性への絶対的な称揚　*94*
法相宗　*14, 15, 207, 232*
仏ですら救済し得ない愛業　*87*
仏との感応　*74, 77, 111, 244*
仏の慈悲　*138, 244*
母乳　*100, 104, 113, 126, 127*
「ほのか」　*21, 60～63, 66, 69, 241*
梵唄　*199, 200, 248*

マ
末法　*124*

ミ
〈幹説話〉と〈枝説話〉　*226, 250, 251*
御手代東人　*83*
三輪山説話　*21, 43, 72, 88, 241*
明眼　*25, 166, 169～171, 173, 174, 176, 247*

ム
無縁の大悲　*23, 24, 123, 130, 131, 135～141, 144, 235, 244, 245*
無罪　*17, 215*
無相の妙智　*24, 131, 135～139, 143, 244*

メ
冥界訪問譚　*11, 110*

モ
盲目説話　*23, 111, 117, 126, 244*
盲目治癒説話　*115, 117, 119, 122*
木像　*23, 90, 111, 119*
文字表記　*154*
文殊師利菩薩　*167, 178, 179, 181～*

183, 194～196, 203, 218, 232

ヤ
薬師経典　113, 117
薬師信仰　90, 113, 114, 127
薬師如来　23, 79～81, 111, 113, 114, 119
病を治癒　12, 23, 83, 111, 244

ユ
唯識　14, 22, 86, 232, 251
有智の士　173, 174
夢解　12, 15, 76, 139～141, 144, 231～237, 245, 252
夢の説話　75
夢見　12, 22, 76, 77, 87, 92, 95, 104, 105, 226, 229, 233, 235～239, 249

ヨ
「窈窕」　53, 54, 56～59, 241
養老戸令　96
養老律令　242
養老令文　108, 222
横江臣成刀自女　22, 94～96, 98, 99, 104～107, 109
横江臣成人　11, 94, 95, 104, 105, 107

ラ
卵生神話　207

リ
六朝志怪小説　48
六朝時代　38, 102
六朝士大夫　237
律令　97～99, 218
律令社会　92, 242
律令制下　243
律令制度　26, 110
輪廻　5, 41, 81, 82, 85, 87, 135, 242
輪廻転生　5, 77, 84, 172

ル
類歌　21, 26, 51, 53, 60, 63, 66, 69, 191, 241
類型　9, 26, 43, 76, 105, 216
類型表現　21, 37, 54, 58, 59
類話　99, 128, 183

レ
歴史書　49～51, 184
恋愛　21, 46, 48
恋愛譚　37
恋愛描写　53, 240
恋愛文学　52

ワ
童謡　184